Noël j'en ai plein les bottes!

Image de couverture : Adobe Stock – © Вера Михеева
Couverture : Laetitia Kalafat
Collection créée par Hugues de Saint Vincent
et dirigée par Arthur de Saint Vincent
Ouvrage dirigé par Marine Flour

34-36, rue La Pérouse
75116 Paris
www.hugopublishing.fr

ISBN : 9782755664713
Dépôt légal : octobre 2023
Imprimé en Espagne par CPI Black Print

FANNY MYJANY

Noël j'en ai plein les bottes !

Hugo Poche

NEW ROMANCE®

CHAPITRE 1

AMÉLIE

– Tu sais, Livi, Noël, ça n'a jamais vraiment été mon truc.

Celle-ci me regarde de ses grands yeux en amande. Sa tête se penche légèrement sur la droite, comme si elle m'invitait à continuer. Je reporte mon attention sur le plafond un peu jauni, juste au-dessus de moi.

– Entre ma tante, que j'adore mais dont la voix de crécelle me provoque des cauchemars, et mon cousin Jérôme, qui ne parle que de son boulot horriblement barbant, je redoute cette fête chaque année.

Je soupire.

– Je ne te raconte pas tous les éloges que l'on fait à ma sœur : « Betty, ta robe est magnifique ! », « Betty, félicitations pour ta promotion ! », « Betty, tu as encore changé de coupe de cheveux, ça te va à ravir ! » Betty ceci, Betty cela… j'en ai ma claque ! Tu crois qu'on me demande, à moi, si j'ai changé de bottes ? Ou de quelle couleur est ma nouvelle cotte ? Tiens, on pourrait aussi me demander si ma famille à poils s'est agrandie, histoire de s'intéresser à ma vie. Mais, non ! Rien !

Je prends une grande inspiration. Dans ma tête défilent des images de ma soi-disant famille parfaite. Noël est dans deux mois, je devrais être loin de me pourrir les idées avec ça, mais je ne parviens pas à effacer de mon esprit le coup de fil que m'a passé ma mère ce matin à ce sujet.

La clochette accrochée à la porte d'entrée retentit tout à coup, me faisant sursauter. Je me redresse péniblement et époussette mon derrière. À mes pieds, Livi, le border collie le plus mignon que j'aie jamais vu, s'étend de tout son long, réclamant des gratouilles, que je lui donne avec plaisir. Cette chienne m'a tout de même écoutée me lamenter pendant près d'une heure, c'est la moindre des choses.

– Amélie, tu sais que les box sont réservés aux chiens ? Que fichais-tu, allongée à même le béton ? Je t'ai déjà dit qu'il est impossible que tu dormes ici.

Je tourne la tête vers Driss, mon collègue, qui m'adresse un sourire moqueur. Derrière les barreaux, il croise les bras sur sa poitrine et attend ma réponse. Je plisse les paupières dans sa direction et déclare d'une voix neutre :

– Livi avait besoin de discuter un peu. Elle a été agitée toute la journée.

– Discuter un peu ?

– Oui. Même les animaux ont besoin de vider leur sac, parfois, affirmé-je en haussant les épaules tout en le rejoignant.

Ses sourcils remontent si haut qu'il risque de se faire mal. Il a de la chance d'être le bénévole le plus dévoué du refuge, sans quoi je lui ferais ravaler son rictus moqueur.

– Rassure-moi, tu sais que les chiens ne sont pas dotés de la parole, hein ?

– Et ? Ça n'empêche que j'ai le droit de prendre du temps avec nos protégés, non ?

Il lève les mains près de son visage en signe de reddition.

– OK, je ne dis plus rien, répond-il en conservant un air malin.

Je donne un tour de clé au box de Livi, lui adresse un dernier regard empli de reconnaissance et me tourne de nouveau vers Driss.

– D'ailleurs, qu'as-tu entendu, au juste ?

Mon collègue éclate de rire et s'éloigne vers l'accueil. Je le suis en attendant sa réponse.

– Rien de compromettant, malheureusement. J'ai seulement vu le regard désespéré que te lançait Livi. Tu devrais y aller mollo sur les séances de thérapie canine, ces pauvres bêtes vont finir par te bouffer toute crue pour te faire taire !

Je bougonne tandis qu'il continue à se ficher de moi en riant comme un gamin, puis je lui claque une pichenette sur l'épaule et le dépasse en accélérant le pas.

Le refuge est complètement vide de visiteurs à cette heure. Seules l'équipe de bénévoles, Nathalie et moi-même sommes présentes ce soir pour la réunion d'organisation des mois à venir, qui s'annoncent chargés.

Alors que je suis derrière le comptoir d'accueil, où j'ai fait un détour pour éteindre les ordinateurs, Driss s'accoude en face de moi en souriant de nouveau.

– Dis, tu serais libre un de ces soirs pour aller manger un bout ?

Ma main droite, qui fourrage mes cheveux, se fige sur mon crâne. J'arrime mes iris à ceux de Driss et ma bouche doit former un « O » de surprise, puisque son index se pose sur mon menton pour la fermer. Ce contact a le don de me remettre les pieds sur terre.

– Pour manger ?

– C'est ce que j'ai dit, oui.

– Tous les deux ?

Il ne paraît pas surpris. Tout le monde ici sait que je suis allergique aux relations humaines. Alors, pour qu'il me demande une chose pareille, c'est qu'il a bien réfléchi à la question.

– C'est le but de cette invitation, en effet, reprend-il, très sûr de lui. En tête à tête serait même plus approprié.

Je sens le rouge me monter aux joues. Et si n'importe qui pourrait très bien prendre ça pour de la gêne de me faire inviter par un homme, c'est plutôt l'inverse. Les dîners en tête à tête, ce n'est pas mon truc. Je ne sais pas comment me dépêtrer de cette situation. Même si j'ai bien envie de lui dire que me retrouver seule avec lui à une table me provoque des bouffées d'angoisse, je ne suis pas malpolie à ce point, je botte donc en touche comme une débutante.

– On en reparle, tu veux bien ? soufflé-je en voyant Nathalie s'affairer dans le bureau dédié aux réunions.

– Pas de souci, accepte-t-il en claquant sa paume sur le bois du comptoir.

Quand je vois un air satisfait s'étaler sur son visage, je crains d'avoir fait une boulette. Comment lui dire clairement que je n'ai aucune envie de ce rendez-vous sans le vexer ? D'habitude, je n'ai pas besoin d'être franche puisque personne ne se frotte à moi aussi spontanément. Ma personnalité est un frein à toute interaction humaine dite « normale ». Tout le monde sait que je suis plus réceptive à la compagnie des animaux qu'à celle des êtres humains. On va dire que Driss marque tout de même un point pour sa gaillardise.

Tandis qu'il part rejoindre notre responsable et l'équipe de bénévoles, je tente de me remettre les idées en place. Je mentirais si je disais que cette conversation ne m'a pas déstabilisée. Ça fait tout de même un bail que personne n'a osé m'inviter, pas même pour me proposer une simple sortie en dehors du refuge. Il faut dire que j'y passe la majeure partie de mon temps, même quand je suis en congé. Sauv'Anim est mon sanctuaire autant qu'il est celui de nos petits pensionnaires. Ils manquent d'amour tandis que j'en ai une tonne à donner.

Je crois que je suis tombée amoureuse de ce centre la première fois que j'y ai mis les pieds avec ma grand-mère, qui cherchait désespérément une activité pouvant nous plaire, à ma sœur et moi, durant les jours où elle nous avait en garde. Tandis que Betty hurlait dès qu'un animal s'approchait d'elle, de mon côté, le coup de foudre a opéré. J'avais dix ans. Quinze années après, je suis la seule salariée du refuge et j'épaule Nathalie, la directrice, autant dans les tâches quotidiennes que dans les tâches administratives..

Perdu au milieu du Jura, Sauv'Anim est clairement l'endroit où je me sens le mieux au monde. Mais comme l'a justement souligné Driss tout à l'heure, il m'est difficile d'y passer tout mon temps, même si, parfois, rentrer chez moi est un calvaire. C'est dire combien je suis mordue. Et mes interactions sociales s'en ressentent. Mis à part Gauthier, mon ami d'enfance, les seules connaissances que j'ai sont des bénévoles. Ça paraît pathétique pour beaucoup, mais ça me comble suffisamment pour me rendre heureuse.

– Amélie, on t'attendait. Est-ce que tout va bien ? me questionne ma patronne lorsque je pénètre dans la salle de réunion.

Je me contente de hocher la tête, et adresse un signe en direction des bénévoles que je n'ai pas encore croisés aujourd'hui, puis je tire une chaise pour m'y asseoir. Me connaissant parfaitement, Nathalie n'attend pas d'autre réponse de ma part et lance la réunion.

– Bien, maintenant que tout le monde est là, on va pouvoir commencer.

Je me cale contre le dossier de mon siège. En face de moi se tient Driss, qui ne cesse de me jeter des œillades insistantes. Je me maudis de ne pas avoir été plus claire avec lui. Je vais maintenant devoir gérer ce truc ambigu, que j'ai moi-même instauré en ne répondant pas franchement à sa demande…

– Comme vous le savez, nous entamons les premiers mois d'hiver, reprend Nathalie après avoir relu ses notes. Je vais d'ailleurs plus que jamais avoir besoin de vos services ici. Amélie et moi ne pourrons pas gérer toutes les nuits comme nous le faisons d'habitude, ni même les week-ends. Le nombre de nos pensionnaires augmente toujours à cette période et nous faisons face à une hausse des demandes d'adoption. Même si c'est une bonne nouvelle, c'est aussi une sacrée charge de travail. Il est donc primordial qu'on se serre les coudes pour tenir le coup humainement parlant.

Elle reprend sa respiration après s'être laissée emporter par sa tirade.

De quinze ans mon aîné, elle a construit cet endroit de ses mains et il est aujourd'hui sa plus grande fierté. Il faut dire qu'elle n'a pas ménagé ses efforts pour en faire le refuge le plus grand de tout le Parc du Haut-Jura. Nous recevons chaque jour des demandes d'adoption, mais aussi et malheureusement des arrivées, en nombre, de pensionnaires multiples. Si les chats et les chiens sont les plus présents, nous avons aussi parfois des surprises, qui nous demandent beaucoup de temps et d'investissement. Comme cette fois où nous avons accueilli un lynx boréal en mauvais état. Après un tour chez un vétérinaire spécialisé de la région, nous l'avons pris en charge le temps de sa rémission avant qu'il puisse retrouver sa liberté dans les montagnes.

– Avec l'aide d'Amélie, j'ai déjà organisé la répartition des gardes de la fin novembre, reprend la directrice en me jetant un coup d'œil. Mais j'ai aussi avancé un peu sur le planning de décembre, pour que chacun puisse s'organiser par rapport à ses obligations familiales.

Je fronce les sourcils. Qu'elle ne m'ait rien demandé quant à l'organisation du planning de décembre me semble louche. Nathalie a en horreur tout ce qui touche à l'administratif. Je me demande d'ailleurs comment elle se débrouillait avant que je ne débarque ici pour qu'elle me forme.

– Il y a également une information dont je souhaite vous faire part, annonce-t-elle en se raclant la gorge comme lorsqu'elle est gênée.

Mes sourcils se froncent de nouveau et je me redresse sur ma chaise. Cette fois, c'est sûr : quelque chose ne tourne pas rond. Nathalie est peut-être l'humain que je côtoie le plus et je sais lire ses tics de langage et sa gestuelle. Clairement, à cet instant, elle n'est pas à l'aise.

Le regard de braise de Driss et le Noël parfait de ma mère sortent immédiatement de mon esprit. Plus je regarde ma responsable s'agiter sous mon nez, plus je comprends qu'un événement inhabituel se trame.

Nathalie me met toujours au courant de tout concernant le refuge. Et je la connais assez pour dire que si elle ne l'a pas fait cette fois, c'est qu'elle pense que je ne serai pas en accord avec cette décision.

Tout d'un coup, j'ai l'impression d'être reléguée à la remise et ça me pince le cœur. Elle sait pertinemment que je donnerais volontiers n'importe quel organe pour l'un des pensionnaires de ce centre, alors si un élément important devait être annoncé, elle m'en aurait parlé avant, non ?

CHAPITRE 2

AMÉLIE

– Je dis simplement que j'aurais aimé que tu m'en parles plutôt que de me mettre devant le fait accompli comme l'équipe de bénévoles.

Nathalie se pince l'arête du nez. Je hais quand elle agit ainsi. J'ai l'impression de l'embêter, ce qui me mine le moral. Je déteste faire des vagues mais, parfois, ma spontanéité me prend de court. Comme ce soir. Impossible de ne pas lui dire à quel point je suis vexée qu'elle n'ait pas jugé bon de me prévenir qu'un investisseur était intéressé par le refuge.

– J'ai reçu le mail en début de semaine dernière et j'ai eu besoin d'y réfléchir sérieusement. Seule. Amélie, tu comprends que ce refuge est toute ma vie, n'est-ce pas ?

Mon amie et patronne me lance un regard interrogateur. Son ton n'est pas véhément, mais je suis tout de même vexée comme un pou. J'acquiesce néanmoins.

– La proposition est intéressante et il fallait vraiment que je me concentre dessus, sans être influencée par d'autres avis. Je n'en ai même pas parlé à Charles avant hier soir. De toute façon, rien n'est acté. J'attends encore la visite de cet investisseur et notre rencontre réelle pour valider ma décision. Nous devons aussi nous réunir chez mon avocat pour évoquer le bla-bla administratif.

Je soupire. Nathalie grimace, ce qui me fait sourire. Elle cherche depuis plusieurs mois à faire racheter une partie des parts de la société. Sans s'en séparer, elle souhaite lâcher un peu de lest et se reposer sur quelqu'un au niveau financier. Même si j'aurais aimé participer à ce projet, il est clair que je n'ai pas les fonds nécessaires.

– Clara et Théo entament leurs études supérieures à la rentrée prochaine et Charles et moi, nous avons vraiment envie d'être plus présents pour eux. Tu sais mieux que personne que je n'ai pas été très disponible pour ma famille ces dernières années avec la gérance du refuge et de tout ce que ça implique. À l'approche de mes cinquante ans, mes priorités évoluent. Je ne renonce pas pour autant à Sauv'Anim, au contraire. Mais son développement nécessite de plus en plus de fonds, ce qui veut dire travailler davantage. Et je ne suis plus en mesure de suivre.

Je triture nerveusement mes doigts en faisant les cent pas. Nous ne sommes plus que toutes les deux dans la salle de réunion et il est près de 21 h 30.

Je m'en veux de la mettre dans l'embarras avec ma façon de prendre les choses trop à cœur.

– Je suis désolée, je ne voulais pas réagir comme ça, mais…

– Amélie, tu es dévouée corps et âme à ce refuge, et je te serai éternellement reconnaissante de m'aider comme tu le fais sans jamais réclamer davantage. Mais même ton aide et celle de l'équipe bénévole ne suffisent plus. Les banques sont de plus en plus frileuses pour nous suivre, et je n'ai plus les épaules pour tout gérer. Cette offre est la seule que j'aie reçue depuis que j'ai publié l'annonce concernant ma recherche d'investisseur. Les candidatures ne se bousculent pas au portillon. Il faut que je passe le pas et que je fasse le nécessaire.

Je m'apprête à dire quelque chose, mais Nathalie lève son index entre nous et reprend :

– Et avant que tu ne me dises que tu peux passer ici encore plus de temps, je veux aussi que tu saches que j'aimerais pouvoir t'éviter de commettre les mêmes erreurs que moi. L'expérience m'a appris que mettre sa vie entre parenthèses pour son travail n'est pas une bonne solution. Je ne supporterais pas que tu te retrouves seule à mon âge parce que je me serais déchargée sur toi de mes responsabilités.

Bouche bée, je contemple cette femme qui m'a tout appris. Je me suis toujours sentie sur la même longueur d'onde qu'elle, et son discours me touche plus que de raison. J'ai assisté à son mariage avec Charles. J'ai été aux premières loges de ses coups de mou et de ses réussites. Mais jamais je n'aurais pensé qu'elle me tiendrait ce discours un jour. Pense-t-elle comme tant d'autres que je me noie dans le boulot pour oublier ma solitude ?

– J'ai simplement été surprise que tu ne me touches pas un mot de cette nouvelle avant ce soir.

Je ne peux pas être plus franche. Je suis une hypersensible, toujours à fleur de peau, et cela implique de ne pas briller en termes de communication. C'est aussi pour ça que la compagnie des animaux m'est importante. Ils sont comme moi.

Nathalie acquiesce et sourit légèrement.

– Je voulais que cette décision vienne de moi. C'est la seule explication que je peux te donner.

Je lui rends son sourire, un peu apaisée.

– Elle me convient et je la comprends parfaitement.

Comme d'habitude, la culpabilité d'avoir surréagi prend forme au creux de ma poitrine. Nathalie, le sentant sûrement, pose une main sur mon bras et le serre en guise de réconfort.

À l'extérieur, dans l'aile du bâtiment réservé aux chiots, quelques aboiements joyeux se font entendre, signe que nos plus jeunes pensionnaires ne dorment pas encore. Un bruit dont je ne me lasserai jamais.

Tandis que je me détourne pour aller préparer leurs repas afin d'éviter à Nath de le faire seule, celle-ci me retient. Surprise, je me mets à rire.

– Promis, je ne boude pas !

Ma patronne rit à son tour, en secouant la tête.

– Je sais, tu es incapable de faire la tête plus de trois secondes. Mais j'ai une question à te poser…

Je fronce les sourcils pour la énième fois ce soir.

– Pourquoi tu n'acceptes pas l'invitation de Driss à dîner ?

J'écarquille les yeux.

– Depuis quand tu écoutes nos conversations ?

– Depuis que j'ai pris la décision de céder une partie de ma vie à un nouvel investisseur. Nouvel investisseur qui va certainement demander un droit de regard sur les horaires des salariés. Et comme tu es la seule salariée de ce refuge, sache que tu vas avoir plus de temps libre dès son arrivée. Et il me semble que trouver quelqu'un avec qui sortir ou avec qui partager de bons moments est une bonne solution pour t'occuper.

– Non, mais je rêve ! m'exclamé-je. Tu as pensé à tout, à ce que je vois. Tu es une vraie sorcière, ma parole !

– Non, juste ton amie.

– Alors mon amie sait pertinemment que je n'ai besoin de personne dans ma vie pour combler quoi que ce soit. Je suis parfaitement heureuse comme ça, ajouté-je d'un ton un peu plus abrupt que je ne l'aurais voulu. Tu ne vas quand même pas t'y mettre ?

– Driss est un gentil garçon.

– Je n'ai jamais dit le contraire ! m'offusqué-je. Je n'ai juste pas envie qu'il devienne plus qu'un collègue. Alors, laisse-moi tranquille, tu veux ?

– OK, mais tu verras un jour que c'est moi qui avais raison.

Je grogne et lève les yeux au ciel.

– On dirait ma mère.

– Jamais ! s'offusque-t-elle.

– Alors, arrête-moi ce discours arriéré et viens m'aider à préparer le repas des chiots.

Elle sourit et me suit jusqu'à la salle où nous stockons les aliments pour nos protégés.

J'adore cette pièce. Elle est rangée comme j'aime, avec sur chaque étagère le nom de tous les pensionnaires du refuge. Chacun possède une fiche personnalisée en fonction de ses besoins nutritionnels, de ses allergies ou de ses goûts. Ces fiches sont renouvelées régulièrement et nous prenons un soin particulier à ce qu'il n'y ait aucune erreur. L'état de santé des animaux en dépend.

Je me rends vers les armoires et attrape au passage quelques gamelles en métal. Tandis que je commence mes dosages, Nathalie reprend dans mon dos, en sortant quelques sachets de friandises :

– L'investisseur potentiel devrait passer voir les locaux dans le courant de la semaine prochaine.

J'acquiesce tout en versant un sachet de croquettes adaptées dans la gamelle des labradors arrivés il y a deux jours, puis verse dessus une pipette de vitamines recommandées par le vétérinaire.

– Parle-moi de lui, demandé-je à Nath avec l'envie d'en savoir plus.

– C’est un jeune entrepreneur de la région qui cherche à investir dans une firme à taille humaine. Les refuges et tout ce qui concerne le bien-être animal ne sont pas vraiment sa spécialité, mais après plusieurs échanges par téléphone, il me semble honnête et stable. J’espère ne pas me tromper.

Je pince les lèvres et reprends ma tâche en essayant de me convaincre que tout cela n’est qu’une histoire de gros sous et que cela ne me regarde pas.

– D’ailleurs, c’est un enfant du Jura, ajoute Nathalie. Il est parti faire ses études à Paris et a monté plusieurs start-up, qui ont plutôt bien fonctionné. Il cherche à revenir s’installer dans le coin, à renouer avec ses racines en quelque sorte.

Je souris, reconnaissant bien ma patronne dans ce discours.

– Et quel est son intérêt dans tout ça ? ne puis-je m’empêcher de demander. Ça m’étonnerait que le retour sur investissement soit vraiment intéressant…

Mon amie et patronne interrompt ses gestes et me fixe du regard en grimaçant.

– Je ne crois pas que ça soit vraiment son objectif. Il est fils d’agriculteur et la terre jurassienne lui tient à cœur. Il a l’air d’être attentif aux animaux et à la faune sauvage de la région.

– L’homme parfait, laissé-je échapper en riant.

– Arrête de te moquer, veux-tu ! Je préfère ça à un PDG pédant en costume.

– C’est vrai.

Nous continuons nos tâches en silence. Je place les dernières gamelles en métal sur le chariot prévu pour la distribution des repas, au son des jappements impatients qui retentissent à l'extérieur.

– Tu peux rentrer, Amélie. Merci. Je m'occupe de la suite.

Sans vraiment faire attention à ce que Nathalie me dit, je pousse le chariot vers la sortie, bien décidée à aller distribuer les repas. Mon amie me regarde avec insistance :

– Quoi ? lui demandé-je.

– Rentre chez toi !

– Ne t'inquiète pas. Je gère ça pendant que tu fais le tour des box. Après, je rentre, promis.

Elle lève les yeux au ciel tandis que j'esquisse un sourire et sors de la salle. Celui ou celle qui me fera quitter ce refuge de force n'est pas né !

– Victor Chanvrin n'a aucune idée de ce qui l'attend ! se marre-t-elle dans mon dos. Je lui ai parlé d'une employée dévouée et fidèle. Ça a paru lui plaire, mais il ne sait pas dans quoi il met les pieds.

Le ton sur lequel Nathalie prononce ces mots est badin. Pourtant, au lieu de rire comme je l'aurais fait d'habitude, j'arrête net mes mouvements. Deux gamelles superposées sur le chariot dégringolent à terre en faisant un bruit monstrueux. J'ai comme la sensation que mon cœur arrête de battre, que ma poitrine se comprime et que mon cerveau tourne trois fois sur lui-même. *D'où sort-elle ce nom ? Pourquoi parle-t-elle de Victor ?*

CHAPITRE 3

VICTOR

Alors que je pousse la porte de la cuisine familiale, une douce odeur de légumes qui cuisent me chatouille les narines. Ma mère est face à ses fourneaux et ne me voit pas arriver. Je m'approche d'elle à petits pas et dépose un bras sur ses épaules, la faisant sursauter.

– Oh ! Tu m'as fait peur ! s'exclame-t-elle en portant la main à sa poitrine.

– Que mijotes-tu de bon ?

– Un risotto à la butternut. Ton père en raffole.

Je souris. Après toutes ces années ensemble, ces deux-là continuent de se faire plaisir l'un l'autre aussi souvent que possible, c'est beau à voir.

– Tu restes dîner ?

– Non, réponds-je en soupirant. Je dois aller boire un verre en ville.

Ma mère cesse de touiller sa mixture, dépose sa cuillère en bois et me scrute un instant.

– Tu n'as pas l'air enchanté.

Je soupire une nouvelle fois.

– Les grandes retrouvailles, ce n'est pas vraiment mon truc, tu sais.

– Dans quelques semaines, tu te plaindras qu'il n'y a rien à faire dans cette maudite ville. Comme tu te plaisais toujours à le dire quand tu étais ado, me lance-t-elle avec un sourire complice.

– Oui, certainement.

Ma réponse laconique n'échappe pas à ma mère, même si elle ne le fait pas remarquer.

J'ai passé ma dernière année de lycée à me plaindre de cet endroit perdu en pleine nature, avec l'envie dévorante de découvrir d'autres horizons. En revenant ici six ans plus tard, j'ai l'impression de rétropédaler et de m'asseoir sur mes rêves d'adolescent. Pourtant, il est indéniable que le cocon familial m'a manqué.

– En tout cas, sache que nous sommes ravis de t'avoir à la maison, ton père et moi.

Évidemment ! Je souris et dépose un baiser léger sur la tempe de ma mère. J'ai la chance d'avoir des parents parfaits, je la mesure chaque fois que je les vois.

Celle qui m'a élevé lève un bras comme pour me dire de filer, et je m'éloigne jusqu'à l'entrée pour y revêtir mon manteau.

Les photos de famille sur les murs me rappellent comme j'ai aimé vivre dans cette maison, jusqu'à ce que tout devienne irrespirable. La vie est drôle quand on sait que c'est ce que j'ai ressenti à Paris ces derniers mois : l'impression de n'être pas à ma place, de perdre mon temps dans des projets qui gratifiaient plus mon *ego* et ma carrière que mon cœur. Pourtant, mon retour ici a pour but que tout reprenne comme avant. Max et Julien, mes associés, comptent sur moi. Il faut que je leur prouve que je suis capable de redresser la barre, au risque de perdre gros. Mais ce soir, rien ne me semble moins sûr. J'ai l'impression de marcher sur des sables mouvants. Je secoue la tête comme pour en chasser ces idées.

Avant de claquer la porte d'entrée, je crie :

– Bonne soirée, je ne rentre pas tard !

Sur le perron, je souris. Me justifier sur mes sorties n'est pas une obligation, vu mon âge, mais il y a des choses qui ne se perdent pas malgré le temps qui passe.

***

L'ambiance qui règne dans le seul vrai bar du village est bon enfant. Même si je rentre au bercail plusieurs fois par an, il est rare que je reste plus d'un ou deux jours. Y compris pour Noël. Ça fait donc un moment que je ne suis pas venu ici. L'Onyx n'a pas changé. Seuls les néons jaune criard ont été remplacés par une enseigne plus à la mode.

À l'intérieur, plusieurs tables sont occupées. Je repère de loin Pierre, Tomas et Guillaume, accoudés au bar, en train de se chamailler gaiement. Depuis la période du lycée, nous sommes tous plus ou moins restés en contact. Ces gars sont ceux avec qui j'ai grandi et passé toute ma scolarité. Ce genre de liens, ça marque.

– Eh, voilà le fils prodige ! s'exclame Tomas au moment où il me voit entrer.

Je me dirige vers eux et s'ensuivent des accolades viriles. Je mentirais si je disais que je ne suis pas content de les revoir. Cependant, mon malaise ne faiblit pas.

Je prends place à leurs côtés et commande une bière.

– Alors, comme ça, tu reviens parmi nous ? Paris, c'est fini ? me lance Guillaume.

– Paris n'est pas si extraordinaire que ça… botté-je en touche.

– À d'autres ! ricane Tomas. La vie doit être bien plus trépidante qu'ici !

Les deux autres acquiescent tandis que le barman apporte ma boisson. J'en bois une gorgée avant de répondre avec humour :

– Qu'est-ce qui t'empêche de t'y installer alors, mec ?

– Le boulot, pardi ! enchaîne Tomas. Je ne suis pas certain qu'on y répare autant de tracteurs qu'ici.

Il a repris la société familiale de dépannage de matériel agricole juste après avoir obtenu son bac, et je sais qu'il s'y épanouit. De mon côté, j'ai toujours eu la bougeotte. Me barrer était mon plus grand rêve, étant jeune.

Nous continuons à bavarder de tout et de rien, de prendre des nouvelles de chacun. Guillaume nous apprend qu'il vient d'ouvrir une nouvelle agence immobilière dans la région. Même si j'en ai l'occasion, je ne leur dévoile pas mes projets en lien avec le refuge. Nathalie, avec qui j'enchaîne les appels téléphoniques, n'a pas encore tout à fait pris sa décision. Et même si je sens que c'est en bonne voie, je préfère rester discret. Je pourrais en effet me retrouver dans l'obligation de me rabattre sur autre chose. Ou de retourner à Paris et de faire état de mon échec cuisant…

Au moment où nous commandons une seconde tournée, je sens quelque chose se frotter à mes pieds. Un chat blanc a élu domicile sur mes chaussures, sous ma chaise. Je souris et me baisse pour le caresser, ce qui n'échappe pas à Pierre, qui semble étonné.

– Tu as encore ce chat chez toi ? demande-t-il au patron, qui confectionne je ne sais quelle mixture non loin de nous. Je croyais que tu y étais allergique.

Le vieil homme hausse les épaules.

– Il est là maintenant, il n'a qu'à rester, je ne vais tout de même pas mettre cette pauvre bête dehors par le temps qu'il fait.

– Tu riras moins s'il s'agit d'une femelle et qu'elle te ramène une portée d'ici six mois, s'exclame mon ami.

– M'en parle pas, enchaîne Tomas. J'en ai partout. Ils se reproduisent aussi vite que des souris.

– Pourquoi ne pas les faire stériliser ? l'interrogé-je.

– C'est vrai, approuve le gérant du bar, il paraît que le refuge un peu plus haut fait des stérilisations gratuites. Je vais me renseigner aussi.

J'acquiesce et continue à passer les doigts dans le pelage blanc du gentil matou qui ronronne sur mes Doc. À l'évocation de Sauv'Anim, une drôle de sensation se distille dans ma poitrine, mais je ne laisse rien paraître.

– C'est que je m'y suis attaché, à cette enflure de chat, ajoute notre interlocuteur.

Mes amis et moi-même éclatons de rire.

– Si tu y vas, embarque donc Victor. Je suis sûr qu'il sera ravi de revoir Amélie !

Je relève la tête au moment où Pierre prononce ce prénom. Il ne semble pas s'apercevoir du malaise qu'il vient de créer chez moi. Guillaume, en revanche, fourre son nez dans sa bière en haussant un sourcil désapprobateur. Voilà le sujet que je souhaitais à tout prix éviter ce soir, mais il faut croire que c'est peine perdue.

Victor Chanvrin qui investit des fonds dans le refuge où travaille son ex-petite amie, voilà de quoi faire jaser à des kilomètres à la ronde. Cette histoire me suivra certainement toute ma vie… Je ne veux pas que l'on croie que je suis revenu pour ça. Pour *elle*. Parce que c'est faux. Je secoue la tête et décide de ne pas réagir.

CHAPITRE 4

AMÉLIE

Je gigote sur ma chaise pour me réchauffer un peu. Qui d'autre que Gauthier parviendrait à me faire prendre un café en terrasse par ce froid ? Personne ! Mon ami est d'avis que les places extérieures sont bien plus confortables car il n'y a pas un chat aux alentours. Tu m'étonnes !

Gauthier se rassied en face de moi avec, en main, deux cafés fumants. Emmitouflé dans son manteau en fausse laine, il porte un bonnet rouge à pompon que lui seul peut arborer avec style. Ses grandes lunettes à monture carrée lui donnent un air de geek qui me fera toujours rire. On dirait *Charlie*, du célèbre jeu de cherche et trouve.

– Alors, raconte-moi tout, dit-il pour m'inciter à prendre la parole en avalant une gorgée de sa boisson caféinée.

– Je commence par quoi ? Par les débuts de la « mission Noël » annuelle de la famille Monestier ou par l'arrivée imminente d'un patron qui pourrait me faire démissionner ?

– Ta mère te gonfle déjà avec Noël ? s'écrie-t-il, horrifié, en posant une main sur sa poitrine.

Je hoche la tête tout en soufflant de dépit. Mes parents et moi, c'est une très longue histoire. Nous n'avons pas grand-chose, pour ne pas dire strictement rien, en commun…

– Et ce n'est pas le pire, ajouté-je. Victor Chanvrin est bien parti pour reprendre certaines parts du refuge.

La bombe est lâchée. Et elle fait immédiatement écarquiller les yeux à Gauthier.

– Victor Chanvrin. *Le* Victor Chanvrin auquel je pense ? Tu es sérieuse ?

– J'ai l'air de plaisanter ? Ça fait trois jours que je n'en dors pas.

– Tu penses qu'il sait que tu bosses toujours pour Sauv'Anim ? Bah oui, il sait, c'est sûr ! Mais tes parents sont au courant ? Et…

Gauthier s'agite comme un enfant. Je lui fais signe de mettre fin à sa litanie en secouant une main entre nous.

– Quand Nathalie m'a annoncé cette nouvelle, j'ai paniqué, prétexté une migraine, puis je suis rentrée au chalet. J'étais de garde ce week-end, mais elle était en famille, donc je ne l'ai pas revue depuis.

– Et tu ne bosses pas aujourd'hui ?

– Si. J'ai juste pris ma matinée parce que j'avais rendez-vous à la première heure avec l'entreprise chargée de retaper mon toit, expliqué-je d'un ton las en regardant ma montre. D'ailleurs, je ne vais pas tarder. Il faut que je repasse chez moi me changer avant d'aller bosser.

Mon ami s'adosse à sa chaise en soufflant exagérément. Je savais que quand je lui ferais part de cette information à propos de Victor, il serait aussi paniqué que moi. Nous n'avons pas prononcé son nom depuis des années, mais il faut croire que les vieux démons ressurgissent forcément à un moment.

Je touille mon café et le termine à la hâte. Le froid s'accentue et j'ai du travail qui m'attend au refuge.

– Et pourquoi investit-il ?

Je lève la tête vers mon ami.

– J'ai posé la même question à Nathalie. Avant de savoir qu'il s'agissait de Victor. Je trouve ça louche. Ce n'est pas comme si le refuge amassait des sommes considérables. C'est à peine si l'on arrive à joindre les deux bouts, en ce moment. Mais Nathalie paraît enthousiaste et ça m'embête de l'inquiéter avec mes histoires. Selon elle, il a besoin d'un retour aux sources.

Gauthier soupire et retire son bonnet pour se passer une main dans les cheveux tout en réfléchissant.

– Le mec se barre pendant six ans, réussit sa vie à Paris, et revient la bouche en cœur s'installer dans le coin en abandonnant des projets prometteurs ? C'est plus que louche, si tu veux mon avis !

Même si je suis loin de porter Victor Chanvrin dans mon cœur, je ne lui prêterais pas de mauvaises intentions pour autant. Malgré tout ce qu'il s'est passé entre nous, je ne peux qu'être convaincue qu'il pourrait être un bon investisseur pour le refuge. Mais peut-être a-t-il changé depuis ce temps…

Je réfléchis un moment avant de hausser les épaules.

– Dans tous les cas, je compte bien parler de mes doutes à Nathalie. Je m'en voudrais trop de ne pas l'avoir alertée. Juste au cas où.

J'essaie de convaincre qui au juste ?

– Tu vas gérer ça comment ?

Je laisse passer quelques secondes, puis déclare d'une voix morne :

– Aucune idée. Comme d'habitude, en restant moi-même.

– Je crains le pire, grimace mon ami.

– Il est censé être investisseur, pas bénévole dévoué. Donc si je me débrouille bien, je pourrais ne même pas le voir. Il va peut-être se contenter de prendre des décisions avec Nathalie, sans jamais mettre les pieds sur place, déblatéré-je sur un ton déterminé.

Gauthier me dévisage d'un air peu convaincu.

– Et s'il souhaite reprendre contact ?

– Je m'y opposerai.

– Tu sembles sûre de toi.

Je triture nerveusement mes doigts, ce qui n'échappe pas à mon ami qui pose sa main sur la mienne.

– Ne te fous pas le cerveau à l'envers à cause de ce type, Amé. Il n'en vaut pas la peine.

J'acquiesce tout en sentant mon cœur se serrer. Je fiche mentalement une gifle aux souvenirs qui tentent de m'assaillir et plaque un sourire de circonstance sur mon visage.

– Évidemment qu'il n'en vaut pas la peine ! m'exclamé-je un peu trop fort, comme pour m'en convaincre moi-même.

Gauthier n'est pas dupe, mais il a la délicatesse de ne pas relever mon manque évident de sincérité.

– Et puis, s'il décide d'envahir ton quotidien, ça sera une bonne occasion pour lui faire des coups tordus, non ? Tu pourrais pisser dans ses bottes ! Ou mieux, glisser la plus belle crotte de Livi dans la poche de son blouson !

J'éclate de rire. Je sais que Gauthier serait totalement capable de mettre ces idées en pratique.

– T'es barge, ma parole ! lui dis-je en tentant de me calmer.

– Imaginatif, tu veux dire ?

Nous échangeons un regard avant de nous remettre à rire.

Au moment où je m'apprête à terminer mon café, une voix familière me file un frisson.

– Tiens, la sauvageonne est sortie de sa forêt !

Je lève les yeux en direction de l'homme de la taille d'un Golgoth qui s'approche de nous. Il serre la main de Gauthier puis arrime ses yeux aux miens.

– C'est ta sortie mensuelle aujourd'hui, Amélie ?

Il rit comme si sa blague était drôle. Voilà la raison pour laquelle je déteste venir en ville en semaine. Je suis certaine de croiser ceux que j'ai côtoyés toute ma jeunesse et avec qui je n'ai jamais réussi à m'entendre. Je pensais qu'en vieillissant, ils arrêteraient leurs réflexions vaseuses. Mais non.

Mon interlocuteur passe en revue ma tenue, qui se compose d'un jean troué aux genoux et de mes éternelles bottes en plastique. Puis ses yeux s'attardent sur mon chignon défait.

– Tu ne changes pas, hein !

Je plisse les yeux, mais ne réponds rien. Avec les années, j'ai réussi à accepter d'être cet étrange spécimen dont tout le monde parle dans un village. Les rumeurs vont bon train quant à mon mode de vie, mon boulot et ma situation sentimentale. Ils peuvent bien dire ce qu'ils veulent, ça ne m'atteint plus. Enfin, presque plus.

– D'ailleurs, vous étiez au courant que Victor est de retour dans le coin en ce moment ?

J'expire un grand coup et sens mes joues devenir cramoisies. Ce n'est pas une simple question. Pierre Dussault, dans son costume de patron d'hôtel, sait très bien ce qu'il fait. Il remue le couteau dans la plaie. Il a parfaitement conscience que cette information n'est pas anodine pour moi.

Gauthier me sauve la mise et enchaîne :

– Comme souvent à l'approche des fêtes, non ?

– Oui, mais *a priori* il projette de rester un moment, cette fois-ci.

Pierre bombe le torse et me fixe du regard un instant avant de comprendre que je ne réagirai pas et qu'il est temps de partir. Il fait signe à Gauthier, mais nous abreuve de nouveau de sa connerie légendaire en entonnant de loin :

– À l'année prochaine, Amélie !

– À jamais, espèce d'abruti ! grogné-je entre mes dents.

– Lui non plus ne change pas, souffle Gauthier de son côté.

– Non, c'est clair. Et je crois que depuis qu'il a repris l'affaire familiale, c'est encore pire qu'avant. Bon, je file, je vais être en retard.

Je me lève et rajuste mon manteau. Gauthier, lui, reste assis.

– Tu restes ici ?

– Oui, j'attends quelqu'un, me répond-il d'un air énigmatique.

C'est à mon tour d'écarquiller les yeux. Avec mes déboires, je ne me suis même pas intéressée à la vie de mon ami, et je m'en veux instantanément.

– Tu as fait une rencontre ?

– Tu vas être en retard, grogne-t-il en esquivant ma question.

Je lui assène une pichenette sur le bras, décroche ma besace en cuir défoncée suspendue à ma chaise et qui menace de la faire basculer tant elle est lourde, avant de déclarer d'un air victorieux :

– Tu me raconteras tout la prochaine fois, quand je te raconterai qu'on m'a invitée à dîner !

Un clin d'œil et le tour est joué. Mon ami ouvre la bouche, scandalisé.

– Amélie Monestier, pourquoi ta vie est-elle plus passionnante que la mienne en ce moment ? Ça ne va pas du tout, ça !

CHAPITRE 5

AMÉLIE

Il me faut près d'une demi-heure pour remonter jusqu'à mon chalet, la condensation dans ma vieille Clio et les nuages très bas m'empêchant de voir correctement la route. Le ciel est blanc et l'atmosphère silencieuse, comme si la nature se préparait à l'hiver.

J'ai choisi de vivre dans les montagnes, éloignée de tout. Quand j'ai repris le vieux chalet miteux du père Grégory, tout le monde a clamé que c'était insensé. Mes parents les premiers. Tout était à refaire, mais à force de volonté et de travail, je suis parvenue à créer mon nid douillet. J'y suis si bien que je n'envisagerais pour rien au monde de déménager un jour. Je trouve ici le calme et l'apaisement que je recherche tant. Et, avantage non négligeable, le refuge ne se trouve qu'à quelques kilomètres, niché au creux des pins. C'était une volonté de Nathalie de créer ce centre pour animaux au plus près de la nature.

Alors que je bifurque vers le chemin qui mène chez moi, une sorte de craquement se fait entendre au niveau de ma boîte de vitesses. Je grogne et continue à accélérer, mais c'est peine perdue. Une fumée blanche s'élève devant moi, m'obligeant à m'arrêter.

Je claque la portière et bougonne dans ma barbe.

– Manquait plus que ça !

J'ouvre le capot avec difficulté, mais ne distingue pas grand-chose. Je vais devoir appeler un garagiste dans la journée pour qu'il vienne me dépanner. Et il est bien sûr inconcevable que j'attende ici à ne rien faire. Je récupère mes affaires sur le siège passager et entreprends de parcourir le reste du chemin à pied. Fichu pour fichu, on verra ça plus tard. En attendant, j'ai du travail qui m'attend et il est hors de question que je sois en retard à cause de ce vieux tacot !

Ma petite bicoque biscornue que j'affectionne tant se dessine peu à peu devant moi. Les lattes de bois qui entourent les fenêtres sont peintes en jaune et mes jardinières, en bleu, mes couleurs favorites. Brahms et Ramsès se ruent sur moi. L'un vient se nicher dans mes pattes en miaulant tandis que le second aboie si fort qu'il pourrait réveiller les morts.

– Tout doux, les lutins. Je suis là, je vous ai vus.

Je les gratifie de quelques gratouilles avant de déverrouiller la porte d'entrée.

Alors qu'une douce chaleur m'enveloppe, je me félicite d'avoir laissé le poêle à granules en route ce matin avant de partir. Je remplis les gamelles de mes bêtes à poils et file dans ma chambre revêtir des habits plus chauds. Je ressors ensuite de la maison pour rejoindre la petite grange attenante qui me sert de débarras.

Emmitouflée dans une énorme doudoune noire, mon bonnet en laine multicolore sur la tête, je soulève la vieille bâche bleue qui dissimule depuis des lustres l'engin qui va me permettre de me rendre au refuge sans trop d'encombres. Enfin j'espère.

Ça pétarade, mais ça avance, c'est le principal.

J'arrive dans la cour après vingt minutes de route, complètement frigorifiée malgré les couches de vêtements que je porte. Mon sac à dos, qui contient quelques affaires propres et de quoi dîner ce soir, me cisaille les épaules.

Je gare ma vieille mobylette Peugeot 103 à l'abri, contre le mur qui donne sur les box des chiens. Je savais que cette relique laissée par l'ancien propriétaire du chalet me servirait un jour. Elle a mis du temps à démarrer, mais le père Grégory, qui s'en servait régulièrement et la bichonnait comme un nouveau-né, m'a filé quelques tuyaux pour la relancer sans trop d'encombres.

J'enfonce mon bonnet encore un peu plus sur mes oreilles, regarde ma montre et presse le pas en direction de l'accueil. Devant la grande porte vitrée, sur le parking réservé au personnel, se trouve la voiture d'Isabelle, que je dois relever, ainsi que celle de Nathalie. Mais c'est un autre véhicule qui me fait tiquer. Une superbe berline noire aux vitres teintées est garée un peu plus loin. Il s'agit certainement de celle d'un visiteur venu se renseigner pour une adoption.

Pressée de me mettre au chaud, je passe le pas de la porte en soufflant sur mes doigts pour les réchauffer, notant mentalement qu'il est indispensable que j'appelle le garagiste au plus vite. Il est impensable que je tienne tout l'hiver en cyclomoteur.

Je suis encore accaparée par mes pensées quand je dépose mes affaires sur le comptoir d'accueil. Des pas derrière moi me font sursauter.

– Hello Amélie ! me salue Isabelle au moment où je me retourne.

– Salut Isa. Comment s'est passée la matinée ?

– Très bien. Livi a été calme et Chopper a mangé toute sa gamelle dont son antibiotique. Les chiots ont cessé leur remue-ménage il y a un quart d'heure et je viens de terminer l'aile des matous.

Tandis qu'elle continue à dérouler la liste des tâches qu'elle a effectuées et tout ce que j'ai besoin de savoir afin de prendre le relais, je me mets à l'aise. J'accroche mon manteau à la patère prévue à cet effet et me dirige vers les vestiaires pour y préparer ma cotte de travail.

Derrière moi, Isabelle trottine pour me transmettre les informations qu'elle a notées dans un calepin. Elle est nouvelle dans l'équipe et, si elle n'est pas encore totalement à l'aise avec la majorité des animaux, on sent qu'elle veut bien faire.

Nous nous trouvons dans la cuisine, où je range mon dîner dans le frigo, quand elle finit par lâcher :

– Et Nathalie m'a demandé de te dire de la rejoindre au pré dès ton arrivée. Elle a besoin de toi pour terminer la visite.

– Quelqu'un envisage d'adopter un des poneys ? la questionné-je en ouvrant le réfrigérateur.

– Non, chuchote-t-elle en se rapprochant de moi. Il me semble que c'est l'investisseur dont elle nous a parlé. Il est arrivé en fin de matinée et elle lui a fait faire le tour de l'aile A avant de sortir.

J'ai l'impression qu'un froid polaire s'abat dans la pièce. *Il est là.* Je m'apprête à le revoir après six ans sans le croiser. Il faut dire que j'ai esquivé en beauté chaque fois qu'il est venu passer quelques jours chez ses parents, qui ne sont autres que les voisins des miens.

Je ferme les yeux et tente d'inspirer calmement par le nez. Dos à Isabelle, je fais tout pour qu'elle ne remarque pas ma gêne.

– Il me semble qu'il souhaite te rencontrer pour faire connaissance. C'est plutôt sympa qu'il s'intéresse autant au refuge. La majorité des investisseurs injectent de l'argent dans les sociétés qu'ils rachètent et ne profitent que des rendements…

– OK, dis-je en me relevant et en claquant la porte du frigidaire, ce qui fait légèrement sursauter ma collègue. Laisse-moi tes notes, je me débrouillerai avec. Tu peux y aller, je ne voudrais pas te retenir.

Mon ton est un peu sec. Je m'y prends mal, cette pauvre Isabelle n'a rien fait qui justifie que je m'adresse à elle sur ce ton. Pourtant, je suis incapable de lui présenter des excuses ou de sourire pour faire comme si de rien n'était.

– D'accord, lâche-t-elle avec un sourire incertain. Mon petit ami m'attend, alors je file.

Elle me tend son carnet et se dirige vers les vestiaires tandis que je reste immobile. J'entrouvre la bouche pour la retenir et lui souhaiter une bonne après-midi, mais les mots restent bloqués dans ma gorge. *Mais pourquoi suis-je incapable de me comporter comme un être humain normal ?*

Lorsque j'entends la porte du refuge claquer derrière elle, je tente de me ficher un coup de pied mental aux fesses. *La rencontre avec Victor est inévitable, alors ressaisis-toi et fais bonne figure !*

Je n'ai pas le temps d'élaborer un plan de fuite que la porte se rouvre. Des bruits de pas qui approchent font accélérer les battements de mon cœur, meurtri par les souvenirs que m'évoque Victor.

Quand le timbre de sa voix parvient jusqu'à mes oreilles, chaud et rocailleux, la boule dans ma gorge devient aussi grosse qu'un pamplemousse. Mes jambes flageolent. J'ai envie de hurler de rage que ce mec me fasse autant d'effet, même après toutes mes nuits à cogiter sur sa trahison.

Le rire léger de Nathalie me remet les pieds sur terre et quand elle entre la première dans la cuisine, un sourire serein accroché aux lèvres, je me raccroche à ça pour tenter de garder la face.

Inspire. Expire. Je recommence plusieurs fois cet exercice, seule chose potable que m'ont apprise toutes les séances chez le psychologue où ma mère m'a traînée, enfant. Mon mutisme jusqu'à l'âge de trois ans et les conseils de ses amies du village l'ont convaincue que je devais consulter un médecin. Pas une fois ne lui est venue l'idée que j'étais seulement une grande timide. Non, je devais forcément être différente. Ne pas rentrer dans le moule. Et ça, chez les Monestier, c'est inimaginable.

Adossée au frigidaire, les yeux clos, j'attends je ne sais quel déclic pour réagir.

– Salut Amélie ! Je te cherchais justement, prononce Nathalie.

J'ai assurément l'air idiote comme ça, mais c'est plus fort que moi. Faire face à Victor me rend fébrile comme jamais. Pourtant, quand les doigts froids de mon amie se posent sur mon bras, j'arrive à desceller mes paupières.

– Tout va bien, ma belle ? Tu es pâle comme un linge.

Tandis que ses paroles se fraient un chemin jusqu'à mon esprit, mes yeux scrutent la cuisine derrière elle. Personne à l'horizon. Pourtant j'ai bien entendu *sa* voix. Je la reconnaîtrais entre mille.

Je souffle un bon coup et me redresse.

– Un léger coup de mou, assuré-je en secouant légèrement les épaules. Tout va bien.

– Ça n'a pas l'air. Ta migraine est de retour ? s'inquiète ma responsable.

– Oui, un peu.

Je mens. Aucune migraine ne me comprime le crâne. Pas plus que la semaine dernière. Cependant, c'est la seule échappatoire qui m'est venue quand j'ai eu besoin de fuir la discussion vendredi.

Nathalie, qui n'a pas pour habitude de me voir dans cet état, grimace légèrement et continue à presser ses doigts sur mon avant-bras. Ce geste maternel me réconforte un peu, même si je me sens mal de lui mentir.

– Victor Chanvrin est en salle de réunion. Il est au téléphone. Je pensais que c'était le bon moment pour vous rencontrer, mais, vu ton état, peut-être serait-il judicieux de reporter.

Sans le savoir, mon amie m'offre une porte de sortie inespérée.

– Oui, je crois qu'il vaut mieux. Ça ne te dérange pas si je rentre me reposer un peu ?

Tu es pathétique, Amé !

– Bien sûr que non. File ! me répond-elle en fronçant les sourcils. Pense quand même à appeler un médecin, ton état m'inquiète.

Je souris faiblement et décolle enfin mon dos du réfrigérateur pour aller récupérer mes affaires. C'est bien la première fois que je fuis le refuge aussi vite. Alors qu'il est habituellement mon antre, j'ai l'impression qu'il pourrait devenir mon enfer.

– Oui, oui, ne t'inquiète pas. Un bon thé chaud, du sommeil et je serai vite sur pied.

Mon amie acquiesce, mais ne semble pas tout à fait rassurée.

– Je n'ai pas vu ta voiture sur le parking. Tu es venue à pied ?

Même s'il m'est parfois arrivé de passer par les bois en plein été, Nathalie se doute parfaitement que, vu le froid de canard qu'il règne dehors, ce n'est pas le cas aujourd'hui.

– À mobylette, avoué-je en esquissant un pâle sourire. Ma Clio a rendu l'âme.

– Mince ! Mais tu ne vas pas repartir comme ça dans ton état ! s'exclame-t-elle. Je vais prévenir Victor que je te ramène chez toi, c'est la moindre des choses. Ensuite, je…

– Non, non, la coupé-je alors qu'elle s'éloigne. Tout va bien se passer. Je vais conduire prudemment.

Dans mon ton, l'urgence se fait sentir. Il est impossible qu'elle fasse sortir le loup de sa cage. *Que Victor Chanvrin reste donc planqué dans la salle de réunion !*

– Tu es sûre ?

– Certaine. Va t'occuper de ton futur associé. Je serai là ce soir sans faute pour ma garde.

J'appellerai Driss de chez moi pour savoir s'il peut me remplacer cet après-midi. D'accord ?

Nath acquiesce, et son inquiétude me tord le ventre tandis que je tisse la toile du mensonge autour de moi.

– Je vais bien, c'est juste la fatigue qui me tombe dessus. Du repos et ça ira mieux. Peut-être même que le froid va m'aider ! dis-je en essayant de sourire comme si je plaisantais.

Mon amie ne paraît pas convaincue, mais elle me connaît : je suis têtue comme une mule, et je suis bien décidée à sortir d'ici sans croiser le regard de Victor.

– OK, souffle-t-elle. Mais tu m'envoies un SMS dès que tu es arrivée chez toi, c'est compris ?

Elle pointe son index dans ma direction et une bouffée d'affection me prend. J'aurais aimé avoir une mère comme elle.

– Promis !

Avant qu'elle ne change d'avis, je dépose le calepin d'Isabelle sur le comptoir d'accueil et me dépêche d'enfiler ma doudoune et mon bonnet informe.

Après de multiples recommandations de la part de ma patronne et un baiser soufflé du bout des doigts, je me retrouve dehors. S'il pensait me voir, Victor va être déçu.

Je me hâte de contourner les bâtiments, enfile mon sac à dos, enfonce mon casque hors d'âge par-dessus mon bonnet et enfourche ma pétrolette ringarde. Je donne un coup de pédale et fais rugir le moteur. Derrière moi des graviers blancs percutent la jolie berline noire aux vitres teintées, et c'est sans scrupule que je laisse un sourire se dessiner sur mes lèvres.

CHAPITRE 6

VICTOR

J'ai les pieds pleins de boue et le nez aussi rose que la langue du poney qui a tenté de bouffer ma doudoune. J'aurais dû mettre des bottes plutôt que mes sneakers, mais je ne pensais pas que Nathalie m'entraînerait pour un tour du refuge.

Ce rendez-vous devait se résumer à mettre en commun nos idées pour le futur de Sauv'Anim. Ou plus exactement à ce que je lui présente les miennes pour achever de la convaincre que je suis l'investisseur idéal. J'avais tout préparé : un Power Point du tonnerre, des tonnes de statistiques lui démontrant le développement fulgurant des dernières start-up que j'ai créées, et un argumentaire en béton. Pourtant, elle n'a rien voulu savoir. Et moi, je me suis senti comme un imbécile. Ce n'est pas en débarquant ici avec mes compétences sur papier que je vais pouvoir lui prouver ma bonne foi.

– Et c’est pour ça qu’on a décidé de donner une chance à d’autres bêtes, me dit-elle, tout sourire, alors que je n’ai pas suivi un traître mot de ce qu’elle a raconté juste avant. Amélie doit être arrivée et je veux absolument que vous vous rencontriez.

Aussitôt, mon cœur s’emballe, comme le traître qu’il est. Discrètement, je soupire. Puis je plaque un rictus de circonstance sur mon visage. *Génial. Mais dans quoi me suis-je encore fourré ?*

Une fois la porte de l’accueil franchie, la chaleur réchauffe ma peau instantanément. Je jette une œillade inquiète autour de moi, mais la pièce est vide. Nathalie retire son écharpe et reprend en riant :

– Amélie doit être en cuisine, elle ne s’arrête jamais !

J’ai envie de lui dire que je n’ai aucun doute là-dessus. Je sais qu’Amélie est née pour prendre soin des animaux, et que ce refuge est comme le sien. Déjà à l’époque, le simple fait d’évoquer cet endroit animait les petites paillettes d’or dans le vert de ses yeux.

Alors que la directrice s’éloigne de quelques pas, mon portable vibre dans la poche de mon jean. En découvrant le prénom de Julien, j’ai envie d’ignorer l’appel, mais me cacher la tête dans le sable n’a jamais été ma façon de faire.

– Nathalie ?

– Oui ?

– J'ai un appel important. Je vous rejoins dans quelques minutes, lui expliqué-je en lui montrant mon téléphone.

– Pas de soucis !

Face à la bienveillance de la propriétaire de Sauv'Anim, la conversation que je m'apprête à avoir me fait culpabiliser, cependant je refourgue ce sentiment dans un coin de ma tête et me dirige vers la salle de réunion pour avoir un peu d'intimité.

Je décroche avant même d'avoir fermé la porte.

– Salut Ju'.

– Alors, t'en es où ?

Pas un bonjour, ni même un « Comment tu vas, mon pote ? ». Julien se montre pragmatique. Ce n'est pas un appel privé, mais bien un de ses coups de fil qui me rappellent que tout repose sur mes épaules. Et là, tout de suite, je m'en serais bien passé.

– Je négocie.

– Va falloir que tu te bouges un peu plus. Il nous faut cette signature.

– Je sais.

– Je ne comprends pas, râle-t-il. Tu m'as bien dit que tu as grandi là-bas, non ?

– Oui.

– Alors pourquoi ça prend tant de temps ? Sans ça, on est foutus. Si tu ne signes pas, on peut dire au revoir à JVM Cosmetics. On est dans la merde jusqu'au cou. Cet investissement est primordial pour nous permettre de nous retourner.

– Je sais, lui réponds-je d'un ton las. Laisse-moi gérer.

Je ferme les yeux. Si je foire, je porterai la responsabilité de voir tout notre boulot partir en fumée. Et ce n'est clairement pas envisageable. J'aimerais tout de même lui dire encore une fois que la merde dans laquelle nous nous trouvons n'est pas de mon fait, mais je m'abstiens. Ça ne ferait qu'envenimer les choses.

– Je n'ai pas d'autre option que de te laisser gérer, de toute façon, assène-t-il d'un ton las. Max est chez notre avocat. Je te tiens au courant.

Secrètement, j'espère que le ténor du barreau que nous payons une fortune trouvera une autre solution pour sauver nos fesses et, par la même occasion, me permettre de me regarder tous les matins dans le miroir.

– Ça marche.

– Bye.

Si JVM Cosmetics est mon idée, sans les fonds apportés par Julien et Max, mes deux associés, jamais je n'aurais pu m'en sortir. Devenir la première marque de cosmétiques bio vendue exclusivement en ligne était un pari risqué. Mais gagnant. Plus de six mois que le processus est lancé et le démarrage a été payant presque immédiatement.

Avec Max, nous nous sommes rencontrés sur les bancs d'une des plus grandes écoles de commerce du pays. Depuis, on ne s'est jamais lâchés. Quant à Julien, il est celui avec qui nous nous sommes associés pour pouvoir développer différentes entreprises. Il est le financier du groupe, celui qui ne manque jamais d'argent ni de fonds. Héritier d'une grande famille bourgeoise, il possède un compte sans limites, et créer des sociétés ne lui demande qu'un claquement de doigts.

Nous avons toujours réussi à avancer main dans la main, jusqu'à ce que cette merde nous tombe sur le coin du nez. Maintenant, je me retrouve à devoir mentir à mes proches pour sauver mon entreprise. Et c'est peut-être ce qui me rend le plus triste. J'ai parfois envie de tout envoyer balader.

J'inspire un grand coup, comme pour me donner du courage, et secoue les épaules.

Au moment où je m'apprête à rejoindre Nathalie pour faire face à Amélie, j'entends un moteur pétarader dans la cour du refuge. Je fronce légèrement les sourcils et, après quelques enjambées, je retrouve la directrice dans le hall d'accueil, les bras croisés et la mine inquiète.

– Un souci ? la questionné-je.

Elle émet un soupir las.

– Amélie a dû rentrer. Elle ne se sentait pas bien. Une migraine violente. Je m'inquiète pour elle, ce n'est pas son genre de partir comme ça.

Je fais la moue et dirige mon regard vers la porte vitrée. Le moteur entendu il y a quelques secondes n'est déjà plus qu'un lointain souvenir. Et si Amélie venait de prendre la fuite à cause de moi ?

– Depuis que je lui ai parlé de ce rachat, elle semble déstabilisée et je m'en veux un peu, me confie la gérante du refuge, le regard perdu au loin.

– Lui avez-vous dit qui j'étais ?

– Oui. D'ailleurs, vous vous connaissez peut-être, non ?

Amélie me fuit, c'est certain. Sans réfléchir, je resserre mon écharpe et remonte la fermeture Éclair de mon blouson.

– Oui, vaguement. Je dois vous laisser, il faut que j'arrive à joindre mon associé au plus vite, inventé-je en me dirigeant vers l'extérieur.

Nathalie me regarde avec les yeux écarquillés, puis enchaîne :

– Oh ! D'accord.

– Merci pour la visite du centre.

– C'est normal.

– Je repasserai au plus vite.

Le fait de la laisser en plan n'est pas professionnel, mais c'est plus fort que moi : il faut que je brise la glace avec Amélie.

CHAPITRE 7

AMÉLIE

Habituellement, le trajet en voiture entre mon chalet et le refuge me prend à peine une vingtaine de minutes. À mobylette, il m'en faudra dix de plus. Tandis que je roule prudemment sur les routes sinueuses, la musique de *Surfin U.S.A.* des Beach Boys se mêle à toutes les autres pensées qui m'assaillent. Non pas que je préfère la mer, les vagues et le surf à mes montagnes jurassiennes, mais à cet instant précis, je voudrais clairement me trouver à l'autre bout du monde en train de siroter un cocktail, les pieds dans le sable.

J'ai souvent pensé à la façon dont je réagirais si je devais un jour revoir Victor. Dans mes rêves les plus fous, je lui assène des répliques bien senties, lui montrant que je n'ai pas une seule seconde souffert de sa trahison. Je lui montre que je suis devenue une femme forte, qui sait ce qu'elle veut et qui n'a que faire des médisances à son égard. Malheureusement, la réalité est tout autre.

Soudain, je m'en veux horriblement. La fuite n'a jamais été une option et c'est pourtant celle que j'ai choisie aujourd'hui. Seul Victor a encore le pouvoir de déterrer l'Amélie introvertie et fragile que tout le monde a connue, ce qui fait de lui un danger dont je préfère me protéger à tout prix.

Alors que j'amorce un virage en épingle, le vent qui se lève me fait ralentir. À travers mon casque – aussi vieux que le 103 que je conduis –, je décèle un autre bruit de moteur. Je serre alors à droite pour laisser passer la voiture qui doit vouloir me dépasser. Le guidon tremble entre mes doigts et je fournis un effort surhumain pour ne pas me retrouver la tête la première dans le fossé. Je jette une œillade dans le rétroviseur, mais il est piqueté de taches de rouille, m'empêchant de discerner grand-chose. *Mais pourquoi ne double-t-il pas ?*

Je me concentre sur le virage et, quand la visibilité est plus dégagée, je lâche ma main gauche et fais signe au conducteur qu'il peut accélérer. Mais il n'en fait rien. Je râle pour la forme et décide de ne pas me préoccuper de ce véhicule. *Qu'il prenne donc son mal en patience s'il ne veut pas doubler !*

À l'approche du virage suivant, la voiture se met à mon niveau et ralentit. *Mais qu'est-ce qu'il fout, cet idiot ?* Je jette un bref coup d'œil sur le côté et ce que je vois alors me fait froid dans le dos.

Victor a ouvert sa fenêtre côté passager et me dévisage. Ses lèvres pleines, que j'ai tant aimé embrasser, bougent rapidement, comme s'il était en train de me crier quelque chose, mais mon état intérieur ne me permet pas de comprendre quoi que ce soit. Mon cœur caracole comme un couillon dans ma cage thoracique.

Il est toujours aussi beau. Ses yeux sont toujours aussi verts. Ses mains sur le volant sont toujours aussi fortes. Des images de ces mêmes mains sur mon corps d'adolescente s'imposent à moi. *Ferme les yeux, Amé ! Et respire.*

Même si je garde les paupières bien ouvertes, je ne vois le danger arriver qu'au moment où les yeux de Victor s'écarquillent de surprise. La roue avant de mon bolide mord le bas-côté et s'enfonce dans l'herbe grasse, stoppant net ma course. Sans savoir vraiment comment, je m'accroche au guidon et arrive à ne pas tomber la tête la première.

Dans un bruit de chaton blessé, le moteur de la mobylette cesse de tourner. Tout comme mon cerveau. Quand je relève la tête, Victor a garé sa berline en warnings sur le bas-côté et approche de moi d'un pas leste. Même avec six ans de plus, il n'a pas changé. Il est toujours ce garçon dont je suis tombée éperdument amoureuse. Et qui m'a brisé le cœur.

Les deux pieds bien enfoncés de part et d'autre de mon destrier à moteur des années 1970, les mains sur le guidon, penchée vers l'avant, je ne bouge plus.

Non, mais il n'en a pas marre de bouleverser ma vie ?

– Tout va bien ?

Je dois avoir l'air idiote à le scruter de façon insistante sans rien dire. Mais j'hésite encore entre me jeter sur lui pour l'émasculer et me jeter à son cou pour retrouver l'odeur de sa peau.

– Amélie ?

Sa main s'approche dangereusement de mon visage. J'ai un mouvement de recul brutal qui me remet immédiatement les pieds sur terre. La rage et la colère se déversent dans mes veines et je soulève ma visière trempée pour le foudroyer du regard.

J'ôte précipitamment mon casque. Mon bonnet tombe par terre, laissant apparaître des cheveux qui doivent ressembler à un nid d'étourneaux. Cependant, je me concentre sur le spécimen qui me fait face et je hurle d'une voix enrouée :

– Mais ça va pas ? J'aurais pu me tuer !

Un minuscule sourire se forme sur ses lèvres, ce qui ne fait que décupler mon énervement.

– Et ça te fait rire, en plus ?

Alors qu'il s'apprête à répondre, je me décoince de la mobylette, tente de la retenir d'une main pour ne pas la faire tomber et la cale sur sa béquille qui s'enfonce dans l'herbe comme dans du beurre. Puis je me retourne vers celui que j'ai fui il y a à peine vingt minutes et qui se retrouve maintenant face à moi, en pleine nature, sous une bruine glaciale, sans que je sache comment. Ma vie est un film.

– Qu'est-ce que tu fiches ici, Victor ? Tu ne devrais pas être au refuge avec Nathalie ?

– C'est pour ça alors…

– Pour ça que quoi ?

– Cette migraine. Ta fuite. Je suis là parce que je voulais m'assurer que je ne me trompais pas.

J'écarquille les yeux. Ce mec vient de me faire prendre des risques inconsidérés sur une route de montagne pour me confronter à mes conneries. *Je rêve !*

– Aucune migraine. Aucune envie de te revoir, c'est tout.

– Je m'en doutais, ajoute-t-il, impassible. Pourtant je suis là.

– Quelle perspicacité ! m'exclamé-je en m'éloignant un peu de lui. Merci pour ces retrouvailles…

– Tu te comportes comme une enfant. Tu n'as pas tourné la page ?

Et il me traite de gamine, en plus ? Tandis qu'il continue à me dévisager et sourit imperceptiblement, je sens les non-dits entre nous remonter à la surface. Tous ces mots que j'aurais aimé lui balancer en pleine figure et que je n'ai jamais osé prononcer. Ce n'est ni le lieu ni l'endroit ni même le moment pour faire ça, mais maintenant qu'il est face à moi, j'ai besoin d'extérioriser la tristesse que je contiens depuis des années.

– Tu t'en doutais, hein ? craché-je presque en le toisant comme je peux de mon mètre soixante. Bien sûr que j'ai tourné la page ! Pour autant, je n'ai aucune envie de te revoir. Alors, qu'est-ce que tu fiches au refuge ? Pourquoi cherches-tu à revenir par ici ?

Mes bras se balancent dans tous les sens. Lui conserve les mains dans les poches de son chino certainement hors de prix. Le voir accentue la sensation que nous ne sommes pas nés pour nous entendre ni pour nous côtoyer. Un désert immense s'étend entre nous, moi d'un côté, lui et les autres de l'autre. Quelle idiote j'ai pu être pour penser le contraire !

– Je ne suis pas revenu pour toi, Amélie.

Je m'immobilise d'un coup, gênée qu'il puisse croire que je centre tous ses faits et gestes sur ma petite personne.

– Je n'ai jamais pensé ça ! Mais n'y a-t-il pas d'autres entreprises dans lesquelles investir ? le fustigé-je. Non, il a fallu que tu choisisses l'endroit où je travaille et où je passe le plus clair de mon temps ! Comme pour me montrer qu'encore une fois, c'est toi qui gagnes !

Mon choix de mots le fait tiquer. Son sourcil gauche se soulève un peu et sa mâchoire se crispe légèrement. Mon sous-entendu le déstabilise. Victor a toujours été très difficile à cerner. Il cache ses sentiments sous une bonne couche de je-m'en-foutisme. C'est aussi pour cela qu'il est redoutable en affaires, je suppose. Pourtant, moi, j'ai connu l'autre facette de lui. Celle qu'il cache pour ne pas être blessé. Au fond, je sais qu'il possède un cœur, et je suis bien décidée à en jouer. Je ne veux pas être la seule à me ridiculiser si c'est la dernière fois que l'on doit se parler franchement.

– Six ans sans nouvelles, c'était très bien. Tu aurais dû continuer ainsi.

– Ma venue au refuge et le fait que j'en devienne un associé te posent un problème ?

– Évidemment !

Je crie plus que je ne parle. Il hausse les épaules et détache enfin ses yeux brûlants des miens pour regarder au loin, par-dessus les pins qui nous entourent.

– Ce n'était pas mon intention première, je te le jure. Je pensais juste qu'on avait grandi et que tout ça… c'était derrière nous.

J'ai un coup au cœur quand il prononce ces mots. *A priori* lui a bien tourné la page. Il est hors de question de lui avouer que, parfois, les larmes me montent aux yeux en pensant à quel point j'ai été naïve à l'époque. Mais je m'en veux plus à moi-même que je ne lui en veux à lui, en définitive.

– Jusqu'à cette prétendue migraine.

Je lève les yeux au ciel.

– Donc tu t'es dit : « Tiens, si j'allais directement la pousser dans un fossé, ça nous permettrait de repartir sur de bonnes bases » ? m'agacé-je à nouveau.

– Non. Je voulais qu'on parle en tête à tête avant de travailler ensemble. Nathalie n'est pas concernée. Ça ne doit pas jouer dans ma collaboration avec elle.

J'émets un rire sarcastique tandis que le vent se lève et me fait vaciller.

– Bah voyons… En plus d'être vu comme le preux chevalier qui va sauver le refuge, tu veux aussi te montrer compatissant envers moi. Victor Chanvrin, l'homme parfait !

Je n'ai pas besoin qu'il me prenne en pitié. Je ne suis pas une petite chose fragile. J'ai mûri, j'ai grandi et j'ai fait de ma soi-disant différence – comme tout le monde se plaît à le dire – une force salvatrice.

Je mets mes mains dans les poches de mon anorak fourré, juste pour qu'il ne se rende pas compte qu'elles tremblent. Même si je ne sais pas encore si c'est de colère ou d'émotion.

– Écoute, Amélie, reprend-il en lissant des doigts ses cheveux trempés. On va faire court : je suis ici pour le travail. Je ne veux pas que ce qu'il s'est passé entre nous autrefois interfère dans ma mission. On va devoir bosser ensemble et s'entendre du mieux possible. Ça ne tient qu'à nous que tout se déroule bien. Si tu aimes aussi fort ce refuge et sa directrice que tu le sous-entends, tu devrais comprendre.

Ce qu'il s'est passé entre nous autrefois ? Il débite cette phrase comme si rien n'avait compté et je me flagelle intérieurement de voir que ça me touche plus que de raison. Il a été mon premier amour. Il m'a volé mon cœur et ne me l'a jamais rendu. Ou si. Mais très cabossé. Six ans après, il omet ces faits comme si de rien n'était, et ça me tue encore plus.

Je refoule mes larmes.

– Je suis une adulte. Je sais bien me comporter quand il le faut, merci, réponds-je d'une voix dure. D'ailleurs que s'est-il passé entre nous autrefois ? le questionné-je en haussant les épaules. Pas grand-chose, finalement. En tout cas, rien d'inoubliable.

Les sourcils de Victor se froncent imperceptiblement, m'offrant une petite victoire. Je sais que j'ai réussi à le toucher au moins un peu, même si je voudrais qu'il soit aussi mal que moi à l'évocation de ces souvenirs.

J'empoigne le guidon de ma 103, retire la béquille et la fais rouler jusqu'à la route. Je cale le casque sur une des poignées, et récupère mon bonnet pour le remettre sur mon crâne. La conversation est terminée. Nos retrouvailles aussi.

– Sur ce, je te laisse. J'espère ne pas trop te croiser au refuge, tu t'en doutes. Pour le reste pas d'inquiétude : je n'interférerai pas dans ta mission.

Je lui tourne le dos, prête à partir. La pluie se met alors à tomber avec une certaine force. Tant mieux, je pourrai pleurer à ma guise sans que personne ne s'en rende compte. Je m'arrête juste un instant et le regarde une dernière fois.

– Et pour répondre à ta question : je vais très bien, merci.

Je ne cherche même pas à remonter sur la mobylette, je me contente de la pousser sur la route jusque chez moi. Marcher me fera le plus grand bien. Dans mon dos, Victor ne bouge pas. Il ne regagne pas sa voiture.

Je contourne sa berline tandis que d'une voix rauque, il m'appelle :

– Amélie ?

Je ne me retourne pas. Je n'ai pas envie de voir dans ses yeux que ce que nous avons vécu n'a pas compté. Parce que malgré l'humiliation que j'ai vécue à l'époque, Victor aura toujours une place à part dans mon cœur meurtri. Et je ne veux pas qu'il s'en rende compte. Pour toute réponse, me trouvant aux abords de son véhicule flambant neuf, je m'en rapproche et dans un geste irréfléchi, je donne un grand coup de hanche dans son rétroviseur pour qu'il se referme. Puis, je lève le pied, ôte la terre qui se trouve sous ma botte et la jette rageusement sur son pare-brise.

CHAPITRE 8

VICTOR

Je vois Amélie s'éloigner, la tête haute. Elle ne se retourne même pas au moment où je l'appelle. Avant de partir, j'attends que sa silhouette gracile se confonde avec les pins et disparaisse au détour du virage, un peu plus haut. Trempé jusqu'aux os, est-ce que je me trouve imbécile à ce moment ? Complètement. Je me demande même ce qui m'a pris de la suivre ainsi, comme si nous étions des adolescents qui devaient se cacher pour s'expliquer à propos d'une histoire de cour de récréation.

Après un long soupir, qui se mêle au vent soufflant sur les cimes, je m'avance vers ma voiture, rajuste mon rétro et m'installe dans l'habitacle. Quand je mets en marche les essuie-glaces pour ôter la terre qu'elle a jetée rageusement sur mon pare-brise, un sourire me vient. Amélie Monestier n'a pas changé. Au fond, elle est toujours cette âme rebelle qui se cache derrière une trop grande timidité. Et comme autrefois, j'ai l'envie soudaine de la voir fleurir au grand jour.

C'est avec ce genre d'idées que j'entreprends un demi-tour dangereux pour rejoindre le refuge. Sur la route, mille flashs de mon adolescence ressurgissent dans mon esprit et me filent un coup de cafard. Je les chasse immédiatement arrivé sur le parking de Sauv'Anim, et je tente de réenfiler mentalement mon costume d'homme d'affaires. Même si j'ai la légère impression qu'il devient trop petit au fil du temps. Les coutures sont prêtes à craquer.

La clochette retentit au moment où je passe la porte. Nathalie relève la tête derrière le comptoir d'accueil et fronce les sourcils.

– Oh ! Victor ! Je ne pensais pas vous revoir si vite.

– J'ai réussi à me libérer finalement, réponds-je dans un sourire crispé. Vous pensez qu'on peut voir ensemble les documents que j'ai apportés ?

Je lui désigne la sacoche de mon ordinateur, et elle grimace.

– Oui, va falloir s'y mettre…

J'esquisse un sourire et lui emboîte le pas dans la salle de réunion. Nous nous y installons en silence. Alors que je m'apprête à dérouler l'écran géant qui se trouve au fond de la pièce après lui avoir fourni plusieurs supports papier, Nathalie me prend de court :

– Amélie et vous, vous vous connaissez, n'est-ce pas ?

Je me retourne et observe la femme qui me fait face. Elle doit avoisiner les cinquante ans, mais les cernes sous ses yeux et sa silhouette fragile pourraient faire penser à plus. À l'époque où j'habitais encore dans les parages et que mes seules préoccupations étaient de traîner avec les copains et de courir les jupes des filles, elle prenait déjà soin des animaux en haut de ses montagnes. Je ne l'avais cependant jamais rencontrée. Il faut dire que le centre est assez éloigné du village. Cela n'empêche pas la propriétaire du refuge de m'être familière. Amélie ne cessait de me parler d'elle quand nous étions ensemble. Et je me sens tout à coup égoïste de ne pas avoir fait l'effort de la connaître avant. Au moins pour Amélie.

– Oui, suis-je forcé de reconnaître après m'être raclé la gorge.

Nathalie acquiesce et reporte le regard sur les quelques feuilles éparpillées devant elle sur la table. Ses yeux parcourent les lignes qui y sont écrites, mais je sais qu'en réalité elle cherche ses mots.

– J'ai bien réfléchi tout à l'heure et j'ai compris qu'Amélie vous fuyait. J'aurais dû m'en rendre compte avant, je suis désolée.

– Vous n'avez pas à l'être. C'est du passé.

Ses grands yeux couleur chocolat se posent de nouveau sur moi et une lueur inquiète vacille dans ses prunelles. Tout d'un coup, quelque chose me frappe : la gérante hésite. Elle remet en cause sa collaboration avec moi parce qu'elle tient à Amélie.

En moi, deux sentiments se mélangent alors : la culpabilité et la détermination. Je me sens coupable d'être ici pour les mauvaises raisons, mais je suis déterminé à démontrer que je suis capable de faire front quand il s'agit de mon entreprise, ou de ma vie privée.

– On peut se tutoyer, non ? me demande la gérante avec un sourire doux.

– Bien sûr.

– Raconte-moi un peu, alors.

Je soupire. Parler d'Amélie à une femme qui la connaît si bien et réévoquer ce sujet des années après ne m'enchante guère. Mais nous étions jeunes et, comme me le dit souvent ma mère : « On s'écarte tous du chemin un jour. » Le principal est d'apprendre de ses erreurs.

– Il n'y a rien de spécial à raconter. Amélie et moi étions voisins. Et nous avons eu une aventure étant adolescents.

– Ah oui ! s'exclame Nathalie. Vous vous connaissez très bien, alors.

Sa bouche se tord, je comprends que cette information ne l'enchante pas.

– Est-ce que ça pose problème ?

J'essaie de conserver un ton neutre. Nathalie trifouille les feuilles devant elle du bout des doigts et soupire.

– J'ai pris Amélie sous mon aile il y a dix ans. C'est une jeune femme extraordinaire. Et le fait qu'elle soit si déstabilisée par ton arrivée ne m'enchante pas. Je ne voudrais pas que mes décisions changent quoi que ce soit aux habitudes et à la bonne entente que nous avons créées ici. Vous allez être amenés à travailler ensemble. Je veux un investisseur au sens littéral du terme. Une personne qui puisse être présente pour construire des projets à long terme. Le fait que tu sois quelqu'un du pays me rassure, c'est certain, mais tu auras compris que ça ou l'argent que tu apportes ne compte pas autant que le côté humain à mes yeux.

J'acquiesce, laissant les mots de Nathalie se frayer un chemin en moi. Spontanément, j'ai envie de lui dire que mon investissement ici est aussi un renouveau pour moi, aussi personnel que professionnel. Mais ce serait lui mentir. Parce que d'autres enjeux entrent en ligne de compte et que je me déteste déjà assez comme ça pour lui envoyer de la poudre aux yeux plus qu'il n'est nécessaire.

Je baisse la tête sur mes chaussures, prêt à lui dévoiler la vérité, mais mon ordinateur clignote. *Sauvé par le gong.* Ou pas. Maxime, mon associé et ami, cherche à me joindre en visio. Je me penche vers l'écran et refuse l'appel. Puis je relève la tête vers la gérante et termine :

– Nous saurons nous adapter, j'en suis certain. Je veux m'investir ici, et je ferai tout pour que rien ne change pour Amélie.

– Très bien. C'est important pour moi. Ce refuge est toute ma vie. Rien ne doit interférer dans le travail que nous effectuons ici. Même le passé.

– J'ai bien compris. On pourrait d'ailleurs en parler directement avec Amélie, je suis certain qu'elle comprendra.

Au fond de moi, je me déteste encore un peu plus. Je sais d'avance que cette dernière haïra ça. Mais ai-je le choix ? Au vu des appels incessants de mes associés, il faut vraiment que je me bouge les fesses et que j'arrête d'être si sentimental !

Dans les yeux de la directrice, je décèle un certain soulagement. Elle claque des mains.

– On peut commencer alors, me dit-elle d'un ton un brin plus jovial. Je ne te cache pas que je déteste la paperasse, mais puisqu'il faut en passer par là, allons-y !

Elle ricane et la conversation devient plus légère.

Je comprends tout à coup que sa décision est prise. Elle me veut comme investisseur. Pourtant, même si c'est une victoire pour JVM Cosmetics, je suis loin de fanfaronner intérieurement. Lorsque tout explosera, je me mettrai Amélie à dos définitivement. Et cette idée me plombe d'avance l'estomac.

CHAPITRE 9

AMÉLIE

Il est presque 16 heures et je suis encore affalée dans mon canapé à regarder le plafond en me remémorant cette rencontre inattendue dans les bois. Pourquoi m'a-t-il suivie ? Pourquoi avoir éludé aussi vite ce qui s'est passé il y a six ans ? Autant de questions qui resteront sans réponse, j'en ai bien peur. Comme tant d'autres.

Contre mes côtes, Pompon, mon lapin nain, s'octroie une sieste méritée après s'être goinfré des restes de biscuits au beurre que j'ai tenté d'avaler ce midi. Ce n'est qu'au moment où j'entends Ramsès japper comme un fou dans la cour que je décide de me lever. En général, personne ne vient ici et, si je reçois de la visite, je suis tenue au courant bien avant. Sauf s'il s'agit de ma mère.

Je traîne ma carcasse jusqu'à la fenêtre du salon et, comme les vieilles commères du village, je soulève partiellement le voilage qui y est accroché.

À n'en pas douter, ma visiteuse n'est pas très à l'aise avec mes animaux. Et pendant quelques secondes, je me délecte du spectacle de cette chère Mme Monestier, pomponnée jusqu'au bout des ongles, qui tente d'échapper à Ramsès lui aboyant dessus et à Brahms feulant comme un tigre dans sa direction.

Quand elle arrive sur le perron, je décide de mettre fin à son calvaire et ouvre la porte avant qu'elle ait eu le temps de frapper.

– Maman, la salué-je d'une voix plate.

Elle entre à la va-vite et s'ébroue en déposant son parapluie contre le mur de l'entrée. Puis elle me fait la bise comme si j'étais une de ses vieilles amies.

– Amélie. Quand apprendras-tu à tes bêtes à ne pas effrayer chaque personne qui passe le pas de ton portail ? C'est fou comme ces deux-là sont mal éduqués !

Je lève les yeux au ciel et referme le battant en jetant un coup d'œil désolé à mes deux compères. Mieux vaut qu'ils restent dehors si je ne veux pas que ma chère maman fasse une syncope. Celle-ci ôte d'ailleurs sa gabardine en scrutant le moindre détail autour d'elle. J'ai bien envie de lui dire que rien n'a changé depuis la dernière fois qu'elle est passée, mais ce serait lancer un sujet qui se retournerait contre moi.

– C'est gentil de venir me voir, déclaré-je en me dirigeant vers mon coin cuisine. Tu veux un thé ?

– S'il te plaît, oui, me répond-elle en continuant à observer mon intérieur.

Elle s'assied tandis que je m'affaire avec la théière. Son silence et son air pincé ne me disent rien qui vaille. Pour qu'elle se déplace jusqu'ici, c'est que c'est du sérieux.

– Je ne pensais pas te trouver chez toi en plein après-midi, reprend-elle après s'être raclé la gorge. Mais tant mieux !

– Je travaille ce soir, dis-je sans prendre la peine de lui expliquer pourquoi je suis chez moi à cette heure.

Elle ne me demande pas si je vais bien ni si mon travail se passe bien. Ma mère ne pose jamais ce genre de question. En tout cas, pas à moi.

Alors que je lui tends son thé et que je m'assieds en face d'elle avec mon café, elle reprend :

– J'aimerais que l'on discute de Noël.

Je fournis un effort magistral pour ne pas lever les yeux au ciel, au risque de déchaîner une tempête. Pour quelles autres raisons serait-elle venue jusqu'ici ? Pour passer du temps avec sa fille aînée ? Que nenni !

Je tente tout de même d'être polie et m'intéresse un tant soit peu à ma famille :

– Comment allez-vous, sinon, papa et moi ?

– Tout le monde va bien, ne t'inquiète pas pour ça, me répond-elle. Donc Noël…

– C'est dans deux mois, maman, on a le temps d'y penser, non ? la coupé-je en touillant mon café tout en imaginant ce que cela ferait d'avoir une famille unie et soudée.

– Un mois et demi, rectifie-t-elle. C'est peu quand tu vois ce qu'il y a à prévoir ! Cette année, c'est chez nous que cela se passe, et je me dois de tout organiser à la perfection. Betty rentre quinze jours avant, tout doit être prêt à ce moment-là.

Nous y voilà. Tout doit toujours être parfait pour ma sœur…

– Alors quels sont tes plans ? soupiré-je.

Même si ma voix est molle et mon regard fatigué d'avance, ma mère s'égaye lorsque je m'intéresse à ses projets. Je passe alors plusieurs minutes à l'écouter parler de décoration, de sapin gigantesque, ainsi que du menu au programme. Je me contente de hocher la tête à plusieurs reprises et de répondre par onomatopées. C'est seulement quand elle prononce la phrase de trop que je réagis :

– D'ailleurs, le fils Chanvrin est de retour dans la région, je me suis permis d'inviter ses parents à se joindre à nous pour le réveillon.

Mon cœur ne doit plus savoir comment battre puisque j'ai l'impression d'étouffer. Je me redresse sur ma chaise, les sourcils froncés, espérant que ma mère éclate de rire avant de m'annoncer que c'est une blague.

– Noël est une fête familiale, les Chanvrin doivent avoir envie de se retrouver, non ?

– Tu savais qu'il était de retour alors… me rétorque-t-elle d'un air suspicieux. Rassure-toi, j'ai déjà vu ça avec eux, ils sont ravis de passer ce moment avec nous. Ils n'auraient été que tous les trois sinon. C'est plutôt une bonne nouvelle, non ?

Non, ce n'est pas une bonne nouvelle. Mais comment le lui faire comprendre ?

Je fais tout pour masquer ma réaction parce que je sais qu'elle tente de me faire réagir pour en tirer des conclusions.

– Si c'est déjà vu, alors…

– C'est Betty qui va être heureuse de revoir Victor. Ces dernières années, il n'est revenu qu'à de rares occasions dans la région, et seulement quelques jours par ci et par là. Cette fois, il compte rester un moment, d'après ce que j'ai compris.

Je hoche de nouveau la tête. La nouvelle de son association avec Nathalie au refuge n'a pas encore dû faire les choux gras du village. Ma mère serait déjà au courant, sinon. Je me contente donc de me taire, alors qu'au fond de moi, une tempête de sentiments contradictoires fait rage. Betty va-t-elle être heureuse de le revoir ? Évidemment. Et lui ? Et moi ?

Ma mère poursuit sur sa lancée pendant un temps infini, tandis que je demeure immobile. Elle gesticule, fait des manières et me reproche à chaque fin de phrase que le thé que je lui ai servi est bien trop chaud. Quand elle parvient enfin à le boire, et une fois son monologue sur Noël quasi terminé, elle s'adosse à sa chaise et souffle un grand coup.

– Tu pourrais t'occuper du cadeau de ta sœur cette année, qu'en penses-tu ?

J'écarquille les yeux. Ma mère sait pertinemment que Betty et moi ne sommes pas proches. Elle pourrait être mariée et avoir trois gosses avec le roi d'Angleterre que je n'en saurais rien. Mis à part de la bouche de mes parents, bien entendu.

– Pourquoi moi ?

– Je trouve ça chouette que tu penses à ta petite sœur. Je lui demanderai de faire de même de son côté. Bien sûr, si tu as peur de te tromper, je pourrai t'aider dans ton choix.

Parce que c'est moi qui pourrais me tromper, Betty a beaucoup trop de qualités pour commettre la moindre erreur. Elle optera forcément pour quelque chose de bon goût.

– OK, dis-je en haussant les épaules pour éviter le sermon qui suivra si j'ai le malheur d'émettre la moindre réticence.

– Bien, je vais y aller alors.

Je me mets debout en même temps que ma mère se rhabille, n'ayant pas une folle envie de la retenir.

– Et fais-moi plaisir, passe voir Nadine à l'institut, de ma part, m'ordonne-t-elle presque en passant un doigt froid sur le dessus de ma lèvre supérieure. Une telle moustache pour une femme, ce n'est vraiment pas possible !

Tiens, elle n'avait pas encore fait de réflexion désagréable sur mon apparence aujourd'hui...

– J'y penserai, mais ce n'est pas dans mes priorités, maman.

– Être une femme doit compter parmi tes priorités ! Combien de fois va-t-il falloir que je te le dise ? D'ailleurs, reprend-elle en englobant mon chalet d'un geste de la main, tu devrais donner à manger à tes bêtes à l'extérieur, ça sent la croquette ici.

Je souffle et ferme les yeux quelques secondes pour éviter de me mettre en colère. Ça ne ferait qu'envenimer les choses.

– Ça aussi, j'y penserai !

Je l'accompagne jusqu'à la porte et la lui ouvre pour qu'elle s'en aille au plus vite. Perdue dans ses pensées, elle ne se rend pas compte de ma mine impatiente. Quand il ne s'agit pas d'elle ou de Betty, de toute manière, elle ne voit pas grand-chose.

– J'ai vu que ta vieille voiture était en panne dans le chemin. Heureusement que je possède un 4 × 4, j'ai pu la contourner. Tu veux que je demande à Jacky de passer voir ?

– Non, ça ira. Je l'appellerai en temps voulu. Mais merci.

– Très bien. C'est toi qui vois.

Elle me claque la même bise qu'à son arrivée, celle où nos joues ne se touchent presque pas, et l'effluve de son parfum hors de prix m'agresse les narines. Je fais rentrer Brahms et Ramsès dans la maison pour éviter qu'ils l'embêtent et lui adresse un signe de la main alors qu'elle monte dans son véhicule.

Au moment où elle s'éloigne enfin, je lâche un soupir de soulagement. Cette journée cauchemardesque ne pouvait pas se poursuivre autrement…

CHAPITRE 10

VICTOR

Il est à peine 17 heures quand je traverse le centre du village en voiture pour rejoindre la maison de mes parents. La nuit est déjà tombée, et je remarque que plusieurs bâtisses ont revêtu les couleurs de Noël. Nous ne sommes que début novembre, mais les aficionados des illuminations ont paré les fenêtres, portails et garages de guirlandes lumineuses chamarrées, ce qui me fait sourire. Le bourg dans lequel j'ai grandi est d'autant plus chaleureux avec toutes ces lumières.

J'aime cette période, et savoir que je vais la passer ici suffit à me gonfler le cœur. Chaque année, je me flagelle de ne pas m'accorder plus de temps avec ma famille, alors qu'importent les raisons, je suis content de pouvoir profiter de mes proches.

La maison sent bon la cannelle quand je dépose mes affaires dans le vestibule. La lumière est allumée dans la cuisine, et les quelques bougies parfumées qui brûlent dans le salon plongé dans le noir rendent l'ambiance encore plus chaleureuse.

– Tu es déjà là ? me demande ma mère en passant la tête par la porte qui mène à son antre.

– J'ai terminé plus tôt que prévu avec Nathalie, lui expliqué-je en repoussant la culpabilité qui m'assaille quand je pense aux raisons qui me poussent à investir mon temps et mon argent dans son refuge.

– Ça tombe bien, j'ai préparé du lait de poule comme tu aimes !

Je souris en avançant dans la pièce dont l'odeur me réchauffe instantanément de l'intérieur. J'ôte le couvercle de la marmite que j'ai toujours connue et hume les effluves du lait chaud.

– Merci maman, ça fait tellement longtemps que je n'en ai pas bu, dis-je en fermant les yeux pour m'imprégner de ce que cette recette me rappelle.

– Je sais, mon grand. C'est pour ça que je te chouchoute.

Je rouvre les paupières et me tourne vers elle. Avec son mètre soixante, ma mère m'arrive à la poitrine. Ses cheveux noirs sont parsemés de fines striures grises, presque argentées, et retenus dans une natte qui lui tombe sur l'épaule. J'ai hérité de ses yeux verts, mais pas de son caractère de feu. Bien qu'adorable, celle qui m'a élevé ne se laisse jamais marcher sur les pieds. Elle a toujours su ce qu'elle voulait, contrairement à moi.

Alors que je m'apprête à lui demander comment s'est passée sa journée, la porte d'entrée s'ouvre et mon père s'exclame :

– Vous ne devinerez jamais qui j'ai rencontré cet après-midi !

Sa voix chaude nous fait sourire tous les deux tandis que nous nous lançons une œillade complice.

– Non, chéri. Dis-nous…

Ma mère est habituée aux devinettes de mon père, elle supporte cette fantaisie depuis près de trente-neuf ans.

Lorsqu'il apparaît sur le seuil de la cuisine, il est encore affublé de son manteau en daim fourré, et sourit comme un bienheureux. Il ressemble à un nounours géant.

– Chantal Monestier.

Le plomb qui tombe dans mon estomac efface immédiatement mon sourire. Ma mère, de son côté, hausse les épaules.

– Ah ! Je l'ai croisée au marché il y a quelques jours. Je…

Elle s'interrompt et une lueur paniquée apparaît dans ses grands yeux noirs.

– On a parlé du repas, balance mon père. Et à ton avis, chérie, sur quel plat n'arrivons-nous pas à nous mettre d'accord ? questionne-t-il ma mère en déposant quelques sacs de courses sur la table sans se rendre compte du malaise ambiant.

Ma mère continue à me regarder quelques secondes, puis d'un geste de la main, alors que mon père s'apprête à reprendre la parole, elle le coupe.

– Victor ne sait pas encore.

– Victor ne sait pas encore quoi ? lui demandé-je en plissant les yeux.

J'ai comme un mauvais pressentiment. Pourquoi ai-je l'impression qu'on va me dire quelque chose que je ne vais pas apprécier ?

Ma mère émet un énorme soupir, puis débite :

– Chantal et Jean nous ont invités à passer le réveillon de Noël en leur compagnie.

– Ah.

C'est tout ce qui me vient. Je ne demande même pas quelle a été sa réponse. Elle adore Noël, et je sais d'avance qu'elle a accepté cette proposition. Ils n'ont appris mon retour, et donc que je passerais toutes les fêtes avec eux, il n'y a que quelques jours. D'habitude, je ne suis présent que le 25. Je ne peux donc pas les blâmer d'avoir prévu autre chose.

– Et tu viens avec nous.

La panique que j'ai décelée voici quelques secondes dans les pupilles de ma mère s'est envolée. Son ton est sans appel. Mon père choisit habilement cet instant pour s'éclipser dans l'entrée afin de se dévêtir.

– Ai-je le choix ? raillé-je.

La maîtresse de maison s'est éloignée et touille son lait d'un geste lent. Elle me tourne le dos tandis que, d'un ton las, je reprends en m'appuyant sur la vieille table en chêne :

– Tu sais pertinemment que je n'apprécie pas particulièrement Chantal Monestier.

– Ça fait plus de six ans, Victor. Il serait temps de passer à autre chose, tu ne crois pas ? me coupe-t-elle.

Je plisse le nez, rebuté par la discussion qui se profile.

– Je suppose qu'Amélie sera là elle aussi…

Alors que je prononce son prénom, je suis parcouru par un frisson.

– Certainement. Elle doit passer Noël avec sa famille.

Je soupire, puis me frotte les yeux.

– Maman…

Celle-ci se retourne et pointe sa cuillère en bois dans ma direction.

– Vos histoires d'adolescents ne nous regardent pas et ne doivent pas entrer en ligne de compte. Et puis, tu vas bien travailler avec elle, non ? Elle est toujours employée au refuge, je te signale.

Son ton est tranchant, n'appelant pas à l'argumentation.

– Ça, je le sais bien, maman…

– Arrête de paraître nonchalant. Tu ne me trompes pas.

Elle lève les yeux au ciel puis, en faisant traîner ses chaussons au sol, elle se rapproche de moi et pose ses mains sur mes épaules. Non loin, je vois mon père s'adosser au chambranle de la porte et poser sur moi un regard bienveillant.

– On est heureux de passer ce Noël en compagnie de nos enfants respectifs. Tous ensemble. OK ?

Je ne réplique rien, même si je ne suis pas certain que ma mère ait totalement raison. Elle fait partie de ces êtres humains qui aiment tout le monde. Elle pardonne et avance, laissant toujours derrière elle les mauvaises ondes. Elle pense que les gens peuvent se tromper, trébucher et tomber. Et qu'il est du devoir de chacun d'aider ceux qui se sont égarés à retrouver la bonne voie. Elle semble être née pour ça.

De mon côté, même si je partage cette vision, je pense que certaines personnes portent le mal en elles et ne pourront jamais retrouver le bon chemin. Et Mme Monestier fait partie de celles-là, j'en suis convaincu depuis toujours. Alors fêter Noël en sa compagnie, je m'en passerais. Encore plus si Amélie est présente.

Pendant de longues secondes, j'observe le beau visage de ma mère. Ses fines ridules qui serpentent le long de son front et sur le côté de ses yeux. Ses longs cils qui lui donnent un air candide, même à son âge. Que ne ferais-je pas pour elle ?

– Si tu penses que c'est une bonne chose, je le ferai.

– Ce n'est pas important que pour moi, reprend-elle. Je me fiche de ce que les Monestier pensent. Mais nous avons toujours su garder de belles relations entre voisins et ils ont été présents maintes fois quand nous avons eu besoin d'eux. Leur proposition part d'une bonne intention, et tu sais comme ça me tient à cœur.

Du coin de l'œil, je vois mon père qui pince les lèvres et arque un sourcil. Je crois qu'il partage mon point de vue, mais il ne dit rien pour autant afin de ne pas contrarier maman. Ce Noël s'annonce épuisant.

CHAPITRE 11

AMÉLIE

Plus d'une semaine que je me rends au refuge à mobylette – qui fonctionne encore, Dieu merci –, et que je tente de faire mes courses avec pour seuls coffres ces espèces d'immondes sacoches en cuir qui trônent à l'arrière. Pour ne pas alimenter davantage les commérages, je vais au supermarché du coin le matin dès l'ouverture, ou je fais les fonds de mon congélateur. Non pas que le qu'en-dira-t-on m'atteigne, mais cet instinct de protection me suit depuis ma plus tendre enfance. « Ne jamais donner d'eau au moulin de mes détracteurs », c'est ma devise.

Même si j'ai du mal à me remettre de mes retrouvailles houleuses avec Victor, je suis d'humeur joyeuse quand j'arrive au refuge. J'ai réussi à me confondre en excuses auprès de Nathalie et lui ai assuré que je serais honorée de rencontrer son associé. Elle m'a expliqué qu'il ne serait pas de retour avant plusieurs jours et que l'on pouvait aisément remettre ça.

– Salut, jolie demoiselle !

– Salut, Driss. Comment vas-tu ?

Je dépose ma besace sur le comptoir et esquisse un sourire franc.

– Très bien, merci. Je vois que ta voiture n'est toujours pas réparée. Fais gaffe, ils annoncent des chutes de neige dès ce soir, me prévient-il en grimaçant.

Même si je suis encore loin d'accepter son invitation, sa prévenance me touche. À vrai dire, il ne m'a plus parlé de ce dîner, et ça m'arrange.

– Le garagiste doit passer la voir demain. Je croise les doigts pour que le moteur ne soit pas foutu.

– Je croise les miens aussi alors, me répond-il en m'adressant un clin d'œil.

Je discute encore quelques minutes avec lui avant de me rendre dans l'aile B, qui accueille les nombreux chats du refuge. Ce sont les animaux que l'on trouve le plus ici. Malgré les campagnes de prévention que Sauv'Anim déploie tous les six mois pour inciter à la stérilisation, gratuite pour les chats errants, rien n'y fait. Nous serons bientôt à court de place pour les félins, ce qui me fend le cœur.

Je commence par les plus vieux pensionnaires, que je rassure à coups de paroles douces et de caresses, avant d'astiquer leur lieu de vie. Puis je remplis leur gamelle d'eau et celle de croquettes.

Alors que je suis sur le point de refermer la grille, une main chaude s'abat sur mon épaule. Je sursaute et me retourne aussi sec, me retrouvant ainsi nez à nez avec Victor. Même à travers mon sweat bien trop large, je ressens la chaleur qui émane de sa peau, et je mets quelques secondes à reprendre mes esprits.

– Mais ça va pas ! Tu m'as foutu une de ces trouilles ! craché-je en me dégageant. Quand on entre dans une pièce, on prévient, c'est la moindre des choses.

Mon balai en main, je recule de façon à ne pas me retrouver trop près de lui. Même s'il m'agace au plus haut point, je ne me fais pas totalement confiance quant à mes réactions. Le mélange de haine et d'attirance qu'il me fait ressentir m'effraie.

– Je voulais te voir avant la réunion.

– Quelle réunion ?

– Celle où nous sommes conviés par Nathalie pour que l'on se présente l'un à l'autre, me répond-il avec une voix de maître d'école exaspéré.

Je fronce les sourcils.

– Je ne suis pas au courant.

– Maintenant, tu l'es. Elle aura lieu dans dix minutes. Et j'aimerais savoir à quoi m'attendre de ta part.

Je ricane.

– Tu viens me sonder pour ne pas paraître idiot devant ta partenaire d'affaires ? Pas très glorieux comme attitude.

Ma réaction est puérile, mais ça fait un bien fou. D'ailleurs pourquoi souhaite-t-il autant montrer patte blanche devant Nathalie ? Je repense immédiatement à ce que m'a dit Gauthier. Son investissement dans Sauv'Anim est-il louche ?

– Je ne ferai pas de vagues, si c'est ce que tu veux savoir, déclaré-je d'une voix neutre.

Penser qu'il me croit ingérable me file un coup au cœur, mais je tente de ne rien laisser paraître.

– Très bien. C'est ce à quoi je m'attendais de ta part, mais je préférais m'en assurer. De toute façon, j'ai mis Nathalie au courant.

– Au courant de quoi ? questionné-je d'une voix plus aiguë que je ne l'aurais voulu.

– Pour nous deux.

J'ai l'impression qu'une main enserre mon cou et me coupe la respiration. *Nous deux.* Ces seuls mots me fileraient presque le vertige.

– C'est-à-dire ?

Mes jambes flageolent. Victor soupire et je sens son souffle mentholé jusque sur mon visage.

– Je lui ai dit que nous nous connaissions et que nous avions eu une petite aventure lorsque nous étions adolescents. Rien de plus.

Une petite aventure ? Et dire que je vois ce mec comme mon premier grand amour ! La colère qui s'écoule dans mes veines à cet instant m'aide à tenir debout. Que Nathalie ait compris que je lui ai menti me peine réellement.

– OK. Je crois que c'était indispensable, de toute façon. Au moins, les choses sont claires. Tu lui as aussi expliqué qu'on s'était quittés en très mauvais termes ?

Victor a un imperceptible mouvement de recul, puis un sourire se loge au coin de ses lèvres. Je suis alors obligée de me marteler que le mot qui définirait le mieux son expression est sarcastique, plutôt que très sexy.

– C'est de l'histoire ancienne, Amélie. Ça n'a pas à…

– … interférer au niveau professionnel, finis-je pour lui. Évidemment.

Je lève les yeux au ciel comme une adolescente en pleine crise, et prends appui sur le manche de mon balai.

– Vu qu'on va devoir passer les fêtes de Noël ensemble, je suppose qu'il vaut mieux qu'on se dise que c'est de l'histoire ancienne, c'est sûr.

– J'ai appris ça, oui, dit-il sur un ton égal en haussant les épaules.

Qui est l'homme pompeux qui me fait face ? Où est passé le Victor drôle et déjanté que j'ai connu ?

– Que les choses soient claires pour autant : je ne te porte pas dans mon cœur et je ne suis pas ravie de ta présence ici.

– Le message est limpide.

– Parfait. Ne t'imagine pas que je fais ça pour toi. Nathalie a trop besoin de ton investissement pour garder le refuge à flot. Et je tiens à cet endroit. C'est tout ce qui compte.

Mes yeux lui lancent des éclairs. Il doit comprendre que je suis en colère contre lui, même si six longues années ont passé. Je le vois réfléchir quelques instants. Son regard parcourt mon visage sans jamais s'arrêter à aucun endroit précis.

– Entendu.

J'acquiesce tout en serrant mes lèvres l'une contre l'autre. Nous nous jaugeons quelques secondes supplémentaires, qui me paraissent interminables. Voyant qu'il ne lâche pas, comme victime d'un réflexe venu de je ne sais où, la pelle que je tiens en main et qui contient les excréments de mes amis à quatre pattes m'échappe, déversant son contenu sur les sneakers de Victor.

– Oups ! prononcé-je d'un ton calme, sans bouger.

Il se mord l'intérieur de la joue, puis rive son attention sur ses pieds, qu'il secoue pour enlever ce qui s'y trouve.

Vengeance puérile ? Complètement. Et j'assume ! J'ai toujours été très discrète, mais lorsqu'on me fait l'affront de piétiner mon cœur, je ne réponds plus de rien.

***

– Et tu n'as pas jugé bon de me prévenir ? demandé-je à Nath tandis que nous nous dirigeons vers la salle de réunion.

– Il n'y avait pas le feu au lac, me répond-elle avec son flegme habituel. Je serais venue te chercher en temps et en heure.

Je m'arrête quelques secondes à la machine à café et en propose un à Nathalie, qui refuse d'un signe de tête. Puis elle enchaîne :

– Prends-en un pour Victor. Il me semble qu'il l'aime serré.

Je me retiens de lui dire qu'effectivement, Victor a toujours bu son café ainsi. Sans sucre. Je vois que cette habitude ne lui est pas passée. J'enclenche le mécanisme et en profite pour interroger mon amie :

– Je croyais qu'il était en déplacement jusqu'à la fin de la semaine.

– Il est revenu hier et m'a proposé ce créneau pour que vous vous rencontriez. Ça tombait bien. Il fera connaissance avec l'équipe bénévole un peu plus tard.

– Alors, c'est sûr ? Tu signes avec lui ? interrogé-je mon amie.

Elle soupire et je la jurerais assaillie par les doutes.

– Oui, je crois que c'est le bon. Il est vraiment motivé et j'ai l'impression qu'on peut lui faire confiance…

Je laisse échapper un petit rire peu convaincu.

– Je dois savoir quelque chose ? me questionne-t-elle. Et je ne parle pas de vos relations passées, bien sûr.

– Non non… Je m'interroge simplement sur ses motivations. Mais si ses entreprises sont florissantes, ce n'est sûrement pas pour rien…

Nathalie acquiesce tout en fronçant les sourcils. Penaude de lui ajouter des soucis, je récupère les deux gobelets de café sous le mécanisme de la machine et suis mon amie dans le couloir.

Je me sens partagée entre ma rancœur personnelle et le désir de préserver cet endroit que j'aime du plus profond de mon cœur. Si j'arrivais à être objective, je pourrais assurer à Nathalie que Victor est un bon choix. Qu'il est à même de comprendre notre travail. Il est né ici et a toujours eu un amour indéfectible pour la nature. Cependant, mes sentiments sont si entremêlés que j'ai du mal à faire le tri. Je préfère donc me taire pour le moment.

Quand nous entrons dans la salle prévue pour les réunions, Victor y est déjà installé. Devant lui, un PC portable dernière génération est allumé. Nathalie salue l'investisseur tandis que je ferme la porte derrière nous. Avant de m'asseoir, je pose les deux gobelets de café devant moi.

– Alors, Amélie, je ne te présente pas Victor Chanvrin, vous vous connaissez déjà…

Ce dernier baisse l'écran de son ordinateur et esquisse un sourire en plongeant ses yeux dans les miens, puis il annonce, l'air de rien :

– J'ai prévenu Nathalie que nous avions eu une petite aventure lorsque nous étions plus jeunes.

J'espère que ça ne te dérange pas. Je préfère quand les choses sont claires, et vu que c'est de l'histoire ancienne…

Mon ventre se noue. Le fait qu'il reprenne les paroles que nous avons eues un peu plus tôt me hérisse le poil. Surtout devant Nathalie, qui plonge son regard dans ses notes, sans savoir où se mettre. Petite vengeance personnelle pour le coup des excréments sur ses baskets toutes neuves ? Très certainement. Une colère sourde jaillit dans ma poitrine. Ce mec n'a-t-il pas suffisamment fait souffrir l'adolescente que j'étais pour venir jeter du sel sur les plaies des années après ? C'est quoi, son foutu problème ?

– En effet, de l'eau a coulé sous les ponts depuis… assuré-je en essayant de masquer mon énervement.

La propriétaire du refuge se racle la gorge et s'empresse de recentrer le sujet sur Sauv'Anim. Pour ma part, je fixe Victor d'un regard noir. Je suis prête à lui montrer de quel bois je me chauffe.

– Tiens, au fait, Victor, je t'ai pris un café.

Je tente de paraître le plus naturel possible quand je me déplace jusqu'à lui pour le lui apporter. Au fond de moi, j'ai envie de l'étriper. Avant de me rasseoir, je prends soin d'arrimer mes yeux aux siens et je crois y déceler une certaine culpabilité. Tant mieux !

Au moment où il avale une gorgée de sa boisson et qu'il s'étouffe presque en recrachant quelques gouttes du liquide sur son ordinateur, la gamine qui se tapit au fond de moi jubile. Le sel dans du café, ce n'est *a priori* pas très bon.

Je me complimente intérieurement de laisser traîner des dosettes dans la poche de mon blouson. Nathalie en met à disposition des bénévoles pour les repas. Celles que j'ai récupérées hier ont au moins servi à quelque chose aujourd'hui.

Alors que Victor, gêné, essuie son clavier à l'aide d'un mouchoir, et que Nathalie le regarde, les yeux ronds, je le gratifie d'un sourire angélique. Quand il s'en rend compte, j'ai la légère impression qu'il a une soudaine envie de meurtre. L'adolescente timide qu'il a connue a bien grandi. Il est temps qu'il découvre l'adulte que je suis devenue.

CHAPITRE 12

AMÉLIE

– Pourquoi tu ne m'as pas dit avant que Victor était ton ex ? me questionne Nathalie d'un ton doux une fois la réunion terminée et que nous nous retrouvons seule à seule.

Voilà le moment le plus gênant de toute mon existence…

– Ce n'est pas mon ex. Enfin, pas à proprement parler. C'est compliqué, soufflé-je en m'éloignant vers le comptoir d'accueil pour récupérer mes affaires.

– Alors explique-moi.

OK, quand il faut y aller...

– Nous n'étions même pas majeurs, et Victor était mon voisin depuis toujours. Cependant, nous n'étions pas vraiment amis. J'étais une jeune fille… introvertie.

– Ça, je le savais déjà. Quand tu as débarqué ici à quinze ans, j'ai compris que ce refuge était ton échappatoire.

Je lui souris légèrement. J'ai toujours eu l'impression d'être chez moi ici, Nathalie a tout fait pour et je ne pourrai jamais assez la remercier pour ça.

– En bref, je suis sortie avec Victor alors que j'étais un peu le vilain petit canard du village et lui, le garçon populaire. Tu vois le topo. Au départ, personne n'en savait rien, puis les rumeurs ont commencé à prendre de l'ampleur et… il n'a pas géré, dirons-nous.

Pendant mon discours, des flashs de mon adolescence et de cette période remontent en flèche dans mon esprit. Victor qui m'embrasse. Victor qui me dit qu'il sera toujours de mon côté. Victor qui voit au-delà de mes barricades. De ma timidité. Puis tout le reste. J'en frissonne d'effroi.

Nathalie conserve le silence. Je sais qu'elle réfléchit à tout ça et qu'elle mesure l'impact de cette histoire sur ma vie. Il ne faut pas être bête : je me suis encore plus renfermée depuis cette rupture. Mon amie a des adolescents à la maison, elle sait que tout est bien plus exacerbé à leur âge.

– Et tu as tourné la page ?

Encore cette fichue histoire de page à tourner. Je soupire en repensant aux paroles de Victor il y a quelques jours. J'ai eu le temps d'y réfléchir et, non, la page n'est pas tournée. J'ai encore du mal à comprendre comment le garçon en qui j'avais confiance et à qui j'ai littéralement tout donné a pu se jouer de moi ainsi. Alors, je décide de botter en touche et de ne pas inquiéter Nathalie sur le devenir de cette collaboration professionnelle.

– Évidemment que j'ai tourné la page. Ça fait six ans maintenant et, même s'il ne deviendra jamais mon meilleur ami, je suis assez adulte pour travailler sereinement avec lui. Aucun souci, je t'assure.

J'essaie d'être convaincante, mais dans mes veines coule une rage qui ne cesse d'enfler depuis la minute où j'ai quitté la salle de réunion.

– Dans ce cas, tu pourrais le former aux gardes de nuit. Qu'en penses-tu ?

Je fronce les sourcils.

– Pourquoi devrait-il faire des gardes de nuit ? Il est investisseur que je sache, pas salarié.

Mon ton est un peu plus abrupt que je ne l'aurais voulu. Nathalie, qui me connaît bien, a l'intelligence de ne pas me le faire remarquer.

– C'est lui qui m'a demandé si nous avions besoin d'aide et je ne vais pas te cacher que le planning de décembre est un vrai casse-tête.

– Je sais. C'est moi qui m'en charge d'habitude. Si besoin, j'en ferai plus.

– Hors de question, objecte-t-elle. Tu en fais déjà assez et, clairement, nous ne serions pas raccord avec le droit du travail.

– OK. Alors je le formerai, si c'est ce que tu veux.

Penser que je vais devoir me farcir une nuit entière avec pour seule compagnie mes animaux adorés et Victor me mine déjà. C'est comme réunir une passion et une phobie : la tâche est compliquée. La passion adoucira-t-elle mon attitude avec lui ? Ou mon énervement à son égard mettra-t-il à mal mon bien-être ici ?

Je récupère mes affaires avant d'enfiler ma doudoune.

– Tu roules toujours avec ton engin de la mort ?

– C'est une Peugeot 103 de 1977, Madame ! dis-je en bombant le torse. C'est une relique. Ne sois pas médisante.

Nath explose d'un rire gras et je sens que la pression redescend d'un coup. Il faut que je la ménage. Cette association n'est pas facile pour elle et je me dois d'être à ses côtés, quels que soient mes états d'âme. Elle n'en est en rien responsable.

– J'y vais, lui lancé-je en calant ma besace en travers de mon buste. Si je ne déguerpis pas d'ici vite fait, il fera trop nuit pour que je roule en sécurité.

– Fais attention à toi.

– Promis, à demain.

Je claque la porte derrière moi et rejoins le parking.

Le soleil est déjà quasiment couché derrière la montagne et la nuit prend ses droits. Même si je ne suis pas une trouillarde, il va falloir que j'accélère pour rentrer chez moi.

Après avoir enfourché ma bécane et alors que je m'apprête à enfiler mon casque, mon attention est attirée par une lueur rougeâtre de l'autre côté du parking. Je plisse les yeux pour mieux voir. La silhouette adossée à sa voiture noire ne peut être que celle de Victor. Je me demande ce qu'il fait encore là à cette heure-ci. Il me semblait l'avoir entendu partir tout à l'heure.

Quand il s'approche, mon cœur caracole. J'ai envie de me ficher une gifle. Quand serai-je apte à ne plus m'agiter intérieurement lorsqu'il est question de ce mec, bon sang ?

– Je t'attendais.

Il s'avance encore un peu plus et je le vois écraser un mégot à terre puis le ramasser.

– Depuis quand tu fumes ?

– Tu ne veux pas plutôt savoir pourquoi je t'attends à cette heure-ci ?

Il a le don de me rendre chèvre !

– Non.

– Je ne compte même plus les années…

– Tu ne fumais pas quand…

Quand nous étions ensemble. Je retiens ces mots de justesse.

– Peu importe. Pourquoi m'attendais-tu ?

– Pour te présenter mes excuses.

– Ah oui ? Quelle joie ! ironisé-je.

– Je n'aurais pas dû avoir ces propos en salle de réunion. Et surtout, je n'aurais jamais dû parler de nous à Nathalie. C'était loin d'être professionnel.

Pour seule réponse, je le scrute, cherchant à deviner s'il est sincère.

– Mettre du sel dans mon café ne l'était pas non plus, ajoute-t-il en constatant que je ne compte pas enchaîner.

Je tords ma bouche en une grimace, puis je hausse les épaules.

– Je l'assume.

– Qu'est-ce que tu cherches, Amélie ?

Je laisse mon regard errer dans le vide. Devant moi, la nature rougeoie alors que le soleil décline. Je me laisse quelques secondes pour réfléchir.

– Je ne sais pas vraiment, finis-je par admettre.

Nos yeux s'arriment lorsque je tourne à nouveau la tête vers lui, et cette électricité que je n'ai jamais ressentie qu'en sa présence fait à nouveau crépiter l'air entre nous. Ça me déstabilise tellement que je suis à deux doigts de tomber de ma 103. Ses iris verts m'hypnotisent un instant. Il est beau à tomber. Ses cheveux bruns sont coupés court sur le côté et sont un peu plus longs sur le dessus, comme avant. Ses traits se sont juste durcis, sa douceur adolescente a disparu. Il est devenu adulte. *Nous* sommes devenus adultes.

– Crois-tu qu'on pourra vraiment s'entendre ?

Sa voix n'est plus qu'un souffle. Est-ce qu'il entend par là que je lui pardonne ? Que je tire un trait sur cette « vieille histoire » ? Dois-je continuer d'alimenter ma rancœur ou décider de passer à une autre étape de ma vie ? C'est peut-être le moment, non ? Lui en vouloir me permet depuis des années de ne pas regarder mes propres erreurs en face.

Tout d'un coup, la nostalgie m'étreint. Plus fort que de raison.

– Je suis incapable de te répondre, murmuré-je à mon tour.

Lorsque sa main attrape la mienne avec douceur, je ressens comme une brûlure. Je mets un terme à ce contact à la vitesse de l'éclair et fourre ma paume dans ma poche.

– Pardon, je n'aurais pas dû, s'excuse-t-il.

Je secoue la tête et lève les yeux au ciel.

– Tu n'as jamais été très fort pour ce genre de moment.

– Lesquels ?

– Ceux qui ne sont pas préparés.

Il ricane. Sentant l'impact de ce son dans mon ventre, je mets un terme à cet instant et enfile mon casque. Victor comprend que cette parenthèse est terminée puisqu'il recule pour laisser passer mon bolide.

Je donne un puis deux coups de pédale, en vain, le moteur ne veut rien savoir. *Je ne vais quand même pas lui faire le coup de la panne ? Quelle honte !*

Heureusement, au troisième coup, la mobylette rugit et une fumée âcre s'élève depuis le pot d'échappement. J'esquisse un signe de la main et m'enfuis vers la nuit, me demandant encore si ce semblant de conversation apaisée entre nous a vraiment eu lieu. L'avenir dira si nous pouvons nous entendre.

CHAPITRE 13

VICTOR

Si je suivais mes envies, j'annulerais ce que j'ai prévu pour la soirée, et je m'affalerais dans le canapé familial, devant un match de foot, avec mon père, une tasse de lait de poule entre les mains. Mais j'ai pris des engagements et je les tiendrai.

Après le départ d'Amélie, je me suis réfugié dans ma voiture pour passer enfin l'appel que je reporte depuis trop longtemps.

La tonalité résonne sur un écran noir dans l'habitacle, et je profite de ces quelques secondes de répit pour repenser à ce qu'il vient de se passer. Je lui ai pris la main. Ça a été plus fort que moi. Tandis qu'Amélie bute sur les mots dès qu'il s'agit de ce *nous deux* que nous avons été plus jeunes, je lui donne l'impression de n'en avoir rien à faire. Elle ne se doute pas que ce mal m'a rongé pendant des mois. Qu'il me ronge encore parfois.

– Eh, mon poussin ! Tu donnes enfin des nouvelles !

Max, mon associé et ami, se matérialise sur l'écran LCD de ma Mercedes.

– Salut mec. Quoi de neuf ?

– Tu déconnes ?

Je le vois s'affaler dans son fauteuil en cuir gigantesque, pour lequel il a presque fait un caprice quand on a aménagé nos bureaux à Paris, un sourire aux lèvres, et hausse un sourcil pour qu'il continue :

– Plus d'une semaine que tu es parti et que tu fais le mort. Un ou deux SMS ne suffisent pas, mon pote. Julien est dans un tel état que j'ai du mal à prendre ta défense.

– Je négocie. Je le lui ai déjà dit. Je ne suis pas magicien.

Je grince des dents, mais tente de ne pas le montrer. Max est cependant perspicace et il me connaît bien.

– J'ai conscience que c'est la merde, cette histoire, mais c'était le *deal*, non ?

– Ouais… Présenté comme ça, on dirait que j'ai eu le choix. Tu sais bien que ce n'est pas exactement le cas.

La moue songeuse de mon ami me fait réagir.

– Ça en est où ? Qu'a dit l'avocat ?

Max se frotte le menton.

– On est dans une impasse. Ce qui a été déterré par ce journaliste au sujet de JVM Cosmetics est loin d'être faux. Ça devrait sortir sous peu. Donc il va falloir qu'on se couvre, ça risque de nous exploser à la gueule.

– Ça nous a déjà explosé à la gueule, mec. C'est la raison de ma présence ici, je te rappelle.

Max change de position et se rapproche de l'écran.

– Ce qui nous attend pourrait faire bien plus mal. On risque un procès. Et de voir JVM s'écrouler sous nos yeux. Ça pue.

Comment en sommes-nous arrivés à ça, bordel ?

– Et Julien, il en dit quoi ? C'est tout de même sa faute si on en est là…

– Il ne veut pas se mouiller. Il maintient qu'on est tous les trois dans le même bateau.

– Il s'y est mis tout seul, dans son rafiot !

La colère coule dans mes veines. Avec ce qui nous est tombé dessus, et que nous avons dû gérer au plus vite, je n'ai jamais pu vraiment en parler à cœur ouvert avec Max.

– C'est lui qui a déconné. Il n'était pas question de tests sur les animaux ni de produits d'origine animale ! On a prôné une marque bio, végane et éthique à notre clientèle ! Qu'est-ce qui lui est passé par la tête ?

Je me frotte les yeux et Max enchaîne :

– Oh ! Tout doux, mec. Ça va le faire. On fera notre *mea culpa* et on repartira de plus belle. Si, en plus, notre idée d'investir dans un refuge animalier fonctionne, c'est good !

Je souffle et secoue la tête.

– Non, ce n'est pas bon, Max.

Mon ami fronce les sourcils et, à travers l'écran, je me rends compte qu'il se doute que quelque chose ne tourne pas rond.

– Il t'arrive quoi, là ? Tu étais pour cette idée, non ? C'est même toi qui as trouvé le plan !

J'expire un grand coup. Comment expliquer à mon associé que revenir ici me met la tête à l'envers ? J'ai beau être proche de Max depuis nos années HEC, il ne connaît pas non plus toute ma vie.

– J'investis notre argent dans ce refuge uniquement pour nous blanchir les mains et je n'assume pas, voilà tout.

Max grimace.

– Je comprends, mec. Mais dis-toi que quelles que soient nos intentions, l'argent que tu investis reviendra tout de même au refuge…

Il ne comprend pas que je suis attaché à ma région et que je ne veux pas que la mauvaise réputation de ma société arrive jusqu'ici. D'autant plus si je pense à Amélie et Nathalie, dont l'engagement sera éclaboussé au passage.

– Il n'y a pas que l'argent en jeu. La directrice me fait confiance pour m'occuper de l'établissement en personne. Elle veut quelqu'un d'humain et de présent pour sa structure. J'ai juste l'impression de la balader.

– On n'a pas vraiment le choix. On a besoin de ça pour démontrer que nos intentions n'étaient pas mauvaises. Il ne faut pas que tu lâches l'affaire.

Même si c'est Julien qui a merdé, en étant associés, on risque aussi gros que lui.

– Je sais. Ouais. Ça devrait le faire, on ne peut pas dire que les candidats se bousculent au portillon pour soutenir le refuge. Nous avons rendez-vous chez l'avocat de la propriétaire dans quelques jours. Elle me fait confiance et c'est avec moi qu'elle veut collaborer.

Je marmonne plus que je ne parle.

– Ça marche. Tu nous tiens au courant quand c'est bon ?

– Eh, Max ! le hélé-je au moment où il se penche pour couper la visio.

– Quoi ?

– Dis à Julien que je ne veux plus traiter avec lui pour l'instant. Tu seras mon seul intermédiaire, c'est compris ?

– Victor…

– C'est sans appel.

– Tu vas pas bouder comme un gosse, si ?

– Non, mais je veux qu'il sache que je ne suis pas d'accord avec sa manière de faire. Il nous a planté un couteau dans le dos et je suis bien décidé à ce que ça ne se reproduise plus.

En d'autres termes, je fais comprendre à mon pote que je suis déterminé à me passer de Julien dans mes futures sociétés. Argent ou pas, je me débrouillerai sans lui. Ce mec a les dents aussi longues qu'un requin et n'hésite pas à appliquer des méthodes que je réprouve.

– OK, on verra ça. Concentre-toi sur ce refuge et on en reparle.

– Ciao.

– Bye.

L’écran s’éteint et le calme revient dans l’habitacle.

Je scrute les lumières du refuge quelques mètres devant moi. Les aboiements des chiens, le vent dans les sapins et toute cette obscurité me calment un peu. Finalement, voir du monde ce soir et prendre un remontant va me remettre les idées en place.

CHAPITRE 14

VICTOR

– Le retour aux sources ne se passe pas comme prévu, ou il y a autre chose ? me questionne Guillaume en arrivant à la table à laquelle je me suis installé au fond du bar.

Visiblement, la mine défaite que j'affiche ne lui a pas échappé.

Il n'a pas changé. Dans son regard, il y a cette espièglerie perpétuelle qui m'a toujours plu. Contrairement à Max, il connaît ma vie, mes parents et tout ce qui fait que je suis moi. Je suis sûr que je peux lui parler en toute franchise et qu'il comprendra. Comme il l'a fait lors de mon départ, il y a six ans.

– Tu parles d'un retour aux sources, baragouiné-je.

Mon ami ricane. Avant de lever le bras pour faire signe à la serveuse de lui apporter une bière.

– Ça, j'avais bien compris, mon pote. Alors, vas-y, raconte tout à papa !

Je souris et me recale dans ma chaise en soupirant.

– Je suis là pour investir dans le refuge Sauv'Anim.

Guillaume écarquille les yeux, puis acquiesce. Il laisse passer quelques secondes avant de répliquer :

– Je me disais aussi que ton retour dans le coin n'était pas une coïncidence.

– Que veux-tu dire par là ? lui demandé-je, un peu piqué par sa remarque.

– Oh ! Tout doux ! reprend-il en souriant.

Il avale une gorgée de la bière qu'on vient de lui servir avant de s'expliquer.

– Les mecs n'avaient pas tort, l'autre jour. Tu as toujours voulu partir de ce trou à rats quand nous étions ados. Et tout a roulé pour toi dès le moment où tu t'es envolé pour Paris. Tu as accompli ton rêve en réussissant professionnellement. Que tu reviennes ici alors que tu es en pleine ascension, ça me paraissait louche.

– À ce point-là ?

– Et je ne suis pas le seul à le penser. Même si tu n'étales pas ta vie, ici, on la connaît bien plus que tu ne le crois, ricane-t-il.

Je râle dans ma barbe en entendant ces propos. Je ne suis pas dupe, je sais pertinemment que les commérages vont bon train dans notre petit bourg, mais je ne pensais pas qu'on suivait mon parcours d'aussi près.

– Bon, alors. Qu'est-ce qui t'amène à investir dans un refuge animalier perdu dans les montagnes jurassiennes alors que tu as fait de la cosmétique bio ton cheval de bataille ?

Dans le ton de mon ami, je ressens une pointe d'amusement, ce dont je ne peux pas le blâmer.

– C'est ça, moque-toi !

– Loin de moi cette idée, mais tu tires une tête de trois pieds de longs, continue-t-il. C'est Amélie, c'est ça ?

Je hoche la tête tout en faisant la moue.

– S'il n'y avait que ça… Tu me promets de n'en parler à personne ?

– Faut-il que je te rappelle certaines choses ou ta mémoire est encore intacte ? s'exclame-t-il, vexé.

– OK, OK, pardonne-moi. Bon, pour faire court, une de mes sociétés, celle dans laquelle j'ai le plus investi dernièrement, et qui fonctionne du tonnerre, se retrouve dans la tourmente depuis quelques semaines. L'un des associés avec qui je bosse n'a pas trouvé mieux que de faire tester la majeure partie de nos produits sur des animaux de labo et d'investir dans des produits d'origine animale pour faire baisser les coûts.

– Ah oui ! L'éthique et le végane n'étaient pas vos priorités ?

– Si. Ce sur quoi on a bâti toute l'image de marque et ses valeurs. Mais ce mec est un financier et nous lui avons fait confiance aveuglément.

Je marque une pause dans mon discours pour avaler une gorgée de bière à mon tour. Je repense à notre rencontre avec Julien et à tout ce qu'il nous a balancé pour qu'on signe avec lui. Je me rends compte avoir été naïf.

– Ça fait un moment qu'on bosse avec lui et tout s'est toujours bien passé, mais je pense qu'en voyant JVM décoller, il s'est emballé.

– Quand il est question d'argent malheureusement…

– C'est ça, tu as compris. La notoriété de JVM nous a dépassés et, comme nous avions mille chats à fouetter, lui déléguer certaines tâches nous a paru normal. Il était demandeur, enthousiaste… Et nous, beaucoup trop occupés ailleurs pour vérifier ce qu'il faisait. Et puis, nous avions confiance en lui. Jusqu'au jour où un journaliste a fouiné du côté de nos affaires et a déterré ces infos.

Je me rappelle encore comment j'ai réagi quand j'ai vu le mail de ce mec atterrir dans ma boîte. J'étais en train de dîner avec Francesca, une belle Italienne rencontrée il y a des années et avec qui je m'amuse de temps en temps. J'ai cru que le toit du restaurant me tombait sur la tête.

– Depuis, on ne cesse de vouloir protéger nos arrières. On tente par tous les moyens de trouver une parade qui éviterait de salir le nom de la marque. Et qui nous éviterait des ennuis judiciaires.

– Mais les faits sont avérés ?

– Le mec a des preuves tout ce qu'il y a de plus solides. C'est consternant. Sauf que Max et moi n'étions pas au courant…

– Et le fautif, il en dit quoi ?

– Il a tenté de faire son *mea culpa* en parlant de coût, de retour sur investissement et de marketing. Bref, JVM nous appartient à tous les trois, on ne peut pas lâcher le navire.

Guillaume hausse les sourcils en comprenant l'ampleur du problème. Notre marque s'est fait connaître pour sa certification *cruelty free* et tout a été bâti dans ce sens au départ. Malheureusement, même si notre produit fini n'est pas testé véritablement sur les animaux, nos produits intermédiaires le sont. Ce qui n'était pas prévu et peut nous coûter très cher. Non seulement à JVM, mais à nos autres marques sur le marché de la cosmétique.

– Et donc, vous voulez sauver votre image et prouver votre engagement pour la cause animale en investissant dans un refuge animalier français ?

Je hoche la tête, dépité.

– OK, pas très fin, les gars…

– Cette idée a été prise précipitamment. Quand j'ai vu que Nathalie cherchait un investisseur, je me suis dit que ça pourrait le faire.

– Mais tu as des remords.

– Tu as tout compris.

Mon ami se pince les lèvres.

– Que comptes-tu faire ?

– Je n'en ai aucune idée. Ne pas signer avec Nathalie reviendrait à la mettre dans l'embarras maintenant qu'elle a pris sa décision. Et laisser couler ma boîte m'est insupportable. En bref, je me retrouve coincé.

– Et dans tout ça, il y a Amélie…

Je relève le nez vers mon ami et le sonde du regard. Ce mec est équipé d'un détecteur à sentiments ou quoi ?

– Aussi… Depuis que je la croise au refuge, je ne sais pas… tout se mélange. Je n'ai pas envie qu'elle croie que je me suis servi du refuge. Ni d'elle.

– C'est pourtant pour ça que tu es ici, non ?

– Oui. Enfin pas pour me servir d'elle, évidemment…

– Ça va, ça va, j'ai pigé, ricane-t-il.

Je passe une main dans mes cheveux. Guillaume a le don de me faire perdre mes moyens. Il appuie là où ça fait mal.

– Prends une décision et parles-en à Nathalie et Amélie. Elles peuvent comprendre.

– C'est trop tôt. Amélie ne me fait déjà pas confiance, alors…

– J'imagine. Tu ne sais pas comme elle a souffert, Victor.

– Si, je le sais.

La discussion qui se profile me donne déjà des frissons, mais connaissant Guillaume, je n'y couperai pas.

– Elle a passé sa jeunesse à être le souffre-douleur des sales gamins du coin. Et ton départ n'a rien changé, crois-moi. Aujourd'hui encore, les rumeurs vont bon train la concernant.

Je ferme les yeux. Ressasser ces souvenirs me pince le cœur. Pourtant Guillaume continue :

– C'est moi qui lui ai vendu le chalet du père Grégory. Celui-ci m'a payé une belle commission pour que ce soit elle qui le rachète. À vrai dire, ça ne se bousculait pas au portillon vu l'état de la bâtisse. Mais j'ai pu voir comme elle avait hâte de se barrer du village. Je ne comprends pas pourquoi elle n'a jamais envoyé tout le monde promener. Je serais devenu fou à sa place.

– Parce qu'il n'y a pas une once de méchanceté en elle... soufflé-je.

Plusieurs minutes s'écoulent sans qu'aucun d'entre nous ne pipe mot. Nos esprits sont absorbés par les souvenirs de cette nuit-là. Une vague de nostalgie m'envahit et, dans ma tête, tout se confond. Le passé, le présent et le futur.

– Je vais signer cet accord avec Nathalie, et cesser de collaborer avec Julien. Ensuite j'aviserai. Je crois que je n'ai plus vraiment le choix si je veux sauver les meubles.

– À courir plusieurs lièvres à la fois, on se perd, mec. Fais attention. Parfois, faire des choix et opter pour l'honnêteté et la meilleure des solutions.

Je fronce les sourcils et réfléchis à cette phrase. Puis je me souviens d'une chose : un jour, j'ai été honnête et j'ai fait un choix. Et tout a basculé. Suis je prêt à recommencer ?

CHAPITRE 15

AMÉLIE

– Et ça ? C'est plutôt sympa, non ?

Je grimace en détaillant ce que me montre Gauthier sur l'écran de son ordinateur portable. Une chapka en fausse fourrure dont les oreilles peuvent se remonter sur le dessus du crâne.

– C'est laid, constaté-je très sérieusement.

– Je croyais que tu haïssais ta sœur.

Je jette un coup d'œil à mon ami et son sourire en coin me fait secouer la tête.

Assis à ma table de salle à manger, on cherche depuis plus d'une heure une idée de cadeau pour Betty. Près de quinze jours sont passés depuis la requête que m'a faite ma mère, et même si je ne l'ai pas revue et que nous n'avons plus parlé de ce fameux Noël, je sais pertinemment qu'elle ne lâchera rien. Je suis préposée au cadeau de ma chère cadette et, n'ayant aucune idée de ce qu'elle aime, j'ai tout naturellement demandé de l'aide à

Gauthier. Dans ce domaine, il est bien meilleur que moi. Pourtant, nous n'avons toujours rien déniché.

Je souffle un grand coup et m'adosse à ma chaise en m'étirant le cou. Mon regard se pose sur l'extérieur où la neige a pris ses droits. De là où je suis, je vois les cimes des sapins enneigés et même si c'est pareil chaque hiver, je ne cesse de m'extasier devant la beauté du paysage.

– C'est peine perdue, Betty est bien trop compliquée. Je vais lui offrir un parfum ou un bijou, ça ira très bien.

– Elle n'est pas compliquée, tu ne la connais juste pas assez pour savoir ce qu'elle aime. Il n'y a pas une amie à elle qu'on pourrait appeler pour prendre la température ? Un petit copain ? Quelqu'un qui pourrait t'aiguiller ?

– À part ma mère ? Personne.

Mon meilleur ami réfléchit une seconde et se tourne de nouveau vers moi en claquant le capot de son ordinateur.

– Ce que je te propose, c'est d'attendre un peu. Tu as encore pas mal de temps devant toi. Tente de cuisiner ta mère et on en reparle.

– Ouais… je vais lui demander son avis. Elle sera ravie et pourra ajouter ça aux réflexions à me balancer en pleine figure pendant le repas ! Quelle joie ! m'exclamé-je, sarcastique.

Depuis toujours, Gauthier connaît la relation que j'entretiens avec mes parents. Je ne fais rien pour que ça change et je continue de les voir, donc je ne devrais pas me plaindre. Mais quand même. Chaque petite pique envoyée, c'est comme la pointe d'un couteau qui appuie sur mon cœur. Un jour, ça finira par faire trop mal pour revenir en arrière.

– Bref… Je te fais un café crème chantilly double ration ? enchaîné-je pour éviter de m'étendre sur le sujet.

– Volontiers ! réplique mon ami en frappant dans ses mains.

Je rejoins la cuisine et sors les ingrédients nécessaires à la préparation de nos cafés pendant que Gauthier me fait signe qu'il sort passer un coup de téléphone. Il revient au moment où je termine les boissons.

– C'est prêt, Monsieur ! déclaré-je en déposant les deux tasses fumantes au centre de l'îlot central.

– Délicieux, s'exclame-t-il en dévorant la crème chantilly directement au doigt.

Nous profitons d'un instant de calme entre nous pour déguster en silence, puis mon ami s'accoude au plan de travail et me questionne :

– Comment se passe la collaboration avec VC ?

Je ris de ce diminutif prononcé à l'anglaise. C'est un code que nous avons pour parler de Victor depuis ce qu'il s'est passé entre nous. À l'époque, Gauthier était aux premières loges, et c'est l'un des seuls à m'avoir soutenue. Heureusement, d'ailleurs. La jeune fille que j'étais n'aurait certainement pas pu se relever sans sa présence.

– Eh bien, pour être tout à fait honnête, il n'y a rien de spécial à raconter. Il sait que je ne suis pas très heureuse de le voir débarquer au refuge, il souhaite que tout se passe au mieux côté professionnel. Le reste… nous n'en avons pas parlé et tant mieux. Je crois que remuer le passé n'est pas très bon.

– Mmm…

– Quoi ?

Je sonde mon ami, qui ne semble pas convaincu par ma tirade. Il se racle la gorge et s'explique.

– Tu n'as pas envie de savoir pourquoi il a agi ainsi ? Même des années après, parfois, c'est bien d'avoir des réponses, histoire de tourner la page.

Je grimace.

– Vous allez arrêter avec cette fichue page à tourner ? Je suis épanouie aujourd'hui. Foutre un coup de pied dans le tas de feuilles qu'est mon passé ne changera pas grand-chose, je t'assure. Ça ne ferait que ficher la pagaille.

– Si tu le dis…

Mon ami change vite de sujet en sachant que celui-ci est épineux. Nous parlons un peu de tout, Gauthier me raconte les derniers événements du village, et je l'assomme de questions concernant son dernier rancard. Comme toujours, les décorations de Noël fichent la pagaille parce que la mairie et les bénévoles du comité des fêtes ne sont pas d'accord sur la date à laquelle les installer. Sans surprise, les boutiques du centre-ville organisent leur tombola annuelle dès le 1er décembre, mais cette année le lot est différent du panier garni traditionnel et permettra au gagnant de s'envoler vers une destination encore inconnue. Enfin, Gauthier m'annonce qu'il a vu passer un flyer à la boulangerie sur les portes ouvertes exceptionnelles du refuge, juste avant Noël.

– Je trouve l'idée sympa.

– C'est une bonne idée, oui, confirmé-je sur un ton plat. C'est Victor qui l'a proposée dès son arrivée. Il faut avouer que ce n'est pas bête.

Lorsque Nathalie m'a fait part de cette proposition, j'ai tout de suite été enthousiaste. Faire venir du monde au refuge et expliquer notre travail ne peut être que bénéfique. Alors peu importe qui en est à l'initiative.

Alors que je m'apprête à rebondir sur le sujet, mon téléphone se met à vibrer sur la table. Je m'en saisis et décroche dans la seconde en voyant que l'appel provient de Sauv'Anim. Victor est seul sur place aujourd'hui. Nous sommes dimanche et il s'est proposé de lui-même pour faire la garde du week-end, même si ce n'est pas son rôle.

– Oui ? Il y a un problème ?

Mon ventre se noue. S'il appelle, c'est qu'il est dans une situation dont il ne sait pas se dépêtrer.

– Je suis un peu embêté. L'une des chiennes est amorphe. Elle est allongée sur le sol et a du mal à respirer. J'ai tenté de lui proposer à manger, de lui faire des caresses, mais je crois qu'elle a mal quelque part et je commence à m'inquiéter.

– De quelle chienne s’agit-il ?

– Un border collie. Du nom de Livi.

Livi est allergique à bon nombre d’aliments, elle est donc sous surveillance accrue depuis plusieurs mois. C’est aussi en raison de ses problèmes de santé que ses propriétaires s’en sont lâchement débarrassés. Elle a besoin d’amour et d’attention, mais aussi de beaucoup de soins. J’avoue que c’est l’une de mes préférées.

– J’arrive. En attendant, préviens le vétérinaire de garde, tu dois avoir le numéro dans l’ordinateur.

– OK.

– À tout de suite.

Je raccroche sans attendre sa réponse. Gauthier, qui a assisté à la conversation, me tend mon anorak et se tient prêt à partir. Quelle chance d’avoir pour meilleur ami quelqu’un qui aime autant les animaux que moi ! Encore heureux qu’il soit chez moi à cet instant. Sans ça, j’aurais dû faire la route à mobylette, et avec toute la neige qui est tombée cette nuit, ça aurait pu être dangereux.

Pendant tout le trajet, je prie pour que l’état de Livi n’empire pas de minute en minute. Gauthier perçoit mon angoisse et ne pipe mot dans la voiture. J’essaie d’appeler Nathalie, en vain. Elle était en famille ce week-end et m’a prévenue qu’elle serait difficilement joignable.

Hier soir, lorsque j’ai quitté le refuge, Livi se portait à merveille. Qu’a-t-il pu bien se passer ?

CHAPITRE 16

AMÉLIE

Après s'être garé au plus près de l'accueil, Gauthier m'accompagne jusqu'à la porte et se fige un instant quand Victor ouvre le battant pour nous laisser passer. Je me rappelle qu'ils ne se sont pas revus depuis près de six ans, mais ce n'est pas le moment de tergiverser. Je cours vers le box de Livi et, quand je vois l'état de la chienne, mon cœur se serre.

– Eh, ma belle ! dis-je en m'accroupissant tout près d'elle. Comment ça va ?

Je pose sa tête sur mes genoux et lui caresse les oreilles. Je lorgne sa gamelle, et vois qu'elle n'a mangé qu'une partie de sa pâtée. Je questionne Victor, qui, inquiet, se tient près de moi.

– Tu as bien fait attention à la pâtée que tu lui as donnée ? Livi est allergique à beaucoup de choses.

– Oui, me répond-il, j'ai suivi ce qui est inscrit en cuisine sur l'étagère qui la concerne.

– D'accord. C'est juste bizarre qu'elle n'ait pas terminé sa ration. Elle est plutôt gourmande.

Victor me jette une œillade désolée. Disparu son air hautain et dur. J'ai comme l'impression de retrouver le jeune homme doux et compatissant que j'ai connu durant ma jeunesse.

Quand Gauthier nous rejoint, suivi du vétérinaire, je souffle de soulagement.

– Bonjour docteur Stein.

– Bonjour Amélie. Alors, qu'est-ce qu'elle nous fait, la mignonne ?

Avec précaution, Charles Stein palpe l'abdomen de Livi et lui administre les premiers soins d'urgence. Je parle à la chienne sans discontinuer et la caresse pour la détendre afin de rendre la tâche du médecin plus facile. Livi est une peureuse qui a du mal à faire confiance. Sans mon intervention, je sais que Victor et le docteur n'auraient pas pu l'approcher.

Le vétérinaire lui pose une perfusion afin de la réhydrater et lui fait renifler un peu d'oxygène pour qu'elle retrouve une respiration moins difficile. Au fur et à mesure des minutes qui s'écoulent, elle commence à reprendre un peu de vie, à mon grand soulagement.

Le vétérinaire m'explique qu'elle a dû faire une allergie et, connaissant son passif, il prescrit de nouveaux examens pour que cette situation ne se renouvelle pas.

– Elle sera sur pied rapidement, ne vous en faites pas.

– Vous pensez qu'elle a fait une réaction à l'un des ingrédients contenus dans sa pâtée ?

– Certainement, oui. Mais je ne peux pas vous en dire plus aujourd'hui, il faudra faire des analyses cliniques plus approfondies.

J'acquiesce en regardant mon amie à poils. Celle-ci me scrute avec gratitude. Je la laisse dans son box et raccompagne le docteur Stein jusqu'à l'accueil où nous accomplissons les formalités administratives rapidement, sous l'œil attentif de Victor et de Gauthier.

– Je prendrai des nouvelles demain à la première heure, me dit le médecin avant de se diriger vers la porte. N'hésitez pas à m'appeler s'il y a quoi que ce soit.

– Merci d'être venu si rapidement.

– C'est normal.

Alors qu'il franchit la porte après un dernier au revoir, je souffle quelques secondes et passe une main dans mes cheveux. En moi, l'angoisse reflue, laissant place à la colère. Je me retourne vers Victor et lui demande sèchement :

– Peux-tu me montrer quelle pâtée tu as donnée à Livi ce soir ?

Ses yeux s'écarquillent et, à ses côtés, Gauthier plisse la bouche. Il me connaît bien et il sait que je ne suis pas loin d'exploser. Le docteur ayant expliqué que Livi a fait une réaction allergique, je me dois de vérifier qu'aucune bourde n'a été commise durant la distribution des repas. Si c'est le cas, c'est très grave, et je ne passerai pas là-dessus. On ne peut pas prendre la santé de nos pensionnaires à la légère.

– Tu crois que je suis responsable, c'est ça ? me demande Victor, visiblement vexé. Je t'assure que j'ai pris toutes les précautions nécessaires. J'ai déjà vu Nathalie préparer les repas à plusieurs reprises.

– Je n'ai jamais dit ça. Et entre voir et faire, il y a une différence, répliqué-je de façon abrupte.

Entre nous, Gauthier se racle la gorge, certainement pour apaiser la tension palpable dans la pièce.

– Tu peux rentrer, lui annoncé-je pour éviter de le faire rester inutilement. Je vais finalement rester de garde ce soir, pour surveiller l'état de Livi. Je ne serais pas rassurée de la savoir seule.

– Elle ne sera pas seule, je serai là, réplique Victor, piqué au vif. Et je suis censé assurer la garde avec Isabelle.

Je me tourne vers lui et assène :

– Je vais l'appeler et annuler. Je devais te former, c'est ce que je vais faire.

– Tu es sûre de toi ? me questionne Gauthier sans que je sache s'il fait référence à son départ ou à ma dernière déclaration.

– Certaine, réponds-je avec un sourire crispé. Merci de m'avoir accompagnée.

Il me serre alors dans ses bras et, après un signe silencieux de la main envers Victor, il s'éclipse.

J'appelle Isabelle dans la foulée en lui expliquant la situation. J'ôte enfin ma doudoune et reprends à l'attention de Victor :

– Bien, maintenant que tout ça est fait, tu vas me montrer exactement ce que tu as mis dans la gamelle de cette chère Livi.

Il secoue la tête et assène :

– Puisque tu as décidé que j'étais responsable de son état, à quoi ça sert ? J'ai l'impression qu'en ce qui me concerne, ton avis est déjà tranché, je me trompe ? Partons donc du principe que j'ai fait n'importe quoi.

Surprise qu'il me parle sur ce ton, je sens la colère affluer dans mes veines aussi vite qu'une coulée de lave. Sa dernière phrase est ambiguë et j'ai comme l'impression qu'il ne fait pas référence qu'à Livi.

– Je ne t'accuse de rien, je veux juste m'assurer que tout a été fait dans les règles. Tu es nouveau ici et il faut que l'on te forme.

– Et c'est à toi que revient ce rôle ?

Je plisse les yeux quand j'entends le ton sur lequel il a débité sa question.

– Apparemment. Et ne crois pas que ça m'enchante.

Je me détourne aussi sec vers les cuisines d'un pas déterminé. Je ne supporterais pas qu'il me rende la pareille. Je crois que ça ferait encore trop mal. Ses pas me suivent et il soupire lorsqu'il s'arrête devant les étagères réservées aux chiens allergiques.

– Voilà. Je lui ai donné cette pâtée, qui se trouve dans ce contenant rouge, couleur attribuée à Livi, comme me l'a indiqué Nathalie hier.

Sa main vient effleurer les boîtes de conserve qui sont rangées dans une grande caisse en plastique. Mes joues doivent être de la même couleur que cette dernière quand je sens son bras effleurer le dessus de mon épaule.

– OK, soufflé-je.

Je baisse la tête vers mes chaussures, un peu honteuse. Les émotions que je ressens sont si contradictoires que ça m'en fait mal à l'estomac. Il faut que je me mette en tête que sa présence ici n'est pas temporaire et qu'il risque de s'installer pour un petit bout de temps. Il va donc falloir que je cesse de me crisper chaque fois que je me retrouve en sa présence.

– Alors, verdict ? Suis-je responsable de…

– Non.

Son ton est froid. Le mien est las. Livi doit avoir une nouvelle allergie et Victor n'y est clairement pour rien. Je me retourne vers lui et, dans ses yeux, je lis de l'incompréhension. Il doit se demander pourquoi je change d'humeur si abruptement, mais je ne saurais pas moi-même le lui expliquer tellement mes émotions jouent aux montagnes russes dans ma poitrine.

– Écoute, je…

– Laisse tomber, me coupe-t-il. Tu as décidé que je ne serais pas ton ami, et je ne cherche pas à l'être. Je souhaite juste que tu me considères comme l'investisseur que je suis, et qui tente de bien faire ici. C'est tout.

Il a raison, mais je n'y peux rien si chaque fois qu'il se retrouve devant moi, ce sont des images du garçon que j'ai connu, aimé, admiré, qui surgissent.

– OK, soufflé-je en relâchant les épaules comme si j'abdiquais enfin, alors qu'une véritable tempête se joue en moi. Je vais tenter de faire ça. Ici, au refuge, tu es le nouvel investisseur. Point.

Il hoche la tête, puis me lance :

– Et toi, tu es juste une salariée. Rien d'autre. Et c'est très bien ainsi.

Il tourne les talons avant de lâcher :

– Je vais prendre l'air.

Il ne le voit peut-être pas, parce qu'il me tourne le dos, mais mes yeux s'emplissent de larmes. *Tu es juste une salariée. Rien d'autre. Et c'est très bien ainsi.* Sait-il que sa phrase, aussi banale et véridique soit-elle, me fracasse ? Parce que j'ai cru à une période de ma vie que j'étais l'*unique* pour quelqu'un. Lui, en l'occurrence. Et qu'en cet instant, je me rends compte que je ne suis *rien d'autre*. Encore une fois.

CHAPITRE 17

VICTOR

Je n'aurais jamais dû lui dire ça. Je me sens comme un imbécile au moment où je sors dans la cour du refuge pour m'en griller une, mais Amélie a le don de me faire sortir de mes gonds avec ses sous-entendus.

Je secoue la tête et expire un grand coup. Je ne pensais pas que ce serait si difficile de mener à bien cette mission tout en gardant mes distances avec elle. En revenant ici, je n'avais pas pris en compte notre passé. Celui qui plane entre nous chaque fois que nous nous adressons la parole.

Je tire sur ma cigarette. Son crépitement a quelque chose de rassurant. Soudain, un craquement non loin de moi me fait sursauter. J'aperçois Gauthier qui approche, et mes épaules se tendent d'un coup, comme par réflexe. Je le pensais parti, mais *a priori* il m'observe depuis un moment. Je lui adresse un signe du menton quand il se positionne près de moi, les mains dans les poches de son blouson. Il porte encore ces grandes lunettes à monture noire, qui lui donnent un air d'intello, alors que l'on sait tous qu'il a toujours préféré les conneries à l'école.

– Je ne vais pas y aller par quatre chemins, crache-t-il d'une voix grave.

Je ne suis pas surpris qu'il utilise ce ton sec et froid. Gauthier et moi, nous n'avons jamais été amis. Il a toujours trouvé à redire à ma relation avec Amélie. J'ai compris au fil du temps que c'est parce qu'il voulait la protéger. Et avec le recul, heureusement qu'il était là pour elle.

– Tu ne l'as jamais fait. Pourquoi ça commencerait aujourd'hui ? répliqué-je sur le même ton.

Ma question le fait réagir de manière surprenante. Je vois ses épaules se secouer sous son épais manteau en laine. Il ricane.

– Je ne pensais pas devoir un jour réendosser ce rôle, commence-t-il une fois calmé.

Ses yeux se posent sur moi et je n'y lis aucune animosité. Nos regards s'affrontent quelques secondes, tandis qu'il reprend :

– Amélie n'a pas besoin de toi dans sa vie. Il me semble te l'avoir déjà dit, même si cela fait longtemps.

Je pince mes lèvres l'une contre l'autre. Je me souviens parfaitement de ce moment. Il m'a hanté bien après mon départ du Jura.

– Je ne sais pas pour quelle raison tu es revenu, mais sache que je ne suis pas dupe. Ce n'est pas pour elle. Si tu avais éprouvé des remords de l'avoir autant manipulée, tu te serais manifesté bien plus tôt. Quoi que tu caches, je trouverai.

Tandis que la cadence des battements de mon cœur accélère, je tente d'afficher un sourire détendu.

– Pourquoi aurais-je quelque chose à cacher ?

– Un pressentiment…

– Si tu le dis, réponds-je en éteignant ma cigarette dans le pot en ferraille qui fait office de cendrier. Ce que tu penses m'importe peu. Cependant tu as effectivement raison sur plusieurs points. Je ne suis pas revenu pour Amélie et je sais qu'elle n'a pas besoin de moi dans sa vie.

Le dire à voix haute rend les choses encore un plus réelles. Je déglutis puis continue :

– Cependant, concernant la manipulation et les remords, ça, tu n'en as jamais rien su. Alors évite de jouer au donneur de leçons avec moi quand tu n'es au courant de rien. Sur ce, je te souhaite une belle journée.

Sans plus de cérémonie, je lui tourne le dos et presse le pas vers l'entrée du refuge où Amélie doit m'attendre. Mais Gauthier, qui n'en a visiblement pas fini, me hèle. Je m'immobilise sans me retourner vers lui pour autant.

– Amélie est heureuse aujourd'hui, elle a trouvé un équilibre. Mais il est fragile et je pense que je n'ai pas besoin de te rappeler qu'elle n'est pas la mieux épaulée pour remonter la pente s'il vient à s'effondrer. Alors, bien que nous ne soyons pas amis, je te le demande quand même : s'il te plaît, ne gâche pas tout.

Je prends quelques secondes pour encaisser ses propos et, lorsque je me retourne pour lui répondre, je constate qu'il est déjà parti. Je ne l'interpelle pas, c'est inutile. Je l'observe seulement s'éloigner, monter dans sa voiture et filer sans me jeter un regard.

Quand je rentre, le refuge est calme. Seuls quelques aboiements se font entendre du côté du chenil. Je tends l'oreille en direction de la cuisine, mais Amélie ne semble plus y être. Je décide de la laisser tranquille. Notre altercation, et les propos de Gauthier tournent en boucle dans mon esprit.

J'en profite pour m'installer en salle de réunion et ouvrir mon PC en vue de répondre aux mails qui s'accumulent dans ma boîte de réception. Ce n'est qu'au bout de quelques heures que je m'aperçois que le temps a filé à une vitesse affolante. Je soupire et me passe une main fébrile dans les cheveux.

Comment apaiser les choses entre Amélie et moi ? Cette question ne me quitte pas depuis tout à l'heure. J'ai la terrible impression de tout faire de travers depuis que j'ai remis les pieds ici.

Trois coups légers frappés à la porte me ramènent à la réalité.

– On se fait une visite du centre ensemble ? me demande Amélie quand je relève le nez et qu'elle voit que je ne suis pas occupé.

Je sens qu'elle hisse le drapeau blanc entre nous, et ça m'arrange clairement qu'elle fasse le premier pas. Le con que je suis en est incapable tant je ne sais pas me comporter correctement quand je suis près d'elle. J'acquiesce et claque le capot de mon ordinateur puis me lève pour la suivre. Je n'espère qu'une chose, c'est que mon cerveau arrive à assimiler qu'Amélie n'est rien d'autre qu'une salariée avec qui je collabore. Mais c'est peine perdue puisque le petit diable dans ma tête me susurre : Qui crois-tu tromper, mon vieux ?

CHAPITRE 18

AMÉLIE

– Ce box-là regroupe en général les chats qui viennent d'arriver. Soit parce qu'ils ont été trouvés dans la rue sans puce ni collier, soit suite à un abandon. Nous les gardons ici quelques semaines pour voir comment ils s'acclimatent et ensuite nous les répartissons dans l'aile qui leur est réservée.

Je m'accroupis et passe la main à travers les barreaux. Un gros matou roux que j'ai nommé Ron se frotte contre mes doigts. La douceur de son pelage me fait sourire.

– Il est arrivé la semaine dernière. Il est encore peureux, mais il commence à s'habituer à l'humain.

Depuis deux heures, je passe en revue avec Victor tout ce qu'il y a à savoir sur le refuge. Il s'avère un élève très assidu, et même si je répète parfois des choses qu'il sait déjà puisque Nathalie et lui ont déjà vu ensemble le plus gros du travail, je sens qu'il est très à l'écoute.

Je continue à caresser Ron durant quelques secondes puis je passe au box suivant. Quand je me relève et me retourne pour signifier à Victor que nous poursuivons notre chemin, mon regard se heurte au sien. Il me regarde d'une drôle de manière, qui me déstabilise un peu.

– Quoi ? le questionné-je.

– Tu es vraiment proche de tous ces animaux.

– Oui, confirmé-je en haussant les épaules et en reportant le regard sur Ron, qui réclame encore des caresses. Ils m'apaisent.

Il acquiesce, mais ne dit rien. Il se contente d'un petit hochement de tête.

Par la fenêtre, je vois que le jour décline sur les sommets enneigés. Le spectacle est superbe.

Le tour nous prend encore une bonne heure. Nous finissons à la cuisine. Alors que je m'apprête à expliquer à Victor comment se présente la tournée des rations du soir, qui ne devrait plus tarder, je le vois s'asseoir sur l'une des chaises en métal et soupirer :

– On peut faire une pause ? Je crois que mon cerveau va exploser.

– OK, approuvé-je, reconnaissant que cela fait une sacrée somme d'informations à intégrer. Je te laisse quelques minutes et ensuite on fait la tournée. On pourra se poser un peu après. Manger et faire nos lits.

Tu dors vraiment pendant les gardes ?

– Oui. Quand tout va bien, on dort même vraiment très bien. Souvent, je mets mon réveil peu après minuit pour faire une petite ronde, et ensuite la nuit passe plutôt vite. Il faut juste être à l'affût. Mais j'ai l'habitude et j'ai tendance à me réveiller au moindre bruit suspect.

De nouveau, Victor me coule un regard appuyé. Je détourne le mien et commence à remplir le chariot des gamelles en métal prévues pour les chiots, qui sont toujours les premiers à manger. Je m'active en tous sens pour éviter de devoir parler d'autre chose que du refuge avec Victor. C'est pathétique. D'autant que vu comme il me scrute, mon ex-petit ami a compris. Nous n'avons pas réévoqué notre petite altercation dans la cuisine et c'est très bien ainsi.

– Si tu veux, je peux faire les lits pendant que tu prépares les rations. J'ai déjà vu ce point avec Nathalie la dernière fois. Comme ça, on ira plus vite.

Je me retourne et acquiesce. Savoir qu'il va enfin s'éloigner de moi me laisse entrevoir un répit salvateur. Être sur mes gardes ainsi depuis plusieurs heures me fatigue. J'ai besoin de solitude.

– OK.

Tandis qu'il se dirige vers la salle de réunion, où se trouvent deux banquettes qui nous servent de couchage, je le hèle :

– Si tu ne souhaites pas dormir ici, je peux faire la garde seule, tu sais. J'ai l'habitude.

Victor s'immobilise et se retourne. Dans ses yeux, je décèle une lueur particulière. Puis un petit sourire se dessine sur le coin de ses lèvres. Il comprend que je tente maladroitement de le faire déguerpir.

– Je veux me charger de cette garde. Je dors ici. Point.

Il a son air déterminé que je connais bien et qui, à l'époque, m'a tant plu. Je hoche la tête et ne respire à nouveau qu'à partir du moment où il passe finalement la porte de la cuisine. Je ferme les yeux et respire un grand coup. *Je vais dormir avec Victor. Toute une nuit.*

***

– Je t'ai cherchée partout.

Je tourne les yeux vers Victor, qui vient d'apparaître à l'entrée du box de Livi. Cette dernière a le museau posé entre mes jambes. Assise en tailleur sur le sol, je lui chante des berceuses comme à un nouveau-né. Après la distribution des repas, je me suis éclipsée ici, profitant du fait que Victor était en pleine conversation téléphonique. Prendre du temps avec mon amie à quatre pattes fait partie de mes habitudes quand je suis de garde. Tandis que je passe de nouveau les doigts dans son pelage blanc comme neige, strié de poils gris et noirs, Victor s'accroupit à mon niveau.

– Pourquoi tu ne l'adoptes pas ?

Surprise qu'il me pose cette question, je relève le nez vers lui. L'apaisement que je ressens quand je suis avec cette chienne est si profond que les mots s'échappent de ma bouche de manière naturelle :

– Parce qu'elle peut encore sauver des gens. Comme elle l'a fait pour moi. Et que je ne veux priver personne de ça.

Victor fronce les sourcils. Il ne doit logiquement pas comprendre de quoi je parle. Personne ne sait vraiment ce qui me rattache à cette chienne. Pourtant, elle est bien plus qu'une simple pensionnaire à mes yeux. Elle est celle qui m'a maintenu la tête hors de l'eau au moment où j'en avais le plus besoin.

Victor passe une main dans son pelage, la poussant à ouvrir une paupière, comme pour jauger ce nouvel arrivant. Elle la referme aussitôt, ce qui me fait rire. Sa respiration est régulière et son souffle cogne contre mes cuisses, me réchauffant de l'intérieur. Elle va mieux.

– Livi est arrivée au refuge il y a près de six ans. Ses propriétaires déménageaient dans une autre région et ne pouvaient pas l'emmener, selon leurs dires. En réalité, elle avait déjà pas mal d'allergies, même si elle était jeune et en pleine santé. Ils ne voulaient pas s'embêter avec ça. Tu aurais vu comme elle était triste de les voir partir…

Dans ma tête, des images de Livi pleurant à m'en crever le cœur durant des nuits entières ressurgissent.

– J'ai passé des jours à la rassurer et à l'apprivoiser. On a noué une relation particulière, toutes les deux. Je crois qu'on avait chacune besoin d'attention et d'amour à ce moment-là. On s'est bien trouvées.

La chienne rouvre un œil et frotte son museau contre mes doigts en me gratifiant d'une léchouille. Comme si elle comprenait mes paroles. Victor s'en rend compte et sourit.

– Votre relation est belle à voir.

– Je suis désolée de t'avoir accusé tout à l'heure, pour sa crise allergique. Tu n'y étais pour rien, mais tout ce qui touche à Livi me rend fébrile.

– Je ne t'en veux pas.

Sa voix est comme un murmure. Une douce caresse à mes oreilles. Je resserre mon étreinte sur Livi, comme si je lui transmettais mes émotions. Nous restons ainsi quelques minutes sans rien dire et ce silence ne me gêne pas, bien au contraire.

– Elle me rappelle Silver, finit-il par souffler.

Je souris à mon tour. Silver était le Golden Retriever des parents de Victor. J'en étais folle. Peut-être est-ce elle qui nous a rapprochés au départ, je ne me rappelle plus.

– C'est vrai qu'il était aussi câlin que Livi, lui accordé-je.

– C'était aussi un sacré bougre. Il bouffait toutes mes paires de tongs, tu te souviens ?

Je ris en penchant la tête en arrière. *Oh que oui, je me souviens !* Silver avait une passion pour les tongs. Victor ne retrouvait jamais les siennes.

– J'ai mis du temps à faire comprendre à mes parents que ce n'était pas moi qui les faisais systématiquement disparaître.

Victor caresse de nouveau Livi avant de poursuivre :

– Il me manque, parfois.

Quand je relève la tête, je vois dans ses yeux un éclat de tristesse. Je sais comme il est difficile de perdre un animal et, à cet instant, même si Victor est certainement la personne qui m'a fait le plus de mal dans ma vie, j'ai envie de le prendre dans mes bras et de lui assurer que ce genre de peine finit par passer.

– Tu n'as pas repris d'animal de compagnie à Paris ?

– Non, mon appartement d'étudiant était bien trop petit.

– Et maintenant ?

Pourquoi je lui pose toutes ces questions ? M'intéresser à sa vie actuelle ne fait pas partie de mes plans.

– Mon logement n'est pas beaucoup plus grand qu'à l'époque. Et je n'ai pas suffisamment de temps à consacrer à une boule de poils.

– Le temps, c'est une chose, mais l'amour est plus important, dis-je en caressant la tête de Livi qui se met à ronronner comme un matou.

Quelques secondes de silence s'abattent de nouveau entre nous et je me flagelle d'avoir été si spontanée. Ma phrase sonne à double sens. En tout cas dans ma tête. Et je me rends compte que la conversation se dirige vers une pente un peu trop savonneuse à mon goût.

– C'est toi qui as raison. Parfois, à trop se poser de questions, on en oublie l'essentiel.

Mon cœur caracole dans ma poitrine quand ces mots, susurrés d'une voix suave, me parviennent. Je n'ose pas affronter son regard, alors, je laisse mes yeux parcourir le poil soyeux de Livi.

– Et toi ? En dehors de tous ces joyeux pensionnaires, tu as certainement une arche de Noé chez toi !

Je souris, le remerciant silencieusement de passer à autre chose.

– Un lapin nain, un chien et un chat, c'est déjà pas mal. Si je m'écoutais, j'adopterais tous ceux qui sont présents ici, dis-je en embrassant les murs du regard. Mais je me dois d'être raisonnable. Mes lutins me font déjà tourner en bourrique au chalet. Je n'imagine pas s'ils étaient trois ou quatre de plus.

– Le père Grégory a dû être heureux de savoir que tu allais réhabiliter sa vieille bicoque. Je me souviens des quatre cents coups qu'on a pu lui faire, à ce vieux ronchon ! s'exclame-t-il en s'asseyant à terre et en s'appuyant sur le mur en béton.

Mon cœur se serre. Des flashs de notre jeunesse m'assaillent. Victor et moi dans la grange du père Grégory. Nos fous rires, cachés dans la paille. Notre premier baiser à l'ombre du grand chêne qui jouxte la propriété. *Stop !* Livi doit sentir que je me crispe puisqu'elle se met à gigoter légèrement.

J'en profite pour lui parler, à elle, comme pour rediriger la conversation sur un sujet que je maîtrise :

– Alors, ma belle ? La sieste est terminée ?

Elle me lèche les doigts, s'ébroue et rejoint l'angle du box où se trouve sa couverture favorite. Victor pince les lèvres. Je ne sais pas s'il se rend compte de mon malaise, mais il ne dit rien. J'en profite pour me relever et épousseter mon legging noir auquel sont accrochés des poils blancs. Et je ne trouve qu'une chose à dire :

– Tu as apporté une gamelle ? Je meurs de faim.

Belle tactique d'évitement, Amé ! Tu t'en sors comme une cheffe !

CHAPITRE 19

AMÉLIE

Je ne sais pas si c'est l'odeur de café ou celle d'un after-shave aux notes poivrées qui me tire du sommeil dans lequel j'ai plongé après ma ronde de minuit, mais quand j'ouvre les yeux, je suis surprise de voir Victor accroupi près de ma couchette, avec deux tasses fumantes en main.

Bonjour.

Faites que je n'aie pas dormi la bouche ouverte, par pitié ! Gênée qu'il ait pu m'observer dormir, je m'assieds et me frotte le visage. Notre petite conversation dans le box de Livi, aussi brève a-t-elle été, nous a permis de briser la glace. Du moins en partie. Je reste tout de même sur mes gardes, je ne fais pas confiance à mon cœur.

– Salut.

Constatant que son regard est accroché à mes lèvres, je repense instantanément à la réflexion de ma mère sur ma soi-disant moustache. *Mon Dieu, faites qu'il ne pense pas la même chose !*

– Il est quelle heure ? lui demandé-je en saisissant le mug qu'il me tend.

– Cinq heures. Les chiots n'arrêtent pas de japper. Je crois qu'ils ont faim.

Une joyeuse cavalcade se fait entendre non loin.

– Oui, je crois, confirmé-je en souriant.

Malgré le fait que je suis réveillée, Victor reste près de moi. Je me frotte les bras par-dessus mon top à manches longues pour me donner une certaine contenance.

– Si tu t'es vengé, tu peux me le dire, je ne t'en voudrai pas, déclaré-je en jetant un coup d'œil suspicieux au liquide censé me réveiller.

Victor penche la tête en arrière et rit ouvertement quand je fais référence à ma mauvaise blague.

– Promis, je n'ai mis qu'un sucre. J'ai déjà goûté avec du sel, ce n'est pas terrible.

Le fait qu'il prenne les choses à la rigolade craquelle encore un peu plus le mur de béton entre nous. Je souris, prends le risque d'avaler une gorgée et me rends compte qu'il ne ment pas.

– Avec du sucre, c'est mieux, je confirme. Bon, maintenant que tu as vu ce qu'était une garde, tu pourras en assumer seul. Tu as été un très bon élève.

Il grimace de surprise et se passe une main dans les cheveux. Je crois que c'est le seul compliment que je lui ai fait depuis qu'il est réapparu dans ma vie. Je me relâche et ma rancœur envers lui aussi.

D'un coup, je me sens faible et je déteste ce sentiment. Il ne faut pas que j'oublie tout le mal qu'il m'a fait. Alors qu'il ouvre la bouche pour répondre, je le coupe :

– Allez, au travail !

Je me lève à la vitesse de l'éclair et, après avoir déposé ma tasse sur la table de réunion, j'enfile mon sweat trois fois trop large par-dessus mon top. Je rêve d'une bonne douche, mais il faudra attendre que l'équipe de bénévoles prenne la relève.

– Tu ne te reposes jamais, on dirait, constate Victor, toujours au même endroit.

– Ça m'arrive, mais je m'ennuie vite.

– Prends au moins le temps de finir ton café, Mélie.

En entendant ce dernier mot, je m'immobilise instantanément. Alors que j'ai un pied en lévitation au-dessus d'une de mes bottes restées près de la porte, mon cœur tombe tout d'un coup au fond de mon estomac. Ce surnom, que lui seul me donnait autrefois, me provoque un violent frisson. Voilà pourquoi je ne peux pas me permettre de copiner avec lui. Faire ressurgir ce genre de souvenirs est au-dessus de mes forces. Victor doit se rendre compte du malaise, puisqu'il reprend en se levant :

– Bref. Je vais replier les couchettes et je te rejoins pour la préparation des repas en attendant les autres.

– OK, soufflé-je avant de m'éclipser comme une voleuse.

Je fonce jusqu'à la cuisine et ferme la porte derrière moi avant de m'y adosser. Je sens dans ma poitrine ce petit pincement familier, et dans mon ventre cette fourmilière dont je ne pensais plus jamais ressentir les effets.

– Amélie ? Tu es là ? demande Victor en faisant tourner la poignée.

Inspire. Expire. Inspire. Expire. Derrière mes paupières closes, je me martèle que je suis une parfaite idiote pour réagir ainsi. Je prends alors une grande inspiration et lui ouvre la porte.

– Pardon, j'avais fait tomber quelque chose derrière la porte.

Victor fronce les sourcils mais a la décence de ne rien dire.

– Je voulais te remercier pour cette nuit. J'ai l'impression que l'on repart sur de bonnes bases et ça me fait plaisir, assure-t-il alors que je fuis son regard.

– Salut la compagnie !

Je n'ai jamais été aussi heureuse de voir Driss arriver, suivi de près par Isabelle. Je vais pouvoir m'éclipser pour ne revenir qu'à midi, moment où Victor ne sera plus là. Il ne sera pas de retour avant demain.

– Salut ! m'empressé-je de saluer mon collègue bénévole.

Un sourire tendre s'affiche sur son visage et je me flagelle instantanément. Je ne voudrais pas qu'il prenne mon enthousiasme pour ce qu'il n'est pas.

– J'ai apporté le petit déjeuner ! annonce-t-il fièrement en désignant un sachet de viennoiseries dans sa main.

– Merci, c'est adorable.

– À défaut de m'accorder un dîner, tu prendras bien le petit déjeuner avec moi, non ?

Mes yeux doivent s'écarquiller de stupeur et je reste muette. Impossible que Victor n'ait pas entendu.

– Bonjour… Driss, c'est bien ça ? interroge-t-il justement en lui tendant la main. Moi, je serais ravi de prendre ce petit déjeuner ! Je meurs de faim.

Mon collègue l'observe quelques secondes sans réagir.

– Je crois qu'on n'a pas été présentés. Je suis Victor Chanvrin, le futur investisseur de ce refuge. Nathalie m'a dit qu'elle me présenterait à l'équipe bénévole dès demain, mais puisque l'occasion se présente, autant que cela soit autour d'un bon café, non ?

Évidemment ! répond mon collègue en souriant comme il en a l'habitude. Je suis Driss, bienvenue ici.

Isabelle se présente à son tour. Elle regarde Victor avec des yeux de merlan frit et mon cœur caracole d'un coup. Il est un très bel homme – il l'a toujours été – et il est inutile de préciser qu'il plaît aux femmes. Ils engagent immédiatement la conversation, il détaille sa première garde ici, ce à quoi elle répond par des petits rires aigus. J'ai envie de lever les yeux au ciel, mais je n'en fais rien.

À mes côtés, Driss ouvre le sachet qui provient de la seule boulangerie du village et fait le tour de notre minuscule assemblée pour proposer à chacun de piocher dedans. Quand il arrive vers moi, je refuse poliment et esquisse un sourire crispé.

– Tout va bien, Amé ?

Est-ce que je vais bien ? Oui, je crois. Est-ce que je suis en train de baver sur les lèvres de Victor qui croquent sensuellement dans sa brioche tout en continuant de faire rire ma collègue ? Tout à fait.

La main froide de Driss qui se pose sur mon avant-bras me fait revenir sur terre et je déclare, un peu trop fort :

– C'est d'accord.

Isabelle et Victor se retournent en entendant ma voix monter dans les aigus. Moi qui suis plutôt discrète habituellement, j'ai l'impression de me donner en spectacle. Driss m'observe, les yeux ronds, ne comprenant certainement pas où je veux en venir. Je déglutis, passe une main dans mes cheveux et tente de paraître naturelle, même si je suis certaine de ressembler à un éléphant dans un magasin de porcelaine. Je pouffe, chose qui me ressemble encore moins, et me tourne vers mon collègue.

– C'est oui, pour le dîner.

Driss affiche un sourire rayonnant tandis que j'entends Isabelle reprendre sa conversation avec Victor, comme si mon épanchement soudain était anodin. Je ressens pourtant quelques frissons dans la nuque, m'indiquant que Victor me regarde. Dans ma poitrine, mon cœur mène une folle cavalcade.

– Ça me fait vraiment plaisir que tu sois d'accord, chuchote Driss en se rapprochant.

J'ai accepté. Je n'en prends pleinement conscience que maintenant. Je vais dîner avec Driss. Tout ça parce que mon cerveau et mon cœur sont sur le point de trahir la partie de moi qui tient absolument à en vouloir encore à Victor.

CHAPITRE 20

VICTOR

Je tripote le bouton de la radio pour mettre la musique un peu plus fort, puis je monte le chauffage. Alors que j'entre dans le village, je ralentis et crispe les mains sur le volant en franchissant un dos-d'âne. J'accélère à nouveau et me repositionne dans mon siège comme si celui-ci avait été déréglé, alors que personne d'autre que moi ne conduit cette voiture. Je prends le premier virage à droite après la boucherie, et me rends compte que j'ai trop chaud. J'enclenche alors la climatisation, avant de me garer sur le bas-côté, près de la place du village. J'appuie sur les warnings et expire un grand coup.

Amélie va dîner avec son collègue. Voilà ce à quoi je pense depuis mon départ du refuge. Ce n'est ni la musique, ni la température de l'habitacle qui me met dans cet état. Juste cette information qui me vrille le crâne sans que je comprenne réellement pourquoi. *Merde !*

Cette nuit, je me suis peu reposé. Je n'ai cessé de regarder Amélie dormir depuis le coin de ma couchette dans la salle de réunion. Dans ma tête, j'ai refait mille fois mon parcours, le sien, le nôtre. Comment en sommes-nous arrivés là ? Notre conversation dans le box de Livi m'a remué. Partager quelques fugaces souvenirs avec elle m'a fait me sentir vivant. Et je n'ai pas éprouvé ça depuis des lustres. À Paris, mes rares amis ne me connaissent pas vraiment, quant à mes relations d'un soir, elles ne m'ont jamais incité à me projeter plus loin qu'une simple nuit.

Je pousse un cri d'exaspération et frappe une fois mon volant. Puis deux. Je ne devrais pas me soucier de ce qu'Amélie fait de sa vie. Mais maintenant que je suis ici, je ne pense qu'à ça. Driss et elle sont-ils en couple ? Ou sur le point de l'être ? Ces questions tournent en boucle dans mon esprit et ça me rend barge.

Je souffle un grand coup et redémarre le moteur. Passer la journée avec mes parents va me remettre les idées en place.

Quand j'entre dans le vestibule de la maison familiale, la chaleur de l'intérieur me fait un bien fou. J'ai dû trop jouer avec la climatisation de ma Mercedes et je suis congelé. J'ôte mes boots, mon manteau, et me dirige vers le salon d'où me parviennent des voix. Mais sur le seuil, je me fige.

La mère d'Amélie discute avec la mienne autour d'un thé. Mon père n'étant pas présent, je suppose qu'il a laissé les deux femmes seules pour ne pas déranger. Peut-être a-t-il simplement préféré fuir. *Comme je le comprends !*

– Victor, quel plaisir de te revoir ici !

Chantal Monestier se lève de sa chaise et se dirige vers moi, les bras grands ouverts. Nous n'avons jamais été proches, bien qu'elle ait toujours été notre voisine. Pourtant, elle agit comme si nous l'étions, ce qui me débecte.

– Bonjour Chantal, dis-je d'un ton sec avant qu'elle n'enroule ses longs tentacules autour de mon cou pour me faire une bise de vipère.

Après toutes ces années, j'ai encore du mal à comprendre comment elle a pu mettre au monde une enfant avec autant d'empathie qu'Amélie.

Je me dégage un peu et esquisse un sourire crispé alors qu'elle m'observe.

– Toujours aussi beau garçon, constate-t-elle comme si elle contemplait un steak chez le boucher. Je suis heureuse que tu sois de retour dans la région.

Dans son dos, ma mère me fait les gros yeux comme lorsque j'étais enfant pour que je me comporte de manière polie. Ça a le don de me faire sourire.

– Viens donc prendre le thé avec nous, m'invite la mère d'Amélie, pensant que l'expression lui est destinée.

Piégé, je la suis en soufflant. Je me penche vers ma mère pour l'embrasser sur la joue, puis m'assieds à ses côtés, loin de la mère Monestier.

– Alors, Victor, quels sont tes projets ici ?

Elle fait rouler mon prénom sur sa langue pour se donner un genre et je peine à retenir une grimace. Chantal m'observe tandis que ma mère fourre son nez dans sa tasse. Je n'ai jamais compris comment elle fait pour supporter cette femme. Mais elle laisse toujours sa chance à tous. Un jour, sa bonté la perdra.

– Profiter des fêtes et de mes parents, d'abord, annoncé-je après m'être raclé la gorge.

– Voilà de belles priorités, en effet…

Elle laisse sa phrase en suspens, comme si elle attendait que je lui dévoile toute ma vie, mais je fais exprès de lui sourire de manière hypocrite et me retourne vers ma mère :

– Comment s'est passée ta journée, maman ?

Celle-ci me sonde du regard et comprend mon subterfuge. Vu ses doigts qui se crispent autour de sa tasse en porcelaine, je suis certain qu'elle a envie de me ficher une pichenette sur le crâne pour mon impolitesse, mais elle se retient.

– Très bien. Chantal est justement venue parler du repas de Noël et de l'organisation de la soirée du réveillon. Vu que tu seras des nôtres, tu pourrais nous donner ton avis.

Je plisse les yeux et retiens de justesse un sourire. Ma mère gagne à tous les coups. Notre jeu de regards se poursuit quelques secondes.

– Évidemment, cédé-je.

Qu'est-ce que je ne ferais pas pour faire plaisir à celle qui m'a mis au monde ? Je sens que ce dîner de Noël va être une vraie partie de rigolade.

– Je me disais que ça serait parfait si nous partions sur un repas traditionnel, commence Chantal Monestier.

– Je laisse ma mère seule juge pour le repas, la coupé-je pour éviter de subir un monologue infini sur le sujet.

J'observe notre invitée un peu plus en détail. Les seules fois où je l'ai aperçue lors de mes retours à la maison, c'est par-dessus le grillage qui sépare nos deux maisons. De plus près, je remarque qu'elle n'a pas changé. Mon aversion pour cette femme ne date pas d'hier. Je n'ai jamais pu l'aimer. Elle a toujours pris part à tous les ragots du village, distillant de mauvaises informations pour entretenir les médisances. Elle fait partie du conseil municipal, de la chorale de Noël, de club de lecture et préside l'association des anciens élèves de l'école du village. En bref, elle est partout, tout le temps, ce qui lui permet d'être au courant de tout, pour mieux dénigrer par-derrière. Mais, si j'ai pu pendant des années me foutre royalement de ce qui se disait au village, je n'ai pas pu passer à côté de la méchanceté dont elle a toujours fait preuve envers Amélie. Cette simple pensée fait monter en moi une colère sourde.

– D'ailleurs, Betty sera présente. Je me réjouis de voir nos enfants réunis. N'est-ce pas, Solange ?

Ma mère acquiesce. Je sais que ça lui fait aussi plaisir. Betty et Amélie ont passé beaucoup de temps à la maison dans notre enfance, ma mère leur porte donc une affection certaine.

– Elle vit près de Toulouse, où elle est responsable marketing dans un grand groupe industriel, tu sais, Victor. Je suis certaine que vous saurez quoi vous raconter pendant le repas, minaude-t-elle.

J'ai envie de lever les yeux au ciel, mais ma mère me file un coup de coude bien senti pour m'en dissuader.

– Bien sûr.

Mais, bon Dieu, pourquoi fêtons-nous Noël avec cette femme ?

– Je suis sûre qu'elle va être ravie de te retrouver. Je dois l'appeler demain, je suis aux anges de lui annoncer ta présence pour le réveillon.

Je laisse passer quelques minutes, le regard dans le vide. Chantal continue à faire les éloges de sa fille cadette, tandis que ma mère s'extasie sur la réussite professionnelle de celle-ci. J'ai l'impression de revenir des années en arrière, quand seules comptaient les excellentes notes de Betty à l'école. Ou encore comment celle-ci réussissait allègrement mieux les épreuves sportives que sa grande sœur, qui n'était « vraiment pas douée pour ça ». Ces remarques ont, je le sais, anéanti Amélie. Et *a priori*, rien n'a changé, puisque Chantal n'a toujours pas parlé de sa fille aînée. Comme si la charge de défendre celle qui ne quitte jamais vraiment mon esprit depuis mon retour me revenait, je me racle la gorge et déclare :

– Amélie sera aussi présente, je présume.

Chantal tourne vivement la tête vers moi, puis baisse le nez sur sa tasse de thé en trifouillant sa cuillère.

– Bien sûr. En même temps, avec qui passerait-elle Noël si ce n'est pas avec nous ?

Elle ricane et mon cœur se serre encore davantage.

– Amélie est si sauvage que, de toute façon, mis à part son ami excentrique, il n'y a pas grand monde qui l'entoure.

Elle fait mine d'être attristée alors qu'elle n'a jamais poussé sa fille à s'ouvrir. À ses yeux, Amélie était trop pudique, trop réservée. Toujours trop ceci ou cela. Elle a été la première à la rejeter.

– C'est bizarre qu'elle ne m'en ait pas parlé, dis-je en fronçant les sourcils. J'ai vu Amélie tout à l'heure et elle ne m'a pas dit que l'on passerait le réveillon ensemble.

Chantal relève le nez immédiatement et je vois ses sourcils se froncer.

– Tu as vu Amélie ? C'est étonnant, elle ne sort que rarement de ses montagnes.

– Oui, j'ai même passé une garde de nuit avec elle. J'en viens justement. Je n'aurais pas pu rêver mieux qu'elle pour me guider dans mes premiers pas au refuge.

– Tu es allé au refuge ?

Je vois de l'incompréhension dans le regard de Chantal. À mes côtés, les épaules de ma mère s'affaissent. Je sais qu'elle va me haïr de prendre son amie et voisine en traître de la sorte, mais c'est jubilatoire d'annoncer à une commère de service quelque chose qu'elle ne sait pas encore.

– Oui, je vais investir dans Sauv'Anim. Je vais donc être amené à travailler avec Amélie pendant plusieurs mois. C'est une bonne nouvelle, non ?

Chantal Monestier devient blanche comme un linge. Il faut dire que vu le passé qui est le nôtre, la situation est plutôt cocasse et risque de faire jaser dans les chaumières. La bombe est maintenant lancée. Il n'y a plus qu'à attendre qu'elle explose.

CHAPITRE 21

AMÉLIE

– Mais de quel droit s'est-il permis de dire à ma mère que nous allions bosser ensemble pendant de longs mois ? Il la connaît, et il savait très bien comment elle allait réagir ! C'est comme la fois où il m'a devancée avec Nathalie. Pour qui il se prend ?

Gauthier hoche la tête, affalé dans mon canapé en fausse laine de mouton. Il caresse Pompon, qui est blotti dans ses bras. Je fais les cent pas et me frotte les cheveux. Ma mère m'a appelée il y a deux heures pour me dire – sur un ton courroucé – que j'aurais pu la prévenir de la nouvelle. J'ai eu beau lui marteler qu'il s'agit d'une information confidentielle tant que rien n'est signé entre Nathalie et Victor, elle n'a rien voulu savoir. « Je suis quand même ta mère, Amélie Monestier ! » Voilà tout ce qu'elle a trouvé à répondre. Encore une fois, elle me pousse à me demander si ce n'est pas moi qui ne réagis pas comme il le faut. Aurais-je du la tenir au courant ?

– En quoi ça la regarde, de toute manière ? Et qu'est-ce que ça peut bien lui faire ? C'est pas comme si c'était une affaire d'État.

Je réfléchis à voix haute en continuant à cirer le parquet, mes chaussettes en pilou aux pieds. Brahms relève la tête vers moi, mais vu mon état, il comprend que ce n'est pas l'heure des caresses.

Tout d'un coup, je m'interromps et demande à mon ami :

– Tu crois que c'est un coup tordu de sa part ?

Je dois avoir les cheveux en bataille et les joues rouges d'énervement. Voyant que Gauthier me regarde d'un air las, je m'exclame :

– Tu ne m'écoutes pas ?

– Si, réagit-il en se redressant, ce qui fait peur à Pompon qui redresse ses oreilles et saute de ses genoux pour aller se planquer sous le fauteuil juste à côté. C'est seulement que tu en fais toi-même une affaire d'État.

Je fronce les sourcils. Gauthier a toujours été de mon côté quand il s'agissait de monter des scénarios contre Victor. Ou contre mes parents. Je ne comprends donc pas où il veut en venir.

– Amé, depuis que Victor est de retour, tu ne cesses de te remettre en question. Comme avant. Tu n'es plus vraiment toi-même. Tu t'emportes pour tout et rien. Je ne te reconnais pas. Ou si… je retrouve l'ancienne Amélie.

Je lève les yeux au ciel, mais ses mots me font l'effet d'un coup de poignard. Je baisse les épaules et m'affale à côté de mon ami.

– Tu as raison, dis-je d'un air penaud. Tu as toujours raison, de toute façon.

Gauthier pose les mains sur mes épaules pour m'orienter face à lui.

– C'est pour ça que, depuis toutes ces semaines, je te pousse à briser la glace avec Victor. Vous allez bosser ensemble, Amé. Ce n'est pas anodin. Et maintenant que ta famille s'ajoute à l'équation, je pense d'autant plus que vous devriez tirer les choses au clair, lui et toi. Les sous-entendus t'ont toujours pourri l'existence. C'est à toi de tenir les rênes, désormais.

J'arrime mes yeux à ceux de Gauthier. Il a toujours eu les bons mots pour me faire réagir. Si je suis aussi en colère que Victor ait annoncé la nouvelle à ma mère, c'est que je sais pertinemment qu'elle va en faire toute une histoire. Ça a déjà commencé, d'ailleurs. Comme les autres, elle n'a jamais compris ce que me trouvait Victor, même si elle a toujours eu la « délicatesse » de ne pas le dire ouvertement. D'autres se sont chargés de le faire à sa place… Et une part de moi ne peut s'empêcher de leur donner du crédit.

– Tu me promets de ne pas t'énerver si je te dis quelque chose ? me questionne mon meilleur ami.

– Je déteste quand tu me poses cette question, réponds-je d'une petite voix en plissant les yeux.

Gauthier ricane.

– OK. Alors, je ne vais pas te ménager, comme d'habitude.

– Vas-y.

– Tu n'as jamais eu le fin mot de l'histoire concernant ce fameux pari. Je pense qu'il serait bon que tu écoutes enfin la version du principal intéressé, non ?

Je secoue la tête et me dégage de ses bras d'un air boudeur.

– Arrête, on sait très bien ce qui est arrivé. Sa fuite parle pour lui.

Mon ami pince ses lèvres fines comme s'il se retenait de dire autre chose.

– À quoi tu penses ?

– Je pense que tu devrais tout de même en parler avec Victor. Je ne te dis pas d'être son amie, mais de tourner cette page qui t'empêche de continuer ton histoire.

Je grimace. Me replonger dans cette vieille histoire me file des frissons. Je soupire. Je ne suis pas certaine de suivre les conseils de mon ami. Selon moi, Victor est fautif de ce qu'il s'est passé et de l'humiliation que j'ai subie. Point.

Je ne sais pas, Gauthier.

– Je peux t'avouer quelque chose ?

Je plisse le nez.

– Tu vas arrêter de me poser ce genre de questions, à la fin ?

Mon ami de toujours ricane et reprend tandis que je pose la tête sur son épaule :

– J'ai demandé à Victor de te laisser tranquille et de ne pas chambouler ta vie, murmure Gauthier dans mes cheveux.

Je me redresse d'un coup et écarquille les yeux. *Il a fait quoi ?*

– Tu as fait ça ?

– Oui, avoue-t-il, penaud. Je n'ai pas pu m'en empêcher. Quand je t'ai vue sortir de tes gonds à cause de Livi et de sa crise, j'ai compris qu'il te mettait la tête à l'envers. Il a fallu que je lui fasse comprendre que tu n'avais pas besoin de lui dans ta vie.

Je reste quelques secondes immobile, sondant mon ami du regard. À son attitude, je comprends qu'il ne regrette pas ce qu'il a fait. Est-ce que ça me gêne ? Je ne sais pas encore, tant les sentiments que j'éprouve pour Victor sont contradictoires.

Alors que je suis sur le point de lui répondre, plusieurs coups frappés à la porte me font sursauter. Gauthier se redresse.

– Tu attends quelqu'un ?

– Non, lui assuré-je en me levant.

Je regarde par la fenêtre en passant et découvre qu'un gros camion de dépannage se trouve dans ma cour.

– Oh ! C'est Jacky.

Gauthier fronce les sourcils tandis que je déverrouille la porte d'entrée.

– C'est ton nouveau mec ?

– Mais non, imbécile ! éclaté-je de rire.

Je tourne une dernière fois la clé dans la serrure, et m'immobilise quelques secondes avant d'accueillir le mécanicien.

– On reprend cette conversation juste après, d'accord ?

Mon ami s'adosse au canapé et sourit d'un air canaille. J'ai une furieuse envie de lui faire ravaler son air supérieur, mais je n'en fais rien. À la place, j'accueille le garagiste qui ressemble à s'y méprendre à Mario avec sa salopette bleue.

– B'jour Amélie.

– Bonjour Jacky, comment allez-vous ?

– Bien ma p'tite, merci. J'te dépose ta voiture. Elle n'est pas en très bon état et j'suis désolé d'te dire que l'moteur est fichu. Va falloir qu'on l'remplace.

Je soupire en voyant ma Clio sur le camion plateau du vieil homme. Il m'avait déjà prévenue lors de son passage pour la récupérer qu'il y avait de grandes chances qu'il ne puisse pas la réparer. Tout d'un coup, je m'imagine passer l'hiver à mobylette, et je frissonne quand un petit coup de vent vient s'engouffrer sous mon pull.

– C'est gentil Jacky, merci. Je n'envisage pas de la faire réparer. J'essaierai plutôt de m'en racheter une, expliqué-je en pensant tout haut.

– C'est c'que tu m'avais dit, oui. J'tai quand même préparé un devis, juste au cas où.

Il me tend une feuille pliée en deux.

– Merci beaucoup, je vais y réfléchir. Tu peux laisser mon bolide dans la cour. Je te rappelle d'ici quelques jours pour te donner ma décision. Et si tu as une affaire disponible, passe-moi un coup de fil.

– Pas d'souci, mon p'tit. Bon, j'y vais, ça caille pas mal là.

Je hoche la tête et salue le vieil homme.

Tandis que ma vielle Clio première génération retrouve sa place dans la cour, je me demande si elle va y rester indéfiniment, comme la mobylette du père Grégory.

– Plus de voiture ?

– Non, fichue de fichue ! soupiré-je en revenant vers Gauthier.

– Mince. Comment tu vas faire ?

– Je ne me vois pas parcourir deux fois par jour le chemin jusqu'au refuge à mobylette, grimacé-je. Il va falloir que je fasse un emprunt pour en racheter une autre. Mais avec ce que m'a coûté la toiture il y a peu, ça va être compliqué.

Je marche jusqu'au canapé et m'y affale :

– Il ne manquait plus que ça…

Gauthier sourit et se lève en claquant dans ses mains :

– Chocolat chaud chantilly à la rescousse ? Je m'occupe de tout.

Je hoche la tête comme une enfant en me calant encore un peu plus dans les coussins tandis que mon ami s'éloigne vers la cuisine pour préparer nos boissons. Inutile de lui préciser où les ingrédients se trouvent, il connaît mon antre par cœur.

– Au fait, Gauthier ?

Il se retourne vers moi, deux mugs de Noël en main.

– Quoi ?

– Moi aussi j'ai quelque chose à t'avouer, annoncé-je en faisant référence à notre conversation.

Il plisse les yeux et me fait signe de continuer :

– Je crois que Victor ne me laisse pas indifférente et que j'ai peur de me confronter à lui pour cette raison.

Gauthier écarquille les yeux, et moi, je cache mon visage avec l'un des coussins en fausse fourrure qui trônent sur mon divan. Prononcer cette vérité me fait bizarre. Parce que ça la rend bel et bien réelle et je ne peux plus passer à côté : mes sentiments pour Victor refont surface malgré notre histoire tumultueuse. Chose que je voulais à tout prix éviter.

– C'est bien ce que je craignais.

Les paroles de mon ami me font redescendre sur terre. J'ose un regard dans sa direction par-dessus le coussin qui me sert de bouclier. Je le vois déposer tout ce qu'il avait entre les mains sur le comptoir de ma cuisine et se diriger droit vers moi.

– Amélie Monestier, regarde-moi !

Je lève les yeux sur lui, et à cet instant, moi qui sais parfaitement lire en lui d'habitude, je suis bien incapable de deviner ce qu'il va me dire.

– Lève-toi

Je m'exécute tout en me marrant. Gauthier se conduit comme un colonel en chef, ce qui est particulièrement drôle.

– Quand j'ai vu ce pauvre homme s'énerver sur sa clope l'autre matin après que tu lui as passé un savon pour Livi, j'ai compris.

– Tu as compris quoi ?

– Que lui et toi, ce n'est pas terminé, déclare-t-il sur un ton solennel.

Il pose ses mains sur mes épaules comme il l'a fait tout à l'heure et enchaîne :

– Donc soit vous vous jetez vos quatre vérités à la figure et vous déciderez ensuite quoi faire du résultat, soit vous vous jetez dessus au sens littéral du terme, dans un corps-à-corps sensuel et langoureux, pour faire table rase du passé et rallumer cette flamme qui brûle toujours en vous.

J'éclate de rire.

– Tu sais que tu devrais prendre des cours de théâtre ? Ou monter un club, tiens ! Je suis sûre que ma mère serait ravie d'en être la présidente ! m'exclamé-je pour l'embêter.

– Je suis sérieux, Amé, reprend-il en me regardant intensément. Il va falloir que tu fasses quelque chose parce que cette histoire mérite une meilleure fin que cette pauvre fuite d'il y a six ans.

Je reste silencieuse. Serai-je capable de demander des comptes à Victor, comme j'en ai rêvé toutes ces années ? Je crois que non. J'ai bien trop peur de devoir affronter un nouveau rejet de sa part.

CHAPITRE 22

VICTOR

La salle de réunion dans laquelle je me trouve est vide. Le refuge est calme, et j'ai laissé Isabelle s'occuper d'un couple de quinquagénaires qui souhaitent adopter un chat pour l'un de leurs petits-enfants. J'aurais pu la suivre et l'assister, mais j'ai beaucoup de travail qui m'attend encore concernant JVM Cosmetics. Même si la société est actuellement dans la tourmente, les ventes continuent de pleuvoir et les contrats que nous avons passés avec les influenceurs, de courir. Je regrette de ne pas avoir mis le nez dedans avant tant il y a de choses à reprendre en main.

Alors que ça fait près d'une heure que je ne mégote pas sur les envois de mails, Nathalie fait une entrée tonitruante dans la pièce, les bras chargés de caisses en carton.

– Oh ! Victor, pardonne-moi, je ne pensais pas te trouver ici, me dit-elle avec son sourire bienveillant.

– Y'a pas de mal, lui réponds-je dans un soupir. Je crois d'ailleurs que je vais faire une pause.

Je me frotte les yeux et passe une main dans mes cheveux.

– Du travail avec l'une de tes sociétés ?

Elle se dirige vers le coin de la pièce et y dépose son chargement. Je la regarde faire en me disant que je ne suis qu'un idiot de ne pas la mettre au courant de la véritable raison de ma présence ici. La culpabilité qui sommeille en moi se réveille instantanément et je déglutis plusieurs fois avant de prendre la parole.

– Oui. Mais c'est bon, assuré-je en claquant le capot de mon ordinateur. J'arrête là. Je vais pouvoir rejoindre Isabelle.

– D'ailleurs, en parlant de société, reprend-elle tandis que mon cœur caracole dans ma poitrine à l'idée qu'elle ait pu avoir eu vent des difficultés de JVM, je voulais aussi te dire que nous avions rendez-vous avec mon avocat demain après-midi. Si ça ne te convient pas, on peut reporter, évidemment.

Je reste silencieux quelques secondes. Je sais que Nathalie a hâte de pouvoir officialiser notre collaboration. Dans un premier temps, parce que l'argent que je vais lui verser va lui servir pour la période de Noël, mais aussi parce qu'elle sait qu'elle pourra compter sur ma présence pour la gestion quotidienne du refuge. Pourtant, une partie de moi sait qu'une fois notre association actée, rien ne sera plus pareil. Et ça me fait peur. Je ne pourrai plus me dédouaner ni même m'excuser quand tout éclatera. Cette femme n'a pas besoin que mes problèmes éclaboussent, même de loin, la structure qu'elle a mis toute sa vie à construire.

Elle doit voir que j'hésite, puisqu'elle enchaîne :

– Ne t'inquiète pas ! Si tu n'es pas disponible, on reporte.

– Oui, il se peut que je doive remonter à Paris demain. On peut en reparler ce soir ?

– Bien sûr ! assure-t-elle en se penchant vers ses cartons qu'elle ouvre d'une main leste.

Elle est si bienveillante que ma gorge se noue. Quel connard suis-je pour lui mentir ?

– Si tu as fini, j'ai une super idée d'activité pour toi. Regarde !

Elle tend sous mes yeux une immense chaussette de Père Noël, qui ressemble à celles que l'on pend aux cheminées le soir du réveillon. Son sourire est si contagieux que mes lèvres s'étirent à leur tour.

– Déco de Noël ?

– Oui ! s'exclame-t-elle. Demain, nous serons le 1er décembre, il est grand temps de décorer ce refuge comme il se doit ! C'est la tradition ici : dès début décembre, tout s'illumine.

Je ramasse les quelques papiers que j'ai laissés traîner sur la table de réunion et les fourre dans ma sacoche en cuir. Puis je me dirige vers Nathalie afin de sortir les décorations de leur emballage. Certaines sont encore neuves. Alors que je le lui fais remarquer, Nathalie déclare :

– Ce sont des choses que j'ai achetées l'année dernière. Mais tu sais peut-être qu'Amélie n'est pas très friande de Noël, alors quand c'est elle qui s'en occupe, elle fait le minimum syndical.

J'interromps mes gestes en entendant cette nouvelle. Amélie ne rejetait pas particulièrement Noël à l'époque. Ma poitrine se fait soudain douloureuse quand je comprends que la nuit qu'elle a passée il y a six ans doit y être pour quelque chose.

– Rassure-moi, tu aimes Noël ? me questionne la gérante du refuge.

Je m'efforce de remettre un masque neutre sur mon visage.

– J'adore ! assuré-je en souriant sincèrement. Je suis fils unique et mes parents ont toujours eu à cœur de me faire passer des fêtes de fin d'année merveilleuses en pensant que des frères et sœurs me manquaient particulièrement pendant cette période. Alors que pas du tout !

Je nous revois, mes parents et moi, boire du lait de poule devant des téléfilms de Noël, avec en arrière-plan notre gigantesque sapin dont les guirlandes clignotaient dans la pénombre. Une douce chaleur se répand dans ma poitrine et remplace peu à peu la culpabilité que je ressens vis-à-vis de Nathalie.

Nous continuons notre inspection minutieuse des boîtes, trions ce dont nous pensons nous servir, et laissons de côté les choses passées de mode.

Soudain, la porte de la salle s'ouvre à la volée et Amélie, le nez aussi rouge que Rudolph le renne, apparaît sur le seuil. Elle semble surprise de me voir, pourtant elle tente de le cacher. Elle porte encore son bonnet en laine multicolore, et elle a noué ses cheveux en deux nattes basses qui reviennent sur ses épaules. J'interromps un instant mes mouvements, me rendant compte qu'elle est toujours aussi craquante que lorsque je suis tombé amoureux d'elle la première fois.

– N'est-ce pas, Victor ?

– Euh… oui ?

Je n'ai pas suivi un traître mot de ce que vient de me dire Nathalie. Celle-ci ricane en s'en rendant compte.

– On t'avait perdu, je me trompe ?

– Non désolé, j'ai été rattrapé par mes souvenirs d'enfance.

Amélie fronce imperceptiblement les sourcils alors que je la regarde toujours. Aussi bizarre que cela puisse paraître, à cet instant, je me contrefiche qu'elle devine à quoi je pensais.

– Je disais que je vais laisser ma place à Amélie. Elle remplace Isabelle qui vient de partir et je dois encore descendre au village afin d'aller chercher les aliments pour nos pensionnaires. Le commercial vient d'appeler, son camion ne monte pas jusqu'au refuge à cause de la neige. Je dois y aller, je serai de retour d'ici deux heures.

– Ah… OK. Tu as besoin d'un coup de main ?

– Non, dit-elle en enfilant une énorme doudoune fourrée. Je veux seulement que ce refuge scintille de mille feux quand je reviendrai.

Elle passe à côté d'Amélie et plante son index dans sa poitrine :

– Et pas de mauvais esprit, jeune fille ! lui dit-elle en ricanant. C'est Noël, tu as intérêt à mettre le paquet cette année.

Amélie lève les yeux au ciel, tandis qu'elle doit maudire Nathalie sur dix générations. Cette dernière continue de rire en s'éloignant de la salle de réunion. Nous nous retrouvons donc seul à seule au refuge, entourés d'une montagne de décorations à mettre en place. Et vu l'air qu'affiche Amélie, il va falloir que mon esprit de leader ressorte, pour la motiver. *C'est pas gagné !*

– On s'y met ? lui demandé-je en souriant.

Depuis que j'ai ressenti cette pointe de jalousie à l'idée qu'Amélie puisse avoir une idylle naissante avec l'un de ses collègues, j'ai réussi à m'avouer quelque chose : je n'ai jamais véritablement oublié cette fille, même lorsque je tentais de me noyer sous une tonne de travail et de nuits de sexe.

– Victor ?

Je recentre mon attention sur celle qui occupe bien trop mon esprit en ce moment.

– Oui ?

– Je te disais qu'on pourrait commencer par l'accueil, me dit-elle en retroussant son nez.

J'acquiesce et me rends compte qu'elle a ôté son blouson. Elle porte un de ces sweats loose, bien trop large pour sa fine silhouette. Je ne peux m'empêcher de remarquer comme son legging la moule parfaitement. *Réveille-toi, bonhomme, elle risque de te griller si tu ne te reprends pas !* Je me fiche une claque mentale et lui souris.

– On commence par l'accueil, alors ! déclaré-je, tout sourire.

CHAPITRE 23

AMÉLIE

– Et voilà ! Il n'est pas beau, notre sapin ?

Lorsque Victor se retourne vers moi, je fais mine de m'intéresser à l'étoile dorée entre mes mains. Depuis tout à l'heure, il met tout en œuvre pour que nous passions un moment sympa, sans cesser de rire et de raconter des blagues. Même si je ne le montre pas, je crois que c'est réussi. Son sourire est contagieux et le rend d'autant plus beau. Il ressemble à celui dont je suis tombée éperdument amoureuse à dix-sept ans.

Ma conversation avec Gauthier me revient en mémoire, et nous imaginer, Victor et moi, dans un corps-à-corps sensuel me fait rougir jusqu'aux oreilles.

– Alors, t'en penses quoi ?

Voilà une heure que nous nous activons pour faire plaisir à Nathalie et décorer le refuge aux couleurs de Noël. Victor a même eu l'idée saugrenue d'accrocher des guirlandes à certains box, notamment dans l'aile des chats, qui ne cessent de faire leurs griffes dessus. Je ne donne pas cher de la décoration, mais ça a semblé lui faire plaisir alors je n'ai rien dit.

– C'est parfait, lui réponds-je après quelques secondes.

– Oh ! J'allais oublier, s'exclame-t-il en désignant l'étoile entre mes mains. Il faut accrocher ça ! C'est la touche finale.

– Vas-y, je t'en prie, dis-je en la lui tendant.

– Ah non ! Je t'en laisse l'honneur. Après tout, c'est *ton* refuge.

Lorsque ces mots me parviennent, mon cœur danse la salsa. Qu'il reconnaisse sans médisance ni mauvaise blague le fait que je donne toute ma vie aux animaux me fait quelque chose.

– OK.

Je me dirige vers le sapin et m'aide d'une chaise pour apposer l'étoile à son sommet. Au moment où je coince la branche la plus haute dans la décoration pour qu'elle tienne parfaitement, j'entends Victor applaudir. Je baisse le regard vers lui et il paraît sincèrement heureux. Comme un enfant. Je souris et, alors que je m'apprête à descendre, il me tend la main pour m'aider. L'électricité qui parcourt ma peau quand je pose ma paume dans la sienne est inexplicable. J'ai l'impression que mon cœur déraille et que ma poitrine enfle si fort qu'elle va exploser. Quand nos yeux s'arriment, je constate que le sourire de Victor n'est plus qu'un lointain souvenir. Il fronce les sourcils comme s'il me voyait pour la première fois. Je suis certaine qu'il ressent aussi cette tension entre nous.

Plus rien n'existe que nous deux. Comme avant. La bulle dans laquelle je plonge est si réconfortante que j'aimerais qu'elle ne disparaisse jamais. Mais l'aboiement d'un des chiots me fait revenir à la réalité. Je retire prestement ma main de la sienne et descends de ma chaise. *Mais à quoi je pense, bon sang ?* J'ai déjà connu ça, avec ce même homme, et j'en ai payé les frais. Impossible de croire à nouveau à tout ça.

Gênée du regard insistant que Victor pose sur moi, je remets la chaise à son emplacement initial et décrète d'une voix rauque :

– Je crois qu'il va falloir aller donner à manger aux poneys, c'est l'heure !

Ma parade ne passe pas inaperçue. Victor recule un peu pour s'éloigner de moi et se passe une main dans les cheveux. C'est la sonnerie de son téléphone qui brise l'ambiance devenue lourde. Je peine à retenir un soupir de soulagement. Victor sort son smartphone de sa poche et refuse l'appel. Puis il reprend contenance et déclare, à mon plus grand étonnement :

– Les poneys, OK. Je te suis.

Alors que je pensais qu'il prendrait la fuite – comme j'ai personnellement envie de le faire après ce drôle de moment –, Victor décide de me suivre à l'extérieur.

Nous passons par le box de Livi et d'un autre chien en pension chez nous depuis peu, pour leur permettre de gambader à leur guise dans le pré qui jouxte l'enclos des poneys.

L'air de cette fin d'après-midi est glaçant, et la neige crisse sous nos bottes à chaque pas.

Je m'arrête près de la barrière où les deux poneys que nous avons recueillis il y a déjà un an se précipitent instantanément, attirés par la nourriture que je transporte dans une énorme brouette. Sur mes talons, Victor joue avec Livi. J'évite de me retourner pour le voir s'éclater comme un gamin dans la neige. Cette vision pourrait avoir le don de me rendre guimauve alors que je lutte de toutes mes forces pour ne pas succomber à son charme. Je le trouve différent aujourd'hui. Comme si la carapace qu'il s'évertue à conserver en ma présence s'était craquelée. Ou est-ce moi qui le vois différemment après avoir admis que quelque chose m'attire encore chez lui ?

Je secoue la tête et ouvre le loquet qui verrouille la barrière de l'enclos. Alors que je m'apprête à pousser la lourde porte en bois, Livi se rue sur moi, la langue pendante, et me fait trébucher sur la roue de la brouette juste à côté. J'ai juste le temps d'entendre Victor crier « attention » que je m'étale de tout mon long dans la neige. Mon bonnet me couvre les yeux et je sens distinctement la brûlure du froid me mordre la peau au niveau des fesses. Il faut dire que je ne porte pas le pantalon adéquat pour me rouler dans la neige.

Je pousse un petit cri aigu quand je sens le souffle humide de Livi se rapprocher de mon visage pour lécher la poudreuse qui le recouvre. Les quatre fers en l'air, coincée dans ma grosse doudoune fourrée, je n'arrive plus à bouger. D'autant que ma chienne adorée m'a grimpé dessus. J'arrive seulement à retirer mon bonnet en laine qui m'obstrue la vue. Au-dessus de moi, le visage de Victor se dessine sur le ciel blanc, chargé de neige. Il fronce les sourcils et semble inquiet.

– Tout va bien ? me demande-t-il en me tendant sa main gantée après que j'ai repoussé Livi.

Je reste silencieuse quelques secondes, puis tout d'un coup, j'éclate de rire. Ma voix rebondit entre les pins et son écho nous revient. Je relâche la pression qui m'obstrue la poitrine depuis que j'ai ressenti cette drôle d'électricité me traverser tout à l'heure. Juste pour un instant, je m'autorise à être naturelle. Livi, qui croit que j'en redemande, me grimpe de nouveau dessus et pousse ma tête avec son museau. Victor lui lance un bâton qu'elle s'empresse d'aller chercher avec Baggle, le berger australien qui nous accompagne.

– Tu veux que je t'aide à te relever ou tu préfères rester ici à te fendre la poire ? me demande-t-il d'un ton amusé en me tendant à nouveau la main.

Je tire dessus pour le faire tomber à son tour. Mais je n'avais pas prévu qu'il m'atterrisse dessus et me coupe le souffle. Son nez s'enfonce dans la neige à mes côtés et le poids de son corps m'empêche de rire aussi fort que je le voudrais.

Son visage est tout près du mien et je peux sentir son souffle chaud juste derrière mon oreille. Quand il tourne enfin la tête vers moi comme pour me sermonner, nos regards s'arriment et nous cessons de bouger. La scène du sapin recommence, mais cette fois-ci, je décide de ne pas la fuir. Qu'il arrive ce qu'il doit arriver. J'ai déjà géré bien pire, je pourrai gérer ça. Victor doit être en pleine tergiversation lui aussi, puisqu'il semble parti loin dans ses pensées. Alors que je m'apprête à dire quelque chose, il m'en empêche en déposant ses lèvres sur les miennes dans une pression furieuse. Comme s'il ne pouvait pas s'en empêcher.

Retrouver la sensation de sa bouche sur la mienne a un effet des plus grisants. Toutes sortes d'émotions se bousculent en moi et une chaleur indescriptible prend naissance dans mon bas-ventre. Je ferme les yeux et savoure la sensation en sachant pertinemment que ça ne durera pas. Si je me flagelle d'être aussi faible, c'est plus fort que moi. Je crois même que je gémis. Ou est-ce Victor ? Quand sa main vient caresser mes cheveux d'un geste lent, j'entrouvre les lèvres et notre baiser s'approfondit. Plus rien ne compte que la chaleur de notre étreinte. Le froid ne m'atteint plus. Je ne ressens que la fièvre de l'homme en train de m'embrasser.

CHAPITRE 24

AMÉLIE

– Oui, maman, je serai là. Non ! Je ne chanterai pas cette année, tu sais que le chant et moi, ça fait… Pardon, excusez-moi.

Je tente de me faufiler avec mon panier entre deux personnes âgées qui ont pris l'allée du supermarché pour un salon de thé. Le sourire que je leur offre est crispé. Je coince mon téléphone entre mon oreille et mon épaule pour pouvoir attraper une boîte de maïs. Ma mère continue de jacasser à l'autre bout du fil.

– Enfin Amélie, c'est la tradition. Les P'tits Lutins comptent sur le maximum d'adhérents.

Je lève les yeux au ciel. Le mois de décembre vient de commencer et ma mère est déjà sur tous les fronts. Elle vient de m'apprendre qu'elle m'a inscrite au club de lecture pour que j'assiste à la traditionnelle soirée de Noël, et maintenant voilà qu'elle veut que je vienne chanter dans sa chorale.

J'ai l'habitude de ses caprices, mais je me suis juré l'année dernière que plus jamais je ne la laisserais décider de mon emploi du temps. Encore plus quand il s'agit de chanter *Jingle Bells* en plein milieu du village. Pour une asociale comme moi, ça revient à faire le plein d'interactions pour une année complète en à peine deux heures. L'angoisse assurée !

– Maman, on peut en reparler plus tard ? Je suis occupée, là, lui demandé-je gentiment.

– Encore avec tes animaux, je suppose.

Je la visualise, assise dans le fauteuil du salon en train de grimacer au simple fait de prononcer cette phrase. Je décide de lui mentir pour qu'elle me fiche la paix et que je puisse finir mes quelques courses avant de retourner me terrer dans mon chalet. Si je lui dis que je suis en ville, elle va faire des pieds et des mains pour que je passe à la maison, et je suis loin d'en avoir envie. Plus je fuis la demeure familiale, mieux je me sens.

– Oui, voilà. Je dois faire la tournée des repas.

Il est 18 h 30, soit l'heure de distribuer les rations. De toute façon, il est impossible que ma mère aille vérifier cette information. Quoique…

– Tu as pris rendez-vous chez Nadine ?

– Nadine ?

Je fais quelques pas et tourne dans le rayon des boissons afin de dégoter le lait d'amande que j'adore.

– Du salon d'esthétique !

J'ai soudain envie de lui raccrocher au nez, mais je m'abstiens.

– Non.

– Je lui en ai parlé, elle peut t'avoir une place avant Noël. Fais vite, tu sais que les instituts sont pleins avant les fêtes.

– Maman…

– Tu pourrais aussi faire un soin du visage, il m'a semblé que tu avais les traits tirés la dernière fois qu'on s'est vues. D'ailleurs, tu as trouvé le cadeau de Betty dont je t'ai parlé ?

– Stop ! m'exclamé-je si fort qu'un couple de personnes âgées se retourne juste devant moi.

– Quoi encore ?

– Je n'ai ni envie de me faire épiler la moustache, ni prévu de faire un soin du visage. Laisse ma peau tranquille, chuchoté-je dans le combiné.

– Tu devrais, pourtant. En tant que femme, il faut prendre soin de toi, si tu veux trouver quelqu'un un jour…

Suis-je vraiment en train de parler de ça au téléphone avec ma mère alors que je fais mes courses ? Oui. C'est pathétique. J'ai la furieuse envie de l'envoyer paître mais, comme chaque fois, je me demande si ce n'est pas moi qui me vexe pour rien.

Je m'arrête dans le fond du rayon et baisse le regard sur mes bottes en plastique toutes crottées. À mon bras est accroché mon casque orange fluo.

Si elle me voyait, ma mère aurait honte. Ma poitrine se pince à cette simple pensée.

– J'y réfléchirai.

– Bah oui, Amélie, les hommes aiment les femmes qui s'entretiennent et qui pensent à autre chose que nettoyer des cages à poule !

– Bien maman, je m'en souviendrai. On peut se rappeler ?

– Évidemment. N'oublie pas le cadeau de ta sœur. Ton père t'embrasse.

– Oui. Embrasse-le aussi de ma part, bisous.

Je raccroche et souffle un grand coup. *Quelle plaie !* Une vague de chagrin m'envahit tout à coup. Ça faisait longtemps que ma mère ne m'avait pas rebattu les oreilles avec ce genre d'injonctions, et je ne m'en portais pas plus mal. De toute évidence, Noël la fait stresser, elle se sert de moi pour évacuer. Comme d'habitude.

Je décide de faire fi des émotions négatives qui m'assaillent et de les panser avec des choses bien plus agréables, comme le baiser que Victor et moi avons échangé il y a quelques jours. Dès que j'y repense, mes pommettes s'échauffent et je me sens flotter sur un petit nuage. Même si une part de moi me crie de rester méfiante. Il y a à peine un mois, je souhaitais qu'il reparte *illico* presto à Paris, et voilà que je me repais de ce souvenir dans la neige pour chasser mes démons…

Depuis cette après-midi peu commune que nous avons passée à décorer le refuge, et cette parenthèse hors du temps où nous avons échangé notre baiser, je n'ai que peu revu Victor. Nous nous sommes juste croisés entre deux gardes et il m'a semblé aussi gêné que moi. Pourtant quand nos bouches se sont descellées, et que Livi et Baggle nous ont obligés à les ramener à leur box tant ils étaient frigorifiés, j'ai cru déceler chez lui une sorte d'euphorie identique à la mienne. Mais nous n'avons plus parlé de ça, et voici bientôt quatre jours que nous nous fuyons presque.

J'ai appris par Nathalie qu'il avait reporté le rendez-vous pour la signature de sa prise de parts dans la société, ce qui me pousse à me demander s'il n'y a pas un problème plus important que notre baiser. Je fais cependant taire ma parano et me dépêche de finir mes emplettes. Je suis déterminée à préparer une soupe aux légumes ce soir et il me manque encore quelques provisions.

Quand, au loin, je vois la foule dans le supermarché, une légère impression d'enfermement me saisit. Ce n'est pas l'heure à laquelle je viens ici d'habitude et tout ce monde m'oppresse.

J'ai dû remplacer à la dernière minute une Isabelle tombée malade et plusieurs familles se sont donné rendez-vous au refuge dans le même quart d'heure pour adopter un animal. Cette soudaine envie de posséder un petit compagnon ou d'en offrir pour les fêtes m'agace passablement, mais je ne peux pas faire plus que prévenir qu'une bête n'est pas un jouet et qu'il faut avoir conscience de l'amour et du travail que ça demande d'en adopter une.

Même si mon discours n'est entendu que d'une oreille, je me dois de faire mon job et de laisser partir certains de mes compagnons, l'âme en berne.

Tout à mes pensées, je me concentre sur le choix consciencieux de ma butternut, en en comparant deux sous toutes les coutures. Soudain, une ombre vient obscurcir le présentoir à légumes juste devant moi. Au moment où je me retourne, je croise le regard vert de Victor qui me sourit.

– Salut, Amélie.

Je relâche mes cucurbitacées parmi leurs copines et affiche un sourire crispé, surprise de le retrouver ici alors qu'on a tant de mal à se croiser au refuge.

– Salut.

– Tu prépares un festin ? me demande-t-il en lorgnant mon panier.

– Non, je fais juste quelques provisions pour les jours où je ne pourrai pas descendre par ici pour me nourrir. Avec toute la neige qui tombe en ce moment, ma 103 risque de ne pas tenir le coup, et moi non plus !

Il acquiesce, puis je vois ses yeux se diriger sur mes lèvres. Est-ce qu'il repense à ce baiser, comme moi depuis des jours ? Se demande-t-il aussi ce qu'il nous arrive ?

– Tu n'as toujours pas récupéré ta voiture ?

– Si, mais le garagiste m'a appris qu'elle était fichue. Depuis elle trône dans ma cour et sert d'aire de jeux à mes animaux.

– Je vois.

– Je dois prendre rendez-vous avec ma banque pour essayer de faire un emprunt afin d'en racheter une.

Mais pourquoi je lui parle de tout ça ? Qu'est-ce qu'il en a à faire, de mes emmerdes ?

– Bref, reprends-je, un peu gênée d'être si bavarde. Je vais te laisser. On se voit au refuge.

Alors que je m'apprête à tourner les talons et à reprendre ma quête de la meilleure butternut du supermarché, Victor enchaîne :

– J'ai bientôt fini les courses que ma mère m'a demandé de faire pour elle. Tu veux que je te ramène ?

Surprise qu'il me propose son aide, et abasourdie d'envisager d'accepter, je remarque seulement que Victor porte un jean de grande marque et un bombers sûrement tout aussi cher. Je me rappelle subitement ma dégaine et tout d'un coup, j'ai honte, même si je sais que je ne devrais pas.

– Euh… C'est gentil, mais je ne peux pas laisser ma mobylette ici.

Victor fronce les sourcils comme s'il réfléchissait, puis il déclare :

– Tu vas réussir à remonter tout le contenu de ton panier jusqu'au chalet ?

Je grimace en scrutant mes provisions. *Il n'a pas tort !*

– Si on baisse les sièges de ma berline, je pense qu'on peut se débrouiller.

J'écarquille les yeux.

– Oh ! Mais on ne va pas aller jusque-là ! m'exclamé-je en riant. Gauthier n'habite pas loin d'ici, je vais lui demander si je peux déposer ma bécane dans sa cour. Je sais qu'il n'est pas chez lui aujourd'hui, mais je suis certaine que ça ne le dérangera pas.

En prononçant ces mots, je me rends compte que j'ai accepté la proposition de Victor sans retourner la question quinze fois dans ma tête.

– OK, parfait. On se retrouve dehors ?

– Ça me va.

– À tout à l'heure.

Je hoche la tête, les mains tremblantes. En moi, des sensations éprouvées il y a bien longtemps refont surface. Et vu l'air trop poli de Victor, je suppose est dans le même état que moi.

Cette virée en voiture est peut-être une bonne occasion pour briser la glace entre nous. Ça me permettra aussi de remettre les pieds sur terre et d'arrêter de croire que mon histoire avec lui n'est pas terminée. Parce qu'au fond, je sais pertinemment que tout ça n'est que du flan. Ce genre de contes de fées ne peut pas m'arriver à moi. C'est impossible.

CHAPITRE 25

VICTOR

Je pousse le Caddie comme si je venais d'entrer en enfer. Je déteste par-dessus tout faire les courses, depuis toujours. Ma mère m'a envoyé faire quelques emplettes de dernières minutes pour le dîner et je n'ai pas eu le cœur de lui dire non. La seule bonne nouvelle est que je vais pouvoir abréger mes souffrances puisque je dois retrouver Amélie dehors. Je n'ai pas pu m'empêcher de lui proposer de la raccompagner. En plus de l'empêcher d'attraper une pneumonie juste avant Noël ou d'avoir un accident, j'ai l'envie égoïste de passer du temps avec elle.

Depuis l'autre fois, j'ai tout fait pour la fuir et je m'en veux. Ça ne me ressemble pas. Mais j'ai du mal à faire le tri parmi toutes ces sensations qui se bousculent en moi quand je pense à elle. D'un côté, la culpabilité, de l'autre, une attirance fulgurante. Notre passé ressurgit comme une boule de feu et menace de m'exploser en pleine face.

J'ai dû m'absenter quelques jours à Paris cette semaine, ce qui a eu le don de me remettre les idées en place. J'ai pu voir Max et notre avocat, et les dernières nouvelles ne sont pas bonnes. Le journaliste qui a enquêté sur JVM Cosmetics est sur le point de rendre publiques des révélations qui risquent d'être reprises par bon nombre de journaux spécialisés dans la finance. Si en plus les associations véganes s'en mêlent, on est dans une belle merde !

Mon aller-retour à la capitale m'a au moins permis de statuer sur une chose : signer cette collaboration avec Nathalie est une mauvaise idée. J'ai donc dit à Max qu'il fallait patienter encore un peu, et j'ai repoussé le rendez-vous pour la signature avec Nathalie. Je ne suis pas sûr de moi, mais j'ai peut-être une autre solution pour parvenir à mes fins sans trop de dégâts.

Je passe ma carte bancaire à la jeune femme à la caisse et repère Amélie qui m'attend sur le parvis, deux sacs en papier kraft au creux des bras. Je salue la caissière, et me dirige vers elle.

– Prête ?

Elle tourne la tête vers moi et son regard s'accroche au mien.

– Oui. J'ai déjà amené ma mobylette chez Gauthier. Elle est en sécurité.

Je souris. C'est fou comme elle peut tenir aux choses qui lui appartiennent. Sa vieille mobylette n'intéresserait sûrement personne, mis à part les brocanteurs du coin, mais le fait qu'elle en prenne soin à ce point m'attendrit.

– C'est le père Grégory qui me l'a laissée et j'essaie de lui faire honneur, se justifie-t-elle.

– Je comprends. Viens, ma voiture est par là.

Tandis que nous nous dirigeons vers l'allée où j'ai garé ma Mercedes, j'entends une voix criarde m'interpeller :

– Victor Chanvrin ? Mais quelle surprise !

À mes côtés, Amélie se raidit. Je le sens immédiatement, et le bruit de ses sacs en papier kraft qui se froissent entre ses bras me le confirme. Je n'ai pas le temps de la regarder qu'une grande brune aux yeux de biche se retrouve devant moi. Elle porte un manteau en peau de je ne sais quoi et des talons de quinze centimètres. Je ne peux m'empêcher de m'interroger sur le choix de ces chaussures vu le climat que nous avons en ce moment. Je reconnais évidemment dans l'instant, Laurine, une fille avec qui nous avons fait toutes nos classes, du primaire au lycée.

– Tiens, salut Laurine, comment vas-tu ?

– C'est plutôt à toi qu'il faut poser la question ! minaude-t-elle en replaçant ses cheveux derrière son épaule. Il est rare de te voir par ici.

– En effet. Je suis là pour les fêtes.

Laurine me sourit, et je me rends compte qu'elle me dévisage bizarrement. Avant que je puisse dire quoi que ce soit pour lui signifier qu'Amélie m'accompagne, celle-ci me devance :

– Ah ! Bonjour Amélie.

– Salut, lui répond celle-ci en faisant un petit signe de la main comme elle peut à cause de ses sacs en papier.

– C'est rare aussi de te voir ici ! ricane Laurine.

Alors rien n'a véritablement changé ici ? Amélie grimace tandis que Laurine ajoute :

– C'est surprenant de vous croiser tous les deux ici. Ensemble, qui plus est !

Amélie émet un son de gorge rauque et Laurine écarquille les yeux en lui touchant le bras de façon hautaine :

– T'inquiète, ma chérie, je plaisante, assure-t-elle avec un sourire factice accroché au visage.

La jeune femme ne répond rien. Et moi, j'ai l'impression de rétropédaler dans le passé.

– Alors Victor, quoi de neuf ? Toujours pas marié ?

– Non. Ma vie pro me prend bien trop de temps pour ça. Et toi ?

Quand je vois sa bouche se serrer en cul de poule, je me flagelle instantanément d'avoir posé la question. Elle a toujours été d'une beauté époustouflante et, en vieillissant, ça n'a pas changé, mis à part ses efforts pour tenter de rester jeune, avec ses lèvres trop pulpeuses et son maquillage un brin trop voyant. Je me rappelle avoir eu une courte aventure avec elle à l'époque du lycée.

– Je travaille toujours avec ma mère au salon d'esthétique et, comme toi, je suis tout ce qu'il y a de plus libre.

Le sous-entendu est flagrant. Je suis persuadé que, dans mon dos, Amélie lève les yeux au ciel.

– Je ne vais pas t'accaparer trop longtemps. On pourrait se retrouver au bar un de ses jours, si tu en as envie ! Je pourrai voir avec les autres si c'est possible.

Je hoche la tête et me tourne vers Amélie, qui soupire en me regardant. Elle me sert un sourire crispé que j'ai du mal à interpréter.

– Euh… Oui, pourquoi pas ? Je vais voir si je peux me libérer.

– Super ! s'exclame Laurine. Et toi, Amélie, j'ai entendu dire que tu étais toujours perchée là-haut, dans tes montagnes.

Celle-ci se contente d'acquiescer.

– Ça ne doit pas être facile, en ce moment, avec tout ce qui tombe et ce froid polaire.

Amélie hausse un sourcil sans pour autant paraître mal aimable et enchaîne :

– Merci de ta compassion, mais j'ai un toit sur la tête et de quoi me chauffer, tu sais.

– Ah. Je n'en doute pas, réagit Laurine, ne comprenant visiblement pas le message que veut lui faire passer Amélie.

– D'ailleurs, ta mère m'a dit que tu souhaitais prendre rendez-vous au salon pour une épilation de la lèvre supérieure ainsi que pour un soin du visage. N'hésite pas à m'appeler, je m'occuperai personnellement de toi.

Amélie souffle imperceptiblement par le nez. Je le vois à ses narines qui se dilatent, preuve que la conversation la dérange. Elle sourit à la jeune femme et fait mine d'être intéressée par un couple qui arrive vers nous pour clore le sujet. Laurine reporte son attention mielleuse sur moi et enchaîne :

– Bon, Victor, on se boit ce verre très vite, OK ? j'ai hâte qu'on se retrouve tous ensemble. Comme avant.

Le regard qu'elle jette à Amélie ne m'échappe pas et je ferme les yeux une micro-seconde pour me demander si cette conversation est bien réelle. Pas une seule fois elle ne lui a proposé de se joindre à nous. Et même si je sais pertinemment qu'Amélie aurait refusé cette invitation, je trouve ça petit. *On n'invite pas des gens comme Amélie. Non. Elle n'a jamais été invitée où que ce soit.*

Tout d'un coup, une colère froide me saisit. Je salue rapidement Laurine en m'excusant de devoir partir. La jeune femme, bien trop concentrée à me faire du charme, ne se rend apparemment compte de rien.

Il y a des années, je faisais partie de ce groupe. Je ne me souviens pas avoir eu un jour un si mauvais fond, mais je ne me rendais certainement pas compte du mal que pouvait provoquer mon comportement. Après tout, même quand je suis tombé amoureux de la jeune femme qui s'apprête à monter dans ma voiture, je n'ai jamais su m'imposer et la défendre comme elle le méritait. Je sais pertinemment qu'Amélie m'en veut. Mais je préfère qu'elle me déteste et qu'elle se trompe à mon sujet, plutôt que lui avouer que j'ai été lâche.

CHAPITRE 26

AMÉLIE

Non, mais ! Cette nana a eu le culot de parler de mes poils de lèvre supérieure devant Victor ! Quelle honte ! Croit-il que j'aie décidé de me faire jolie depuis son retour ? Ou seulement que j'ai un besoin impérieux de faire quelque chose de ma trogne de sauvage ? *Stop !* La petite voix qui campe dans ma tête me hurle d'arrêter ces questions.

Pour le moment, je suis assise dans une somptueuse voiture qui me ramène dans mon antre de dégénérée, au vu de ce que pense cette vipère de Laurine. Sa mère – la fameuse Nadine – n'est autre que la meilleure copine commère de la mienne. Laurine est donc bien entendu au courant de tout ce qui se passe dans ma vie. Elle fait partie de mes fidèles détractrices depuis toujours. D'habitude elle ne me salue même pas, mais il faut croire que la présence de Victor était un motif suffisamment important pour qu'elle dépasse son dégoût de ma personne.

Depuis notre départ du supermarché, je n'ai pas prononcé un mot. Ou si, j'ai seulement remercié Victor lorsqu'il m'a aidée à mettre mes courses dans son coffre. Pourquoi ? Parce que je ne sais pas quoi dire après cette entrevue. Trop de choses se mélangent dans ma tête. Revoir Laurine et Victor copiner comme à l'époque a fait remonter des souvenirs que je gardais enfermés dans ma mémoire.

Au moment de quitter la route et d'emprunter le chemin qui mène à mon chalet, je me redresse et demande à Victor de me laisser là. Avec la neige, le chemin est boueux et peu praticable, je ne suis pas certaine que sa jolie berline ne s'embourbe pas.

– Hors de question que je te laisse seule, de nuit, en bord de route avec des courses plein les bras.

Son ton est sec et il fronce les sourcils en énonçant sa phrase. Je sens la tension qui l'habite depuis que nous sommes partis du village, même si je ne sais pas comment l'interpréter. La seule chose qui a rompu le silence oppressant de l'habitacle durant le trajet est la sonnerie de son téléphone, qui a retenti dans toute la voiture puisqu'il est connecté en Bluetooth. D'un geste rapide, Victor a refusé l'appel d'un certain Max. J'ai l'impression qu'il est en colère, et j'ai du mal à comprendre pourquoi. Alors je la boucle. Je me rembrunis et me recale dans mon siège.

La voiture nous chahute un peu dans le chemin, mais j'ai l'habitude.

Une fois arrivé aux abords de mon chalet, Victor la gare dans ma cour et laisse le moteur tourner. Ce froid entre nous durant le trajet n'a fait que renforcer l'idée que nous sommes devenus des étrangers l'un pour l'autre. Au grand dam d'une partie de mon cœur, qui croit encore au grand amour, le baiser que nous avons échangé ne veut strictement rien dire.

Victor reste immobile dans l'habitacle et regarde le vide devant lui. Un peu gênée, j'ouvre la portière et débite très vite :

– Merci de m'avoir raccompagnée, Victor.

Tandis que je m'apprête à sortir, la main qu'il avait posée sur le levier de vitesses attrape mon avant-bras.

– Mélie, attends…

Je me fige. C'est la seconde fois qu'il m'appelle ainsi depuis son retour et je n'arrive pas à m'y faire. Jamais personne d'autre ne m'a nommée ainsi. Je me tourne vers lui et la tension qui prend possession de mon corps est à son paroxysme. Nous ne nous comprenons pas, et nous n'arrivons vraisemblablement pas à nous parler, mais pour autant mon corps réagit comme s'il avait reconnu le sien depuis longtemps.

– Je suis désolé pour…

– Non.

Je mets ma main entre nous en guise de bouclier, comme si ce simple geste allait effacer de son crâne ce qu'il s'apprête à dire.

– Ne t'excuse pas pour Laurine. Ni pour personne, d'ailleurs. J'ai l'habitude. C'est ma vie.

– Je ne voulais pas…

– Laisse tomber, je t'ai dit, débité-je d'un ton plus sec.

Je ne veux pas de cette compassion dégoulinante que l'on me sert parfois pour excuser le comportement médiocre de certaines personnes, de cette pitié irrespectueuse qui me renvoie systématiquement à la jeune fille fragile que j'ai été et qui, parfois, comme ce soir, ressurgit.

– Je t'ai dit que j'avais l'habitude.

Tout d'un coup quelque chose me frappe. Peut-être parle-t-il de notre baiser. *Mon Dieu, quelle idiote, pourquoi n'y ai-je pas pensé avant ?*

Je secoue la tête et dégage mon avant-bras de sa paume, délicatement. Puis, je sors du véhicule et me précipite vers le coffre. Je n'ai désormais qu'une envie : aller me réfugier dans mon antre, à l'abri des relations extérieures. J'ai toujours su que je n'étais pas faite pour ça et, encore une fois, la vie vient de me le prouver.

Je saisis mes deux sacs en papier et referme le coffre, puis je bondis presque jusqu'à la porte d'entrée. Le moteur tourne toujours et je me rends compte que Victor est resté à l'intérieur. *Mais quelle conne ! Comment ai-je pu croire qu'il s'excusait du comportement de Laurine ? Bien sûr que non ! Il est juste navré de m'avoir embrassée et voulait mettre les choses à plat !*

Je me dépêche de tourner la clé dans la serrure, mais Victor me rattrape au moment où j'ouvre la porte. Je n'ai pas le temps de poser mes sacs à terre dans l'entrée qu'il me dit :

– Amélie, je crois qu'il faut que l'on discute, tous les deux.

Je me tourne vers lui, les yeux écarquillés. Dans ma tête, une fois de plus, c'est l'apocalypse. Je perds complètement mes moyens. Quand il est ainsi face à moi, j'ai envie de lui dire les pires insanités, mais également de me jeter sur lui et de lui faire l'amour sur-le-champ.

J'inspire un grand coup et tente de recouvrer mes esprits.

– OK, soufflé-je. Rentre si tu veux.

– Merci, murmure-t-il. Je vais éteindre la voiture et j'arrive.

Je ferme les yeux et colle mon dos contre le mur. J'ai du mal à comprendre pourquoi j'ai tant de mal à le repousser. J'ai beau m'accrocher à ma rancœur, je n'arrive tout de même pas à tirer un trait définitif sur ce que je ressens pour lui.

Quand il revient, nous nous dépêchons de nous mettre à l'abri du froid glacial qui règne à l'extérieur et demeurons un instant immobiles, comme si aucun de nous ne savait quoi dire. Heureusement, Ramsès se lève de son tapis en voyant que je ne suis pas seule, et vient faire la fête à mon invité.

– Eh, salut toi, chuchote Victor en se mettant à la hauteur de mon fidèle compagnon.

Mon chien le gratifie d'un coup de langue sur le dessus de la main et commence à lui faire la fête. Je ris un peu en pensant que cette pauvre bête ne m'est d'aucune utilité en termes de défense. Il aime trop le monde pour ça. Nous nous sommes d'ailleurs bien trouvés tous les deux puisque son amour pour les êtres humains compense largement le mien.

– Comment il s'appelle ?

– Ramsès, murmuré-je en regardant mon chien que j'aime tant se faire papouiller par l'homme auquel j'ai tant de fois rêvé.

Cette scène me paraît surréaliste. Jamais je n'aurais cru qu'un jour ça arriverait. Victor est chez moi. Quand vais-je me réveiller ?

– Tu veux boire quelque chose ?

Je ne sais pas vraiment comment me comporter. La tension était si lourde entre nous dans la voiture que je me sens décontenancée.

– Je veux bien, oui, me répond Victor en se relevant.

J'ôte ma doudoune et mon bonnet et je vois Victor en faire autant. Comme s'il avait l'intention de rester ici. Mon cœur se met à piquer un sprint dans ma poitrine, alors je me retourne pour recouvrer mes esprits et déclare :

– Café ? Chocolat ? Thé ?

– Un café, ça ira très bien.

– Sans sel, je suppose, raillé-je en saisissant une tasse dans le placard.

– De préférence !

Alors que je mets le mécanisme de la machine à café en route, Victor me prend de court.

– Amélie, il faut vraiment que l'on parle, tous les deux. Je sens que tu fuis la conversation, et, bien que je sois dans la même optique, enfouir la tête dans le sable n'est pas dans mes habitudes.

Je me fige au moment où le bouton vert de la cafetière se met à clignoter. Pourquoi je me concentre sur ce détail ? Parce que ça me permet de ne pas penser à la discussion qui se profile. Je comprends à son ton qu'il ne parle ni de la scène du supermarché, ni de ce baiser qu'on s'est donné. Il veut que l'on fasse table rase du passé en nous expliquant sur ce non-dit qui plane entre nous. Je n'ose même pas le regarder, pourtant je me force à répondre :

– Il paraît que c'est ce que l'on doit faire, oui.

Mais suis-je vraiment prête ? S'il ne m'a pas donné d'explications à l'époque, mon entourage s'est chargé de le faire. « Comment as-tu pu croire que Victor pouvait s'intéresser à toi de cette façon, voyons ? », « Comment as-tu pu croire à ça ? », « Tu es tellement naïve, Amélie ! Ce ne sont pas tes animaux qui vont t'apprendre la vie ! ». Ces remarques que j'ai encaissées seule m'ont marquée à jamais. Et je ne suis pas sûre d'être prête à les entendre de sa bouche. Mon cœur se serre et j'inspire un grand coup. Après tout il a raison, Gauthier aussi. Il faut que je tourne la page.

– Je dois t'avouer que je ne sais pas vraiment par où commencer...

Victor murmure presque ces paroles, comme s'il prenait des pincettes. Je relève le nez vers lui et, malgré mon état d'angoisse intense, j'arrime mes yeux aux siens. Je veux qu'il voie dans mon regard tout le chemin que j'ai parcouru. Je ne veux plus passer pour cette fille fragile, trop sensible et pas assez déterminée. Je ne suis pas en sucre, je ne m'effondrerai pas quelles que soient ses paroles. *Enfin, je crois.* C'est en tout cas le signe que je souhaite lui envoyer.

Alors qu'il ouvre la bouche pour parler, je lui coupe l'herbe sous le pied, bien décidée à prendre les rênes, comme me l'a conseillé Gauthier. C'est le moment ou jamais, celui dont j'ai tant rêvé : me retrouver face à lui et obtenir enfin toutes les réponses à mes questions :

– Pourquoi tu m'as laissée, Victor ?

CHAPITRE 27

AMÉLIE

Ses yeux se plissent un peu, signe qu'il est surpris. Sa bouche se tord et il déglutit péniblement.

– Je ne t'ai pas laissée. Je suis parti.

J'émets un rire sans joie.

– C'est la même chose.

– Non. C'est différent, proteste-t-il d'un ton calme. Que tu me croies ou non, je suis parti pour t'éviter de souffrir encore plus.

J'écarquille les yeux de stupeur, et ma crainte se transforme peu à peu en colère, me poussant à reculer en secouant la tête :

– Tu te fiches de moi ? Tu sais ce que j'ai dû endurer, seule, après ton départ ?

Voilà. La rage qui m'a habitée pendant des années refait surface et je la laisse prendre possession de mon esprit. Ça ne peut qu'être salvateur.

– Non, mais j'en ai eu vent.

– Oui, c'est tellement plus simple d'en « entendre parler » plutôt que de t'y confronter.

Je mime des guillemets avec les doigts et fais quelques pas jusqu'au salon.

– Depuis ton retour, je ne fais que de tergiverser te concernant. Je dois te détester, mais je n'y parviens qu'à moitié. Et maintenant que tout semble rouler, on va s'engueuler encore et toujours pour la même histoire. À croire que ça nous suivra toute notre vie. La rancune est terrible et, même si nous voulons passer au-dessus, ça nous rattrapera. Inévitablement. Alors à quoi bon, dis-moi ?

J'arrondis les yeux comme si j'étais surprise par ma tirade. Victor soupire et se passe une main dans les cheveux.

– Nous y sommes, alors.

– Je crois oui, soufflé-je en sentant mon cœur s'agiter comme un fou dans ma poitrine.

Un long silence s'écoule, et je tente de m'occuper les mains en nous servant nos cafés. Je lui en tends un en le questionnant.

– As-tu vraiment parié sur nous ?

Un hoquet me coupe presque le souffle. Mes jambes flageolent. J'entends encore les rires et les médisances après son départ. Ça peut ne paraître rien, comme ça, mais la jeune fille que j'ai été en a souffert. Et cela a immanquablement impacté la jeune femme que je suis aujourd'hui.

Ramsès vient se frotter à moi comme s'il comprenait ma détresse. Victor tire sur ses cheveux, peut-être dans une tentative de se raccrocher à quelque chose.

– J'ai parié et j'ai tout perdu. À l'époque, ce n'était qu'un jeu. Mais je m'y suis fait prendre et je n'ai pas assumé.

Mon cœur se ratatine. *Un jeu ?* Même si je le savais depuis le début, l'entendre de sa bouche me vrille le crâne et fait exploser ma peine. J'ai toujours eu l'espoir, au fond, que Victor m'avait aimée. Rien qu'un peu. Que tous les bons souvenirs que j'ai avec lui n'étaient pas que du vent.

– Et j'étais quoi, moi, dans tout ça ?

Je retiens mon souffle. Ma poitrine se serre, mes joues s'échauffent. Un tas d'émotions me traverse le corps. J'ai l'impression de revivre toutes les humiliations dont j'ai été victime plus jeune, juste parce que ma tête ne revenait pas, juste parce que j'étais un peu trop introvertie, si peu sûre de moi. Une fragile entourée de requins.

– Je n'ai pas joué avec toi, Mélie, c'est tout ce que je te dois comme vérité aujourd'hui.

Un second hoquet me prend, encore plus violent, et mes yeux se remplissent de larmes.

– Mais tu as accepté le deal, à l'époque ?

– Oui. Et depuis, je m'en veux chaque jour d'avoir été si cruel. Je n'avais pas prévu de tomber amoureux de toi. Ça n'entrait pas dans l'équation. Alors j'ai pris peur.

– Donc tu es parti.

Victor se passe une seconde fois la main dans les cheveux. Il a l'air d'être en plein débat intérieur.

– Quand j'ai eu l'occasion de partir à Paris pour mes études, j'ai préféré fuir, oui. Ce n'est pas la décision la plus glorieuse que j'ai prise, mais c'était la meilleure chose à faire pour qu'ils te laissent tranquille. J'ai été lâche et je m'en veux. Si j'étais resté…

J'inspire un grand coup, secoue la tête, et le coupe :

– C'est ta fuite qui m'a le plus humiliée, Victor. Tu aurais fait front à mes côtés, rien ne se serait déroulé de la même façon.

– Je sais, souffle-t-il. Je suis tellement désolé.

Je sens mes épaules s'affaisser. Le poids de ma tristesse pulvérise mon cœur.

– Tout ce que tes « amis » m'ont fait subir ensuite, en me traitant de naïve, de fille facile ou encore de pauvre folle, a fini de mettre en miettes mon estime de moi. Et tu as participé à ça en toute connaissance de cause, asséné-je en inspirant un grand coup.

Des flashs de ces moments de harcèlement et de solitude me prennent à la gorge. Je réprime un sanglot et décide de laisser mon chagrin l'emporter. La colère qui l'accompagne aussi.

– Pas une seule fois tu n'as tenté de me joindre pour t'expliquer. Tu as fui ! Littéralement !

Ma voix monte dans les aigus. J'ai envie de prendre la défense de cette jeune Amélie. Une défense que personne n'a prise à l'époque, parce que nul n'a jamais réellement cru en moi. Je dois bien ça à l'adolescente que j'étais. Je me souviens encore des mots de ma sœur et de ma mère, qui me disaient que j'étais bien trop différente pour qu'un garçon comme Victor m'accorde de l'importance.

– C'est faux, Amélie. J'ai appelé chez toi à plusieurs reprises, mais ta mère me disait chaque fois que tu étais occupée au refuge. Pour moi, tu avais repris ta vie, alors pourquoi serais-je revenu foutre mon grain de sel dans celle-ci ? Je savais que tu avais souffert des médisances et des railleries, en partie à cause de moi. Mon départ était lâche, mais je ne pensais pas à mal, te le jure.

Je secoue la tête comme si ces informations ne m'atteignaient pas, mais en vérité, elles me transpercent le cœur. Savoir que ma mère l'a éloigné volontairement de moi, et que ce pari était bel et bien réel, me chamboule.

– J'ai aimé toutes les secondes que j'ai passées avec toi, Amé. Tout ce que j'ai pu te dire, tout ce que j'ai pu faire, je l'ai fait avec le cœur. Et aujourd'hui, comme il y a six ans, je te le répète : pas une fois je ne me suis moqué de toi. Je t'aimais trop pour ça.

Mon cœur en prend un coup. Ses paroles me font l'effet d'un uppercut. Combien de fois ai-je douté de son amour ? Des milliers, mais toujours il arrivait à me rassurer. J'ai fini par y croire réellement. Jusqu'au jour où j'ai appris que ce n'était qu'un pari entre amis. *Qui serait prêt à se taper la pauvre Amélie ?*

– Si c'était vraiment le cas, pourquoi tu es parti ? Pourquoi tu as laissé croire que tu te fichais de moi ?

Une larme roule sur ma joue. Elle trace son sillon sur ma peau échauffée par la colère et le chagrin.

– Pour te protéger.

Je secoue la tête et émets un rire sans joie.

– Non. C'est trop facile comme réponse.

– Je suis fautif d'avoir participé à ce pari, de t'avoir laissée seule avec cette histoire sur les bras. Mais regarde-moi bien, Amélie…

Je rouvre les yeux et je vois Victor se rapprocher de moi, le regard dur. Ses mains sont dirigées vers moi, mais je recule comme pour ne plus me faire avoir par sa prétendue sincérité.

– Je savais qu'à partir du moment où tu apprendrais la nouvelle, tu me détesterais. J'ai tenté de t'en parler à plusieurs reprises, mais chaque fois, le courage me quittait. Je crois que… que je préférais profiter des moments où l'on était ensemble plutôt que de penser à ce jeu puéril.

– Alors tu m'as privée de la possibilité de choisir de te pardonner ou non.

– J'avais trop peur que tu me rejettes. Que tu n'assumes pas… Alors j'ai préféré te laisser à ta vie tranquille. Et ton silence m'a laissé croire que tu le préférais également. Toi non plus, tu n'as jamais cherché à me joindre.

Et moi qui croyais que son silence était un rejet, la preuve qu'il ne m'aimait pas vraiment. S'il dit vrai, un énorme malentendu a tué dans l'œuf l'amour que nous nous portions.

– Qu'est-ce que je n'aurais pas assumé ?

– Nous.

Je me souviens de toutes ces fois où je lui ai dit souhaiter garder notre relation secrète car je ne voulais pas entendre les moqueries des gens. Lui me répondait qu'il s'en fichait. Il a raison, c'est moi qui ai toujours eu peur. Peur de faire éclater la bulle de bonheur dans laquelle je trouvais enfin de l'affection. Peur que les autres salissent notre histoire au point de me rendre encore plus malheureuse. Le beau et la bête, le prince et la sorcière. Finalement, notre aventure était vouée à l'échec, même sans ce pari ridicule.

– J'ai préféré que tu penses que j'avais joué avec toi plutôt que de te voir terrorisée de devoir assumer une relation en laquelle tu croyais si peu. Je me suis dit que mon départ te rendrait peut-être malheureuse, mais moins que si j'étais resté.

Je renifle, me rendant compte par la même occasion des larmes qui m'échappent. Nous sommes face à face dans mon petit salon. Seul le bruit de nos respirations rompt le silence qui vient de s'abattre dans la pièce. J'ai l'impression d'avoir participé à un combat de boxe, je suis lessivée. Fatiguée par toutes ces émotions et tous ces mauvais souvenirs qui ressurgissent en pagaille.

Quand je vois Victor se diriger vers la cuisine et réenfiler sa veste, je comprends que la discussion est terminée. Il s'immobilise et me regarde en abattant sa dernière carte :

– Sache une chose. Je n'ai jamais voulu te faire de mal. J'ai simplement cherché à minimiser les choses. Je me rends compte que ce n'était pas la bonne solution. Aujourd'hui et avec le recul, j'agirais autrement, mais c'est trop tard. Je ne te demande pas de me pardonner, et je suis réellement désolé d'en être arrivé à ce que nous sommes, soit de parfaits inconnus. Car malgré tout, les mois durant lesquels j'ai été avec toi sont des souvenirs qui me sont chers. Il fallait que tu aies ma version des faits. Maintenant que c'est chose faite, j'espère que nous arriverons à avancer.

Sur ces mots qui me tétanisent, Victor se dirige vers la porte d'entrée. Une partie de moi a envie de le rattraper. Mais serait-ce vraiment une bonne chose ?

Au moment où il ouvre le battant, un courant d'air glacé me fait frissonner. Je décide de ne pas le retenir. Je ne suis pas fâchée contre lui, j'ai juste besoin de retrouver ma solitude pour remettre en place les pièces de ce puzzle qui me pourrit la vie depuis bien trop longtemps.

Après un dernier regard, qui en dit long sur ce que nous ressentons en cet instant, Victor referme derrière lui. Je ne sais pas combien de minutes je reste dans la même position. Une idée unique tourne en boucle dans ma tête : j'ai compté pour lui. Et cette simple vérité répare un peu mon cœur endolori.

CHAPITRE 28

VICTOR

Enfin. Voilà le mot qui tourne en boucle dans mon esprit tandis que je prends la route pour rejoindre la maison familiale. Enfin, j'ai donné ma vérité. Celle que je conserve au fond de moi depuis six longues années. Je voulais absolument qu'Amélie l'entende avant de me détester pour de bon. Je sais qu'elle m'a maudit pendant mon absence, mais je crois que je n'aurais pas supporté de lire la haine sur son visage si j'étais resté ici. Je suis parti pour la protéger certes, mais pour me protéger aussi, égoïstement.

J'enchaîne les virages en pensant au regard d'Amélie quand je suis parti. Malgré notre éloignement pendant plusieurs années, je la connais encore par cœur. Elle a besoin de se retrouver seule pour faire le tri dans son esprit. C'est ainsi qu'elle a toujours fonctionné.

Soudain, mon téléphone sonne de nouveau et le contact de Max apparaît sur l'écran tactile du tableau de bord. Cela fait déjà deux fois que je refuse ce coup de fil, je ne peux décemment pas continuer ainsi. Je soupire puis décroche. La voix de mon ami et associé résonne dans l'habitacle :

– Salut, bébé ! Tu m'évites ou bien ?

Je souris.

– Pas du tout, mens-je. C'est la course, en ce moment. Je n'ai pas le temps de me poser.

– À d'autres, rétorque-t-il d'un ton sec. Je suis désolé mais je n'ai pas de bonnes nouvelles à t'annoncer.

Le rythme de mon cœur se fait plus rapide, et mon pied s'enfonce sur l'accélérateur. Je souffle un coup et ralentis ma course dans les virages enneigés.

– Vas-y, balance. On n'est plus à ça près.

– Notre avocat n'a pas réussi à négocier avec le journaliste. Tout va sortir très vite.

Je soupire. *Ça devait arriver, non ?*

– Et que prévoit Julien ?

Son prénom m'écorche presque la bouche, mais je fais tout pour ne pas le faire sentir à Max. Ça ne servirait à rien.

– Il patauge, comme nous. Il compte beaucoup sur cette signature avec le refuge pour se dédouaner, mais ça ne fera pas tout, c'est certain. Il va falloir qu'on publie notre *mea culpa* dans la presse.

– Il est impensable que j'entreprenne un *mea culpa* public pour quelque chose dont je ne suis pas à l'origine, Max !

– Ça ne m'enchante pas plus que ça non plus, mais nous n'avons pas le choix.

Je fulmine intérieurement. Julien nous a mis dans une belle merde. Plus j'y pense, plus je suis tenté de tout laisser tomber. Le plan qui a germé dans mon esprit il y a quelques jours suite à ma visite à Paris ressurgit d'un coup. Ça me semble tellement farfelu que je ne sais pas par quel bout le prendre, mais il faut que je tente. Pour autant, il est hors de question d'en parler à Max pour le moment. Je ne voudrais pas lui donner de faux espoirs.

– Quand ? dis-je en serrant les dents.

– Quand quoi ?

– Quand doit sortir le torchon de ce mec ?

– On n'a pas de date précise, tu t'en doutes bien, mais c'est l'histoire de quelques jours.

– Et merde !

Je frappe le volant d'un coup sec. Ma soirée ne s'est définitivement pas déroulée comme prévu. Une simple course au supermarché s'est transformée en confidences avec Amélie – et quelles confidences – et, par-dessus le marché, je me retrouve coincé quant à cette sordide histoire de société. *Comment ma vie a-t-elle pu basculer aussi vite, bordel ?*

– Laisse-moi le temps de signer avec le refuge et tente de prendre contact avec ce journaliste pour qu'il retarde au maximum la parution de son article. Et pas de pots-de-vin, Max, ça se retournerait forcément contre nous.

– Mais attends… ce journaliste s'en cogne totalement, de mes états d'âme. Lui, ce qu'il veut, c'est faire le buzz.

– Et je le comprends. Mais débrouille-toi pour me laisser du temps. Plus que quelques jours.

– Qu'est-ce que tu as en tête, mec ?

– Rien qui te concerne.

– Tu déconnes ? On est dans le même navire, je te rappelle.

– Je sais bien.

– Alors tu vas signer et tu vas ramener ton cul à Paris pour qu'on puisse gérer ça de front. Point. Comme c'était prévu.

– Tu me fais confiance ?

Max souffle et laisse passer quelques secondes.

– Oui.

– J'ai rien de concret à te donner, mais on ne peut plus laisser Julien faire ce qu'il veut. Tu as confiance en notre avocat ou c'est un pote à lui ?

– Il est clean. C'est un mec que je connais depuis un certain temps, c'est pour ça que c'est moi qui traite avec lui en priorité.

– OK. Donc demande-lui de m'envoyer rapidement les statuts de JVM Cosmetics.

– Les statuts ? Dans quoi tu te lances, bordel ?

– J'essaie de sauver notre cul.

– Ouais, souffle-t-il comme s'il était las.

– Dis-lui de me faire parvenir ces fichus statuts et je le contacterai ensuite. De ton côté, fais tout ce que tu peux pour gagner du temps, c'est d'accord ?

– OK.

– Et pas un mot à Julien, évidemment.

– Je ne sais pas dans quoi tu t'embarques, mais depuis que tu es reparti dans ta campagne, je te sens différent.

J'ai envie de lui dire que je n'ai fait que retrouver l'ancien moi, et que revenir ici va me permettre de mettre à plat mes soucis et de les régler les uns après les autres. Ma mère a raison, des erreurs, on en fait tous. Le principal est de savoir les réparer.

Je me contente de répondre d'une voix basse :

– On se rappelle vite.

– Ça marche.

Nous raccrochons de concert alors que j'entre dans le village. Je ralentis plus que de raison en essayant de me détendre avant de rentrer chez moi. Mes parents n'ont pas à subir ma mauvaise humeur. Mes yeux se posent sur les toits des maisons enneigés, et sur les décorations que la ville a fait mettre en place. Tout paraît serein et joyeux. Comme si Noël venait frapper à notre porte pour nous dire : « Soyez heureux, tout va bien. » Mais c'est bien loin de ce que je ressens.

Les fêtes s'annoncent être un vrai calvaire, parce qu'en plus d'un réveillon que je n'ai pas choisi et d'un sauvetage de société des plus houleux, ce qui m'attriste le plus, c'est que je vais devoir gérer ma relation tumultueuse avec Amélie.

Amélie est si coincée ! On parie qu'aucun d'entre nous ne peut se la taper ? Ce pari lancé par Pierre

Dussault il y a six ans n'était rien d'autre qu'un jeu puéril, mais je me souviens encore pourquoi j'ai accepté : parce que je ne voulais pas qu'Amélie s'éprenne d'un autre. Déjà à l'époque, son air farouche, sa timidité et sa façon d'être me touchaient plus que de raison. Et je ne souhaitais pas qu'un autre lui fasse du mal. Il ne m'a fallu que très peu de temps pour tomber fou amoureux d'elle. Et si j'ai accusé Amélie de ne pas avoir tourné la page il y a quelques semaines, il semblerait qu'elle ne soit pas la seule.

CHAPITRE 29

AMÉLIE

L'air a beau être glacial, je me sens bien. Mon bonnet multicolore vissé sur la tête, le corps emmitouflé dans une énorme doudoune, je respire à pleins poumons. Devant moi, le paysage qui se dessine me rassure. Les montagnes sont enneigées, les plaines qui s'étendent en dessous, aussi. C'est ici que je me sens le mieux. Au milieu des pins, entourée des monts du Jura. Cette nature à perte de vue, ce climat, cette ambiance unique… Loin de l'agitation des stations de ski et des touristes, notre région est encore préservée.

Un peu plus bas, j'aperçois certaines cheminées expulser une fumée blanche. C'est beau.

Je laisse passer quelques secondes, immobile, à me repaître du calme ambiant. Puis, lorsqu'une clochette retentit juste derrière moi, je me décale d'un pas sur le côté. Le chemin que j'aime emprunter pour me promener, et qui serpente jusqu'au village, est tapissé de neige gelée et craquelle sous mes bottes.

Comme une tornade, Ramsès apparaît, la langue pendante, et vient coller son museau trempé sur mes jambes. Je baisse la tête vers lui et je ris en lui donnant une caresse. Voyant que je ne suis pas d'humeur à courir avec lui, il repart vers l'avant, poils au vent, et se roule dans la neige. Il ne fera plus le malin quand il faudra que je le sèche au coin du poêle.

Je respire encore un peu l'air glacé avant de me remettre en marche. Ici, je ne pense à rien d'habitude. Mais aujourd'hui, c'est différent. Victor ne quitte pas mon esprit. Ni mon cœur.

Après cette histoire de pari, j'ai mis du temps à ne plus craindre d'adresser la parole à des inconnus sous peine de me ridiculiser. L'angoisse est devenue une vieille amie, en plus de toutes mes autres phobies. Mais elle s'estompe au fil des années. J'ai compris que moins j'avais d'interactions sociales, plus j'évitais les galères. Les sentiments aussi. Comment font les autres pour se blinder et continuer leur vie comme si de rien n'était après une déception ? Moi, j'ai l'impression que ça me bouffe de l'intérieur.

Cela fait deux jours que je peine à sortir de chez moi. Je me suis fait porter pâle au refuge, et Nathalie est dans tous ses états. Je le sais parce qu'elle m'appelle au moins trois fois par jour pour me dire de me reposer. Elle me répète inlassablement de programmer des examens pour ces fichues migraines qui n'existent même pas. Non, ce qui me rend malade, ce sont mes sentiments. Comme je ne sais pas comment y faire face, je me cloître chez moi, dans mon cocon, en priant pour que mes émotions fassent de même.

Alors que je rejoins Ramsès, qui a l'air de se débattre avec le vent, mon téléphone sonne. Je tente de m'emparer du boîtier, mais les moufles épaisses que je porte ne me le permettent pas. Je ronchonne et en retire une pour décrocher :

– Ne me dis pas que tout va bien. Je sais que c'est faux.

– Gauthier…

– Deux jours que tu ne vas pas au refuge, Amé ! Deux putains de jours. Ça ne t'est pas arrivé depuis…

– Depuis six ans, terminé-je à sa place.

– Alors, quoi ? C'est reparti ?

Je baisse les yeux sur mes pieds et joue avec la neige du bout de ma botte.

– J'avais besoin de faire le tri dans mes pensées.

– Et donc c'est bon, ton grand ménage est terminé ? Tu as tout rangé dans les bons cartons et refermé le placard ?

Je reste silencieuse alors qu'un minuscule sourire se forme sur mes lèvres.

– Non, parce que je te rappelle que l'on est en hiver et que le ménage de printemps, c'est dans plus de trois mois. Donc tu vas arrêter fissa de te morfondre et reprendre les rênes de ta vie.

– Oui.

– Oui ? Ça fait des années que tu attends une explication de la part de ce mec. Tu l'as eue. Tu veux quoi de plus ? Te repasser la scène en boucle n'y changera rien : le passé est passé, il faut te concentrer sur le présent, maintenant. Avance, bordel !

Ça, c'est ce qu'on appelle un vrai coup de pied au cul. Gauthier est un spécialiste en la matière. Après ma confrontation avec Victor, je l'ai tout de suite appelé pour chouiner comme une enfant. Il est venu immédiatement, en a profité pour me ramener ma mobylette, m'a écoutée patiemment et m'a laissé du temps, mais je crois que ma période de répit est terminée. Il m'aime, mais il ne faut pas déconner.

– Je retourne au refuge cet après-midi.

– Parfait.

Son ton formel me fait sourire.

– Je passerai te voir dans la semaine. Et en attendant, pas de coup de sang ni de coup de mou. Tu me tournes cette fichue page.

Je lève les yeux au ciel même s'il ne peut pas me voir.

– Promis. De toute façon, mes pensionnaires me manquent trop et je sais que Nathalie s'inquiète. Je ne peux pas jouer l'ours grognon indéfiniment.

– Tu es un magnifique petit ours, Amé, sache-le.

Je laisse échapper un rire et celui qui me parvient en retour me perfore la poitrine. J'ai de la chance d'avoir Gauthier dans ma vie.

***

– Ah ! Te revoilà parmi nous.

Driss me sourit derrière le comptoir d'accueil, et j'ai l'envie puérile de lui tirer la langue.

– Tu es libre ce soir ? enchaîne-t-il sans me laisser le temps de le saluer.

Persuadée qu'il me parle du refuge et du planning des gardes, je déclare :

– Oui, comme d'habitude.

– Parfait ! Alors, tu es mon invitée.

J'écarquille les yeux et me sens complètement idiote, d'un coup. Il parle évidemment du dîner que j'ai accepté de partager avec lui. Et je viens clairement de spécifier que je n'avais pas d'autre projet. Je n'ai donc plus de moyen de fuite. Je bafouille quelques mots inintelligibles et m'embourbe dans mon malaise.

– Euh…

– Ne stresse pas, Amé. Je ne t'emmène pas au bout du monde, OK ?

– Pardonne-moi, mais je ne pensais pas que tu étais si… pressé.

Bon sang, Amé, sois un peu civilisée, tu veux !

– Si tu préfères une autre date, je m'arrangerai, ne t'inquiète pas.

Je le scrute quelques secondes et toute l'empathie que j'ai pour lui ressurgit. J'ai accepté de dîner avec lui, et je ne me vois pas lui faire faux bond. Quand il faut y aller, il faut y aller ! Comme dirait

Gauthier, je dois avancer et ce dîner est un premier pas.

– Non, pas de souci. On se retrouve ici ?

Je me vois déjà arriver au restaurant à mobylette et mes aisselles se mettent à suer.

– Je pourrais passer te chercher chez toi.

Là, il entre clairement dans ma zone de confort. *Impossible !*

– Avec toute la neige qui est tombée ces derniers jours, la route qui mène à chez moi n'est pas vraiment praticable. Et je ne te parle même pas du chemin d'accès. Je préfère qu'on se retrouve au refuge, ça sera plus simple pour toi.

Je grimace et Driss, même s'il comprend mon subterfuge, a la décence de ne rien laisser paraître.

– OK, chuchote-t-il. 20 heures ici.

– Ça me va.

Il m'adresse un clin d'œil tandis que je vois Nathalie sortir des cuisines.

– Amélie ! s'exclame-t-elle en me rejoignant, la mine inquiète. Ne me dis pas que tu viens alors que tu as toujours ces foutues migraines !

– Non, la rassuré-je, tout va bien. C'est passé. Je suis désolée de m'être absentée.

– Ne dis pas n'importe quoi. Ta santé doit passer avant tout.

– Oui, mais ça vous fait plus de travail à tous, expliqué-je d'un ton contrarié. Pour me rattraper, je vais te remplacer aujourd'hui.

– Pas la peine. Victor prend ma place dès ce soir. Quel soulagement qu'il soit là, quand même. Il m'a dit qu'il en profiterait pour jeter un coup d'œil à la comptabilité en vue de la signature chez l'avocat la semaine prochaine.

Je fronce les sourcils en essayant d'ignorer la drôle de sensation qui m'assaille quand je comprends que je vais devoir passer la fin d'après-midi avec lui. Heureusement, Driss sera là aussi, ce qui m'évitera un malaise sans nom.

– Vous n'avez pas encore établi votre collaboration ? lui demandé-je en la suivant jusqu'à la machine à café.

– Non, me répond-elle. Victor a toujours autre chose à faire. Je ne te cache pas que j'ai hâte que toute cette paperasse soit derrière nous.

– J'imagine.

– Café ?

– Non, merci. Je vais aller déposer mes affaires et rendre une petite visite à Livi.

– OK, souffle-t-elle en passant une main dans ses cheveux. Driss doit recevoir la visite d'un couple pour une adoption, tu pourras gérer ?

– Évidemment, assuré-je en m'éloignant.

Je reprends mes marques. Tout ce que j'ai ruminé ces derniers jours n'est plus qu'un lointain souvenir, comme si le refuge était un pansement sur mes émotions un peu trop à vif. C'est en tout cas comme ça que je l'ai toujours vu et je suis ravie de constater que c'est encore le cas. Rien ni personne ne pourra me détourner de cet endroit que j'aime tant.

Je m'occupe des pensionnaires canins du refuge. Deux labradors ont été adoptés rapidement après leur arrivée et la cage reste à nettoyer. Accoutrée de mes bottes en plastique et d'une cotte de travail imperméable, j'entreprends de laver le sol au nettoyeur à haute pression. Le raffut de l'engin m'empêche d'entendre Victor approcher de moi. Quand il pose une main sur mon épaule, je me retourne, surprise, et l'arrose sans le vouloir.

– Tu m'as fait peur ! m'exclamé-je en guise d'excuse, une main sur le cœur.

– Éteins ton engin ! hurle-t-il pour se faire entendre.

Je fronce les sourcils et reviens sur terre au moment où je m'aperçois que ses chaussures et son jean sont complètement trempés.

– Tu pouvais pas faire attention ? me demande-t-il en lorgnant sa tenue qui dégouline.

Dans son ton, je ne ressens aucune animosité. Il vient en ami, à moi d'agir comme telle à mon tour. Je ne suis plus une enfant, la discussion que nous avons eue il y a quelques jours ne doit en rien déstabiliser notre entente ici. Je décide donc de m'excuser platement :

– Pardon, mais je ne t'ai pas entendu arriver.

– J'espère bien que tu n'as pas fait exprès, se marre-t-il.

Je reste immobile quelques secondes, ne sachant pas vraiment comment réagir. Il doit s'en rendre compte puisqu'il reprend :

– Y'a pas de pression entre nous, rassure-moi ?

Un minuscule sourire s'affiche sur son visage, et je le trouve craquant. Je secoue la tête pour me remettre les idées en place et réponds :

– Pas de pression. Enfin, à part là-dedans !

J'actionne le nettoyeur et Victor saute hors du box comme un cabri, de façon à se tenir éloigné de moi. Je souris encore un peu plus malicieusement et continue mon grand ménage. Dans ma poitrine, mon cœur cogne violemment.

– Ameéé ?

Je me retourne et le découvre, les mains autour de la bouche, en train de hurler mon prénom. Définitivement, aujourd'hui, il a l'air de vouloir faire la conversation. Il veut me dire quelque chose, mais je n'entends rien. Et j'essaie de ne pas me concentrer sur sa façon de bouger les lèvres, qui m'électrise.

J'éteins de nouveau mon engin et tends l'oreille.

– Pour l'aider.

– Quoi ? demandé-je en plissant les yeux.

– Driss voudrait que tu viennes l'aider pour le couple adoptant qui doit arriver dans quelques minutes.

J'acquiesce et me souviens de ce que Nathalie m'a dit. Pour autant, je n'en ai pas encore parlé avec mon collègue et ne sais rien de cette potentielle adoption. Sans un mot, j'enroule grossièrement le fil de mon nettoyeur autour du manche et le déplace sur le côté du box. Je terminerai ma tâche plus tard. Mes pensionnaires sont prioritaires.

Alors que je sors, Victor me regarde avec un sourire canaille aux lèvres.

– Quoi ?

– Rien.

– Va au bout de ta pensée, dis-je en plissant les yeux, faisant mine d'être fâchée.

Quand son regard se pose sur ma bouche, mon crétin de cœur recommence sa cavalcade dans ma cage thoracique. Bon sang, faites que j'oublie que cet homme a un jour laissé son empreinte sur moi.

– Tu es jolie comme tout avec ta cotte et tes bottes.

Dans la bouche de Victor, je ne prends pas ça comme une moquerie.

– C'est mieux que des escarpins.

Je fais référence à notre rencontre avec Laurine sur le parking du supermarché. Il le comprend tout de suite et éclate de rire.

– J'avoue volontiers que je trouverais ça sexy, mais très bizarre.

– On est d'accord, dis-je en riant à mon tour.

Ai-je bien entendu ? Victor me trouverait sexy en escarpins ?

CHAPITRE 30

VICTOR

L'Onyx est bondé comme un jour de match. Je me fraie un chemin parmi les tables pour retrouver Guillaume, qui m'attend, déjà accoudé devant une bière. Quand je m'installe face à lui, son sourire espiègle m'accueille.

– Holà, monsieur le PDG ! Comment tu vas ?

Je secoue la tête et défais mon blouson.

– Bien. Et toi ?

– Mis à part qu'une de mes employées vient de me lâcher, ça va !

– Mince. Ça va aller ?

L'affaire de Guillaume est prospère et je sais qu'il tient beaucoup à ses salariés.

– Oui, oui… C'est juste que je n'ai plus personne pour gérer ma seconde agence et que je suis fatigué d'avance de savoir que je vais devoir faire les allers retours.

– Tu vas passer une annonce pour recruter ?

– Oui. Je devrais vite trouver, le boulot ne court pas les rues par ici. Après, encore faut-il que j'embauche quelqu'un de compétent.

– Pas facile.

– Tu l'as dit, me répond-il en souriant.

Je commande un jus de fruit au barman qui me salue avant de passer au sujet m'amenant ici ce soir.

– Toi qui es à la tête de plusieurs agences, tu connais un peu ce qui touche aux statuts de société ?

Guillaume prend une gorgée de sa bière avant de me répondre.

– Toi, tu as quelque chose en tête.

– Réponds à ma question.

– Oui, même si les lois françaises sont compliquées, lire des statuts, j'ai l'habitude. Je peux aussi te conseiller mon comptable. Il est hyper-efficace.

Je secoue la tête en me recalant dans mon siège.

– J'aurais juste besoin de l'avis d'un ami.

– Tu seras ravi de savoir que je suis ton homme, alors, me dit-il en levant sa pinte vers moi.

– Cool.

– Tu en es où dans tes galères de société, justement ?

Je soupire et me frotte les cheveux d'une main.

– Nulle part. Je repousse la signature avec Nathalie, mais je vois bien qu'elle s'impatiente.

– Pourquoi tu reportes, alors ? Tu as changé tes plans ?

Je grimace. Guillaume comprend que quelque chose me chagrine.

– Les remords sont devenus plus forts.

– Tu as compris.

– Je m'en doutais un peu, me dit-il en se penchant un peu plus vers moi. L'autre fois, tu semblais un peu paumé.

– Et je le suis toujours. J'aimerais vraiment m'investir dans ce refuge sans que mes soucis l'éclaboussent. Mais je veux aussi sauver ma société…

– Choix cornélien.

– Oui. Mais j'ai justement une idée, et c'est là que tu vas m'aider.

– Ça concerne les statuts ?

– Oui. L'exclusion d'un associé, c'est possible, à ton avis ?

– Si les statuts le prévoient, évidemment. Il faut juste que la clause ait été inscrite noir sur blanc dès le départ, me dit-il.

J'acquiesce d'un air satisfait. Alors que je suis sur le point de rebondir à cette annonce, les yeux de Guillaume se dirigent vers la porte du bar. Un courant d'air glacé me frôle l'échine. Quand je tourne la tête à mon tour, je vois Pierre et Tomas entrer.

– Eh, les gars. Alors comme ça, vous buvez des verres sans nous ?

Guillaume les invite à nous rejoindre. Tomas ne se fait pas prier et Pierre enchaîne :

– Je ne reste pas très longtemps, ma femme m'attend pour dîner.

Nous acquiesçons et Tomas reprend :

– Alors, monsieur le cachottier, on reprend le refuge et on ne dit rien, me lance-t-il.

Je souffle. La nouvelle s'est répandue rapidement après que j'en ai touché un mot à la mère Monestier. Raison de plus pour ne pas tourner le dos à Nathalie à la dernière minute. Il va donc falloir que je trouve une solution pour m'associer avec elle sans que cette collaboration repose sur un mensonge.

– Oui, confirmé-je en souriant pour masquer mes problèmes. C'est une bonne cause pour revenir aux sources, non ?

Pierre et Tomas acquiescent.

– Mais carrément, s'exclame le second. On va pouvoir se retrouver comme avant.

– Au fait, j'ai croisé Laurine, hier. Elle m'a dit que vous vous étiez rencontrés, enchaîne Pierre.

Je hoche la tête.

– Elle proposait qu'on prenne un verre tous ensemble à l'occasion.

– Pourquoi pas ? répond Guillaume. Ça fait longtemps.

Je souris pour tenter de masquer ce que je pense vraiment. *Ai-je envie que tout redevienne comme avant ?* Certainement pas.

– Elle m'a d'ailleurs fait plein de compliments à ton sujet, mon salaud ! commente Pierre en jouant avec ses sourcils comme un gamin et en frappant mon épaule du poing.

Mes potes explosent de rire. Laurine est certes devenue une femme extrêmement jolie, mais elle ne m'intéresse pas. Mes amis partent dans une vive discussion à propos de toutes les jolies filles qui nous couraient après au lycée. Je les écoute sans pouvoir m'empêcher de me sentir étranger à leur propos.

Alors que je m'apprête à me lever pour aller commander une bière, Tomas déclare soudain :

– Ah ben en parlant des filles du lycée et de rencard…

Nous fronçons les sourcils, ne comprenant pas ce qu'il veut dire. Il nous fait un signe du menton vers l'entrée du bar. Amélie vient d'en franchir la porte, accompagnée de Driss. J'ai appris à connaître le bénévole et il semblait très sympa. Jusque-là. *Ce fameux dîner…*

Ce qui se passe dans ma poitrine ne me rend pas fier. Je n'ai aucune raison valable d'avoir le cœur qui bat un peu trop vite. Amélie fait bien ce qu'elle veut de sa vie. Elle le mérite d'ailleurs. Cependant, je ne peux pas m'empêcher de me souvenir que je suis probablement le dernier homme à avoir posé les lèvres sur les siennes. *Sors-toi ça de la tête, bon sang !*

Alors que je reporte mes yeux sur mon verre, je sens le regard insistant de Guillaume qui me scrute. Personne ne pipe mot jusqu'à ce que Pierre enchaîne :

– Elle est bien bonne, celle-là. Un mec a réussi à la faire sortir de sa forêt. Putain, je crois que nous aurons plus de neige à Noël que les autres années.

Tomas éclate de rire, tandis que dans ma poitrine une colère sourde monte progressivement. *N'ont-ils donc pas évolué depuis le lycée ?*

Je hausse les épaules comme si je me désintéressais totalement de la scène, alors que j'ai encore les yeux rivés dessus. Amélie semble tendue, mais elle sourit à Driss, qui tire sa chaise comme un gentleman. Tandis qu'ils s'asseyent tous les deux à une petite table tout près du bar, la serveuse leur apporte les cartes.

Amé porte un jean banal et un petit pull rose qui met ses courbes en valeur. Ses cheveux bruns sont remontés en un chignon haut plus travaillé que d'habitude. Elle est magnifique.

– Victor ?

Je sursaute un peu quand Guillaume prononce mon prénom, et dans ses yeux rieurs je vois qu'il se moque intérieurement de moi.

– Oui ?

– Une autre tournée ?

Pierre, que je n'ai pas vu se lever, attend ma réponse. Il ne semble pas s'être rendu compte de mon malaise. Comme si ce pari d'il y a six ans n'avait rien changé pour eux. Et c'est certainement le cas. Ça paraît fou, mais nous n'avons jamais parlé de cette époque.

– Non, merci je ne vais pas tarder.

Guillaume pince les lèvres comme s'il se retenait de dire quelque chose. Tomas énonce qu'il est partant et Pierre se dirige vers le bar pour commander.

Mes deux acolytes continuent leur conversation, mais je n'y suis plus. Mon esprit est concentré sur cette table juste derrière moi. *Mais qu'est-ce qui m'arrive ?*

– Qu'il est con, ce mec !

Tomas me sort de ma transe. Je reporte le regard vers le bar. Pierre est tourné vers la table de Driss et Amélie et, à voir les yeux écarquillés de cette dernière, je devine ce qu'il est en train de faire. Tomas ricane, Guillaume se tait.

– Il ne peut pas arrêter de l'emmerder, sérieux ? grogné-je en tentant de contrôler ma colère.

– C'est de la taquinerie, rien de plus, se justifie Tomas.

– Sauf qu'on n'a plus quinze ans, dis-je, les dents serrées.

Tomas plisse les yeux dans ma direction.

– On n'en pincerait pas un peu pour la fille Monestier ? me charrie-t-il.

N'ayant aucun compte à rendre à personne, je hausse les épaules.

– Je bosse avec elle.

– Mmm…

– Quoi ? l'interrogé-je en plantant mon regard dans le sien alors que Guillaume se redresse sur sa chaise. Vous voulez qu'on parie encore ?

Tomas esquisse un léger mouvement de recul.

– Pas la peine de t'énerver mec, je disais ça comme j'aurais dit autre chose.

– Évidemment, déclaré-je brusquement.

Une ambiance lourde s'abat sur notre table. Je souffle et avale la fin de ma boisson. Pierre arrive vers nous, tout sourire, deux verres à la main.

– C'est qu'elle a du répondant, la petite sauvage…

Je ne le laisse pas terminer sa phrase.

– Mes parents m'attendent. Je me casse, déclaré-je en me levant.

Pierre paraît surpris et je vois Tomas secouer la tête.

– Attends, mec, reste un peu.

Je ne l'écoute pas. Il est hors de question que je reste avec ce genre de mecs, qui n'ont rien d'autre à faire que juger les gens et les dénigrer. Adolescent, ça m'emmerdait déjà au plus haut point, mais je n'avais pas la maturité pour y faire face. Aujourd'hui, je n'ai plus aucune raison de supporter ce genre d'inepties.

Je plaque un billet de vingt euros sur la table en bois, et je croise le regard de Guillaume qui hoche la tête à mon attention pour me signifier qu'il comprend.

– À plus tard, les gars.

Sans me retourner, je rejoins la sortie du bar, en essayant de ne jeter aucun regard vers la table où Amélie semble passer un bon moment avec un homme. Un autre que moi. *Suis-je jaloux ?* Complètement.

CHAPITRE 31

AMÉLIE

Quand j'ai compris que Driss m'emmenait dîner dans le seul bar brasserie du village, mon visage a dû passer par toutes les couleurs. Vu le sourire de mon collègue, je n'ai pas eu à cœur de lui dire de faire demi-tour, pourtant ce n'est pas l'envie qui m'en manquait. J'ai bien pensé prétexter une migraine – je crois que je n'en aurais jamais eu autant en si peu de temps –, mais je me suis forcée à lutter contre mes appréhensions.

Assise à la table en face de Driss, j'essaie de ne pas regarder autour de moi. L'Onyx est bondé, et je sens clairement la crise de panique me gagner. Des tonnes de questions m'assaillent. Suis-je assez habillée ? Bien coiffée ? Que vont penser les gens qui me connaissent de près ou de loin à l'idée que je vienne ici en compagnie d'un homme ?

C'est tellement plus facile de venir ici avec Gauthier, sans me prendre la tête avec ce genre de questions. Plus facile de jouer à l'asociale, comme ils se plaisent tous à m'appeler, et de rentrer dans leur jeu pour qu'ils se taisent. C'est ce que je fais depuis des années et ça me convient très bien. Cependant, là, c'est différent.

Je tente de me concentrer sur le sourire bienveillant de Driss, qui accepte la carte que la serveuse vient de lui tendre. Soudain, ma nuque me picote et mes poils se hérissent sur mes bras. Je tourne légèrement la tête, et croise le regard de Guillaume, assis un peu en retrait du bar. Je lui adresse un petit sourire et pousse presque un soupir de soulagement. Guillaume est un gentil garçon, c'est lui qui m'a aidée à racheter le chalet du père Grégory. À l'époque, il a même fait des pieds et des mains pour trouver les entreprises adéquates afin de réhabiliter la bâtisse. Je balaie des yeux la table à laquelle il se trouve, et mon corps se crispe tout entier. Avec lui, sont attablés Tomas, Pierre et Victor. *Ne regarde pas vers eux, Amé ! Concentre-toi sur Driss.*

Dans ma tête, mille scénarios se jouent. J'imagine déjà ma mère débarquer pour me féliciter d'être enfin une « fille normale ».

– Tu veux prendre un apéritif avant ou on passe tout de suite au plat ?

J'écarquille les yeux. Driss doit prendre ça pour une réponse puisqu'il enchaîne :

– Alors, plat direct. Ça me va !

Je souffle légèrement et lui souris en acquiesçant. Je me détends un peu en voyant que le ciel ne me tombe pas sur la tête, et commence à étudier la carte qui ne propose que peu de choix. Après m'être décidée pour le menu du jour, je relève mes yeux, et ces traîtres vont directement se poser sur le dos de Victor. Il parle avec ses amis et j'ai comme une impression de déjà-vu. Combien de fois ai-je assisté à ça ? Des centaines. Victor accompagné de ses amis et moi, en arrière-plan, frustrée de ne pas pouvoir être avec lui.

Pierre se lève et s'approche du bar. Je hais ce mec. Il est puant et hautain à souhait. Son regard capte soudain le mien et un sourire hypocrite vient étirer ses joues creuses.

– Amélie Monestier ? Quelle surprise !

On dirait un vieil ami ravi de me voir. Driss se tourne vers lui, tout sourire, tandis que je me prépare mentalement à devoir l'envoyer paître.

– Pierre Dussault, m'exclamé-je en posant la carte que j'avais encore entre les mains et en plaquant un sourire faux sur mes lèvres. Toi, encore ici ?

– Tu sais mieux que personne que c'est le refuge des gamins du pays.

– Évidemment, dis-je, les dents serrées.

– Tu es accompagnée ? Bonsoir, salue-t-il Driss qui répond à sa poignée de main. Je suis un vieil ami de lycée d'Amélie.

Je lève les yeux au ciel en l'entendant débiter cette bêtise. Nous n'avons jamais été amis. Il est de loin celui qui m'a toujours le plus emmerdée.

– Enchanté, je suis un collègue d'Amélie, au refuge, se présente Driss.

Tout d'un coup, j'ai envie de protéger le peu de vie sociale que j'ai. Driss, malgré ses vaines tentatives pour me séduire, est quelqu'un de bien, et je n'ai pas la moindre envie que ça s'arrête ou qu'il me voie autrement. Comme il vit de l'autre côté de la plaine, il n'a aucune idée du fait que je suis la risée de ce village depuis mon plus jeune âge.

– Tu as réussi à descendre de ta montagne avec toute cette neige ? reprend Pierre à mon attention.

J'ose un sourire mielleux et le fusille du regard en sachant pertinemment où il veut en venir.

– Je ne suis pas venue en luge, si c'est ce que tu cherches à savoir.

– Évidemment, ricane-t-il. Quoique, on m'a dit que tu conduisais le vieux bolide du père Grégory, en ce moment. Finalement, le chalet qu'il t'a gentiment vendu doit être fait pour des gens comme vous.

– Des gens comme nous ?

– Oui, me répond-il avec un sourire que j'ai envie de lui faire ravaler. Des gens un peu… revêches ?

Les yeux de Driss s'arrondissent de stupeur. Il ne doit pas comprendre ce qu'il se passe. La colère doit se lire sur mon visage, mais je fais tout pour ne pas satisfaire ce gros con car m'énerver est exactement ce qu'il cherche.

– Quand arriveras-tu à me foutre la paix, Pierre ? enchaîné-je d'un ton neutre.

Il paraît surpris par ma question, alors j'en rajoute une couche :

– Non, parce que dès que tu me vois dans les parages, il faut que tu m'abordes. Si tu es intéressé, je suis désolée, mais ce n'est pas mon cas. Rappelle-toi que les loups-garous revêches ne fricotent pas avec les agneaux sans cervelle.

Mes joues doivent être cramoisies, mais ma tirade me fait un bien fou. Driss m'observe comme s'il ne m'avait jamais vue, et Pierre me scrute d'un regard noir. J'attends sa repartie, en me faisant la réflexion que, finalement, son petit jeu m'amuse plutôt bien.

– Je retourne donc avec ma bande d'agneaux, finit-il par débiter, déstabilisé. Pas d'inquiétude, elle aboie beaucoup, mais elle ne mord pas, termine-t-il en direction de Driss qui hausse les sourcils. Bon appétit, les tourtereaux.

Il m'adresse un clin d'œil et repart en direction du bar. Je souffle un grand coup quand Driss me dit :

– Sympa, ton *ami*.

Il appuie sur le mot ami, ce qui me pousse à rire.

– Tu auras compris qu'il est loin de l'être.

– Tu veux que l'on aille ailleurs ? Je pensais que c'était mieux pour toi, puisque tu connais le village, mais *a priori* je me suis trompé.

– Non, non, pas de souci. On commande ?

Je passe les minutes qui suivent à tenter de ne pas regarder vers la table de Victor où je sais pertinemment que Pierre est assis. Mon cœur caracole comme un cheval fou dans ma poitrine. Les choses n'ont guère changé. Les mêmes regards curieux, les mêmes réflexions vaseuses… Je hais les conflits, mais je déteste encore plus la méchanceté gratuite, et ça me mine de voir que même une fois adultes, certaines personnes ont encore ce genre de comportement.

La soirée reprend son cours. Je parviens à retrouver un semblant de calme quand je vois que plus personne ne fait attention à moi. Les montagnes sont toujours à leur place et n'ont pas tremblé. Driss commence à me parler de son amour pour les animaux. Il a choisi mon sujet de prédilection pour me faire sourire. Je ne dirais pas que mon collègue me plaît car ce n'est pas le cas, mais passer ce moment avec lui n'est pas désagréable.

Les quelques aventures amoureuses que j'ai pu avoir n'ont laissé que peu de traces dans ma petite vie bien orchestrée. J'ai toujours tenu les hommes loin de celle que je suis vraiment. Il n'y en a qu'un qui a véritablement connu celle que je suis au fond, et il se trouve à seulement quelques mètres de moi.

D'ailleurs quand je relève la tête, je le vois se lever brusquement et grogner quelques mots à ses amis. Au moment où il enfile sa veste et passe entre les tables pour regagner la sortie, il ne semble pas me voir, et je baisse le regard. Non, en effet, rien n'a changé. La Amélie transparente est toujours là. Je crois que cette étiquette me collera à la peau toute ma vie, elle est de celles que l'on gratte des heures du bout de l'ongle, mais que l'on n'arrive jamais à faire disparaître.

Assise dans la voiture de Driss, j'appréhende le moment où il va me déposer chez moi. Pas parce que je vais me retrouver seule – je ne le serai d'ailleurs pas puisque Brahms et Ramsès seront là pour me faire la fête –, mais car je crains que mon collègue tente une approche.

– Merci d'avoir accepté de passer cette soirée avec moi, souffle-t-il justement alors que nous sommes silencieux depuis un moment.

Je lui souris de manière crispée et hoche la tête.

– C'était sympa, continue-t-il.

Comment vais-je me sortir de là ? Et s'il me demande un deuxième rencard, vais-je réussir à décliner sans le blesser ?

– Ne t'inquiète pas, Amélie. Je sens bien que le contact ne passe pas entre nous. Du moins, pas comme je l'aurais espéré. Et c'est OK. Je ne voudrais juste pas que nos rapports deviennent bizarres au refuge. On reste amis ?

Cette fois, un sourire sincère étire mes lèvres.

– C'est moi qui te remercie, soufflé-je. De comprendre. Moi aussi, j'ai trouvé cette soirée avec toi sympa. Mais…

– Mais ça n'ira jamais plus loin. Ton cœur ne bat pas pour moi, constate-t-il sans en paraître blessé.

– Ça n'enlève rien au fait que tu es un mec génial. Et bien sûr, pour rester amis ! je lui réponds.

Je vois le soulagement se peindre sur son visage quand il entend ces mots. Il éteint le moteur de la voiture à l'entrée de mon allée, ouvre sa portière, fait le tour jusqu'à la mienne, qu'il fait tourner prestement sur ses gonds, et me tend la main pour m'aider à en sortir.

– Je te dis à très vite, amie !

– À très vite, Driss.

CHAPITRE 32

VICTOR

– Je ne suis pas d'accord avec toi.

Mon ton est sec et je suis d'une humeur de chien. Julien doit le sentir au bout du fil. Je m'étais promis de ne plus répondre à ses appels, mais après qu'il a tenté de me joindre au moins une dizaine de fois hier pendant que j'étais au bar, j'ai décidé de le rappeler ce matin et de mettre les choses au clair avec lui.

– Comment ça, tu n'es pas d'accord ? répond-il sur le même ton condescendant.

Je ferme les yeux et souffle un bon coup pour ne pas l'envoyer paître. Malgré tout, je lui dois bien quelques explications sur mon silence depuis près d'un mois.

– Je ne signerai pas avec le refuge pour sauver JVM.

– Pardon ? Mais attends, c'était le plan et…

– Ce n'est plus d'actualité.

– Tu ne peux pas faire ça.

– Ah oui ? Et pourquoi ? Tu ne t'es pas gêné, toi, pour nous planter un couteau dans le dos.

– Ça n'a rien à voir ! s'exclame-t-il en perdant patience. J'ai fait ça au profit de la société.

J'émets un rire sans joie et me cale un peu mieux dans le grand fauteuil du salon de mes parents, qui fait face à la cheminée.

– On voit où ça nous a menés, ta super idée.

– Je ne sais pas si Max te l'a dit, mais le journaliste devrait cracher son venin dans les journaux d'ici quelques jours.

– Eh bien, trouve une solution pour empêcher ça. Après tout, tu n'étais pas à court d'idées pour maximiser les profits en dépit de toute éthique.

– La solution, on l'a trouvée ! s'emporte-t-il. Montrer patte blanche en investissant dans un refuge pour animaux ! On peut savoir pourquoi tu pars en vrille depuis que tu es reparti dans ta fichue cambrousse ?

– Je ne veux plus rien avoir à faire avec toi, asséné-je en retour. Ni dans JVM ni dans aucune autre boîte.

Il éclate d'un rire mauvais.

– Ah oui ? Et ton argent, tu vas le trouver comment sans mon aide ?

– Je pourrai m'en passer, crois-moi.

– JVM est peut-être ton idée, mais nous sommes trois associés. Quand le scandale éclatera, tu seras tout aussi éclaboussé que moi.

– Je n'ai jamais dit le contraire. Mais quoi qu'il arrive, je ne veux simplement plus être lié à toi.

Je me demande comment nous avons pu en arriver là, tous les deux. L'argent et le succès font tourner les têtes. Cet adage ne m'a jamais paru aussi vrai qu'en ce moment.

– Vu qu'on ne peut pas compter sur toi, je vais me débrouiller pour sauver nos fesses à tous.

Je ris un peu et rajoute d'un ton calme :

– Les tiennes, surtout. Ne t'inquiète pas, on réussira à sauver les nôtres par nous-mêmes, ne te donne pas trop de mal.

Un soulagement inattendu se loge dans ma poitrine. Après avoir formulé à voix haute mon refus de m'engager avec Sauv'Anim pour de mauvaises raisons, je me sens plus léger. Je n'ai plus qu'à mettre mon plan en action en priant pour que les choses se déroulent le mieux possible. Les dégâts seront inévitables, mais au moins je pourrai encore dormir sur mes deux oreilles en sachant que je n'ai trahi personne.

– Va te faire voir ! éructe-t-il au bout du fil. Ne crois pas que je me laisserai accuser sans réagir.

Quelles que soient ses menaces, elles n'ont pas de prise sur moi. J'ai perdu suffisamment de temps avec lui.

– Tu recevras sous peu une proposition par mail. Je te laisse la lire et me donner ton accord dès que possible. Je pense qu'il est mieux pour toi de l'accepter que d'essayer de jouer car tu perdras.

– De quoi tu parles, bon sang ?

– Tu auras de mes nouvelles très vite. Sur ce, je te laisse.

– Victor, attends !

Je raccroche avant qu'il puisse continuer à me prendre la tête. Je pose mes coudes sur mes genoux et inspire un grand coup. La machine est lancée et il n'y a plus qu'à prier pour que cette fameuse clause d'exclusion soit bien inscrite aux statuts de la société. Sans ça, mon plan ne tient pas la route.

– Nathalie, on peut se voir ?

Tout de suite après avoir raccroché avec Julien, j'ai décidé de me rendre au refuge, même si je n'étais pas censé y passer aujourd'hui. Nous avons rendez-vous chez le notaire la semaine prochaine, juste avant Noël, et j'aimerais pouvoir m'expliquer avec Nathalie avant.

La gérante se tourne dans ma direction alors que je porte encore mon blouson.

– Oh ! Je suis désolée Victor, mais une chienne est en train de mettre bas et je dois aider Amélie et Driss, me dit-elle précipitamment.

Elle est essoufflée et paraît pressée. Je ne pose pas plus de questions, et lui fais un signe de tête pour lui faire comprendre qu'elle peut s'éclipser sans souci. Je dépose ma sacoche dans l'entrée et la suis dans le dédale de couloirs qui mène au box de la chienne concernée.

La porte métallique de ce dernier est grande ouverte et, assise à terre, Amélie lui murmure des mots doux tout en la caressant. À ses côtés, Driss attend, visiblement dans le même état que Nathalie. Le docteur Stein, que j'ai déjà rencontré, fait claquer des gants bleus sur ses poignets comme dans les blocs opératoires. *Mais qu'est-ce qui se passe ici ?*

Je jette un coup d'œil inquiet à Nathalie, qui se place près de moi et m'explique rapidement.

– Étéa est une jeune chienne arrivée il y a peu de temps. Les propriétaires nous l'ont laissée pour cause de déménagement alors qu'elle était déjà prise. Malheureusement, les chiots se présentent mal et elle semble rencontrer des difficultés pour sortir ses petits. Amélie l'a retrouvée tremblante et agonisante ce matin. Après plusieurs heures, le vétérinaire a préféré se déplacer et le pronostic n'est pas bon. Les contractions sont à l'arrêt et elle commence à être épuisée.

– Mais pourquoi ne pas l'avoir amenée directement à la clinique vétérinaire ? la questionné-je à voix basse. On ne fait pas de césarienne, dans ces cas-là ?

Le médecin a dû m'entendre car il se tourne vers moi en grimaçant.

– Malheureusement, l'inertie de l'utérus est fréquente dans la mise bas des chiennes. Mais cette fois tout est allé beaucoup trop vite, vu son jeune âge, et je dois intervenir rapidement. Nous n'avons plus le temps de l'amener à la clinique.

À ce moment, mon regard croise celui d'Amélie. Son visage affiche une profonde tristesse, ce qui me serre le cœur. Elle est si proche des animaux qu'elle prend chaque difficulté qu'ils affrontent très à cœur. Et je déteste la voir ainsi. Un minuscule sourire étire ses lèvres à mon attention et je le lui rends alors qu'elle se concentre de nouveau sur la jeune chienne.

Comprenant que je ne serai pas d'une grande utilité, je préfère m'éclipser et les laisser gérer. Je ne voudrais pas devenir un poids dans cette situation complexe. Je préfère aller prêter main-forte ailleurs pour les soulager.

– Alors ? demandé-je, un poil stressé quand Nathalie et Driss reviennent à l'accueil où j'ai reçu quelques personnes depuis plus d'une heure pour les renseigner sur les adoptions.

Nathalie secoue la tête et pince les lèvres tandis que Driss paraît un peu ailleurs. Quand je comprends qu'Étéa n'a pas survécu, un pincement se fait ressentir dans ma poitrine. Nathalie reste silencieuse et part en direction des cuisines tandis que Driss s'accoude au comptoir et soupire :

– Quelle journée !

Je fais la moue et secoue la tête.

– La perte d'un animal, c'est toujours compliqué.

– Tu l'as dit.

– Comment va Amélie ?

Le jeune homme baisse le regard.

– Pas très bien. Elle aime chaque pensionnaire comme si c'était son animal, alors tu imagines qu'elle ne respire pas le bonheur.

J'acquiesce avec la furieuse envie d'aller la retrouver, mais elle doit être encore avec le vétérinaire et je préfère ne pas la déranger. Le silence s'étire entre le jeune bénévole et moi. Comme si les mots n'étaient pas nécessaires, ou pas assez forts.

Je soupire et range les quelques papiers qui traînent sur le comptoir. À cet instant, la clochette retentit.

– Salut, les gars !

Isabelle déboule au refuge, et malgré la tristesse du moment, son sourire apporte un vent de fraîcheur dont on a bien besoin.

– Salut Isa, la salue Driss.

– Vous en faites, une sacrée tête, qu'est-ce qui se passe ? demande-t-elle en se positionnant à côté de son collègue.

Celui-ci hausse les épaules tandis que je lui dis :

– Une jeune chienne vient de mourir en mettant bas.

– Étéa ?

J'acquiesce et Isabelle se pince les lèvres. Ses yeux s'emplissent de larmes et mon cœur se serre une seconde fois. Je ne connais pas bien les bénévoles du refuge, mais leur bienveillance envers les animaux me touche au plus haut point. Ils n'ont pas oublié les valeurs essentielles de la vie.

La jeune femme secoue un peu les épaules comme pour se débarrasser des mauvaises ondes et reprend :

– C'est affreux. C'est la première fois que je dois faire face à ça ici.

– On ne s'y habitue jamais vraiment, déclare Driss, le regard dans le vide.

Derrière nous, Nathalie réapparaît, les yeux légèrement rouges. Son silence depuis tout à l'heure doit être sa façon à elle de gérer le deuil. Elle esquisse un sourire sans joie dans notre direction.

– Bonjour Isa. Les garçons ont dû te dire qu'Étéa nous avait quittés…

La jeune femme acquiesce.

– Le docteur Stein va s'occuper de tout, mais il serait bon que l'on reste tous ici aujourd'hui pour s'occuper des pensionnaires. On va faire un point sur les rendez-vous programmés avant Noël et chouchouter encore plus nos petits protégés. Driss, les chiots auraient besoin que l'on nettoie leur box rapidement, tu peux t'en occuper ?

– Évidemment, répond celui-ci en se dirigeant immédiatement vers l'aile leur étant réservée.

– Isabelle, je peux te demander de distribuer les repas des chats ? Je vais avoir besoin d'Amélie pour gérer la paperasse avec le docteur Stein concernant le départ d'Étéa.

Nathalie a de la poigne. Avec elle, tout est organisé et fonctionne comme sur des roulettes.

Sous sa silhouette fragile, elle cache un caractère de leader que j'apprécie fortement.

– Nous avons mis en place un rituel pour Noël, m'explique-t-elle quand son regard se pose sur une grosse boîte décorée de papier brillant. C'est le Secret Santa du refuge. Le tirage au sort est anonyme. Tu n'as plus qu'à tirer un papier pour savoir à qui offrir un petit cadeau.

– C'est une excellente idée. Ça va nous mettre un peu de baume au cœur.

– Oui. J'espère… Merci d'avoir géré l'accueil, tu n'étais pas obligé.

– C'est normal, affirmé-je en haussant les épaules. Est-ce que je peux faire autre chose ?

– Non, soupire-t-elle. Je vais aller retrouver le vétérinaire. D'ailleurs, tu voulais me parler, tout à l'heure ?

Cela ne me semble pas être le moment idéal pour lui dire que je souhaite changer quelques détails à ma prise de parts dans sa société. Je crois qu'elle n'a pas besoin de ça aujourd'hui. Je botte donc en touche.

– Rien d'important, on y reviendra plus tard.

– C'est d'accord.

Alors qu'elle s'apprête à partir, elle s'immobilise et se tourne vers moi :

– Victor ?

– Oui ?

– J'ai vu Amélie sortir par la porte de derrière. Tu ne voudrais pas aller voir si elle va bien ? Je dois discuter avec le vétérinaire et je sais que ce genre de choses l'affectent particulièrement. Je pense que ta présence pourrait lui faire du bien.

Je fronce les sourcils puis acquiesce. Nathalie me remercie d'un regard puis s'éclipse. Suis-je réellement la bonne personne pour consoler Amélie ? Je ne me pose pas plus de questions et saisis ma doudoune. Si elle a besoin de moi, cette fois, je serai présent.

CHAPITRE 33

AMÉLIE

La neige tombe sans discontinuer. Je suis frigorifiée, mais le froid n'arrive pas à anesthésier ma tristesse. Étéa vient de partir, et même si j'ai déjà vécu plusieurs fois le deuil d'un de nos pensionnaires, c'est toujours aussi difficile. On ne s'habitue pas à des départs aussi brutaux. Chez Sauv'Anim, nous avons à cœur de faire en sorte qu'ils soient joyeux. Que nos protégés retrouvent une famille et une tonne d'affection.

J'ai eu besoin de prendre l'air après avoir aidé le docteur Stein avec les chiots tout juste nés. J'ai enveloppé le corps encore chaud de la chienne dans une énorme couverture fourrée qu'elle emportera dans son dernier voyage.

Je rejoins le banc près de l'enclos des poneys. La neige glacée craque sous mes bottes. Noël est dans moins d'une semaine, pourtant je ne m'en réjouis pas. Je n'aime pas cette fête. Parce que l'hypocrisie qu'elle crée entre les gens – du moins ceux qui m'entourent – m'est insupportable. J'ai hâte que l'année prochaine commence, symbole de renouveau.

Les yeux dans le vague, je dresse rapidement dans ma tête le bilan de celle qui vient de s'écouler. Pas grand-chose de neuf avant ces dernières semaines qui ont tout chamboulé. Le vide dans mon cœur n'est toujours pas comblé. Le besoin d'affection est bien présent, comme à son habitude.

Je lève le nez vers le ciel, ferme les yeux et respire un grand coup, permettant à mes poumons d'accueillir cet air vivifiant qui me fait un bien fou. Soudain, un jappement me fait rouvrir les paupières, et mon regard se pose sur Livi qui arrive sur moi telle une tornade. D'abord, je fronce les sourcils, me demandant comment elle a bien pu s'échapper de son box, puis un sourire étire mes lèvres quand elle vient appuyer son museau contre mes jambes.

– Qu'est-ce que tu fais là, ma lutine ? demandé-je en lui grattant l'arrière des oreilles.

En guise de réponse, elle pose ses deux pattes avant sur mes genoux et m'accorde une léchouille sur le dessus de ma main frigorifiée. Je la regarde faire en riant.

Une voix rauque retentit soudain, me prenant par surprise :

– Je savais qu'elle réussirait à te faire sourire.

Victor se plante juste devant moi. Emmitouflé dans son blouson fourré, les cheveux légèrement décoiffés, les joues rosies, il est beau à tomber. Il ne porte ni bonnet ni gants et semble avoir très froid. Pourtant, il est là. Et il a même pensé à amener Livi au passage. Mon cœur se gonfle un peu à cette attention. Je le regarde d'un drôle d'air, mais il n'a pas l'air de s'en formaliser. Il s'assied à mes côtés sans hésitation.

Livi part s'amuser dans la neige, elle fait des cabrioles qui envoient voler la poudreuse jusqu'à nous.

– Je suis désolé pour Étéa, chuchote Victor en fourrant ses mains dans ses poches.

– Tu n'as pas à l'être. Même si je n'aime pas cette expression, on peut dire que « c'est la vie ».

– Tu ne crois pas au destin ? me demande-t-il en tournant le visage vers moi.

Je plante mes yeux dans les siens. Il est si proche de moi que je peux sentir son souffle chaud caresser ma peau.

– Je crois surtout que notre façon de nous comporter impacte directement notre vie.

Je soupire un grand coup. Quelques longues secondes passe entre nous. Plus loin, Livi a le museau plein de neige et jappe après les flocons qui lui tombent sur le poil.

– Amélie, je voulais te dire, pour l'autre fois…

– Ne termine pas cette phrase, s'il te plaît.

C'est plus fort que moi, je n'ai pas envie d'entendre des excuses de sa part concernant notre baiser ou tout ce que l'on s'est avoué. Pas aujourd'hui.

– Il va pourtant falloir qu'on en parle.

– De quoi, au juste ? soufflé-je d'un air las.

– De ce baiser et de tout ce qu'on s'est jeté à la figure il y a quelques jours. Tu ne crois pas que les non-dits ont assez duré ?

Je respire un grand coup et l'air glacé vient brûler mes poumons.

– Oui, ça a assez duré, tu as raison. Mais y a-t-il vraiment besoin d'ajouter quoi que ce soit ? dis-je en me tournant vers lui.

Nous sommes si proches que j'ai la furieuse envie de me blottir contre lui et de sentir sa chaleur. Au fond, si c'est ce qu'il veut savoir, je lui ai pardonné. J'ai nourri ma rancœur pendant des années, mais sa présence ici a tout fait basculer. Malgré tout, il reste le Victor joueur, rieur et adorable que j'ai connu. Celui qui m'a fait craquer à l'époque.

Un petit sourire vient se loger au coin de ses lèvres.

– Non, il n'y a certainement rien à ajouter, tu as raison, dit-il en haussant les épaules. J'ai été con et ça m'a fait du bien de te l'avouer. Être sincère, c'est appréciable. Te présenter mes excuses était important pour moi.

Je souffle et me détourne de son regard brûlant pour lorgner les pins qui dominent la vallée.

– Je t’en ai voulu plus qu’à personne, mais tu n’étais pas totalement fautif. Je me suis renfermée dans ma bulle pour éviter de trop souffrir. Nous étions jeunes, c’est de l’histoire ancienne maintenant.

Je le vois acquiescer dans mon champ de vision. Une douce tension s’installe entre nous, tandis que Victor ajoute :

– Je peux t’avouer quelque chose ?

Je me tourne de nouveau vers lui et hoche la tête. Son regard me transperce la peau et me réchauffe de l’intérieur.

– Si tout ce que l’on fait impacte notre vie, alors je veux t’avouer que mon retour ici a bouleversé pas mal de choses dans la mienne.

– Ah oui ?

– Ça peut paraître ridicule, mais ça m’a permis de remettre en question la personne que je suis devenue.

– Je ne trouve pas que tu aies tant changé que ça.

Il est toujours ce garçon charmeur, plein d’audace et qui attire les regards.

– Toi non plus, tu n’as pas vraiment changé, assure-t-il en appuyant son épaule contre la mienne.

– Ça, je le savais déjà, ris-je doucement. On ne cesse de me le rappeler.

Victor fronce les sourcils.

– Je ne veux pas que tu changes.

– Moi non plus, ajouté-je en haussant les épaules avec un air mélancolique. Mais parfois je me demande si ça ne serait pas plus simple.

– Plus simple pour quoi ?

Je laisse mon regard voguer au loin sur la plaine recouverte de neige immaculée. J'ai envie de lui souffler que ça serait plus simple pour « vivre », mais le mot me semble trop fort.

– Plus simple pour plaire aux autres.

– Plaire aux autres n'est pas une fin en soi. Je crois qu'il faut d'abord s'aimer soi-même. Ceux qui t'aiment pour ce que tu es se contrefichent du reste.

Mes lèvres s'étirent, mais mon sourire n'atteint pas mes oreilles. Il reste figé sur mon visage comme si j'avais entendu ça trop de fois pour me permettre d'y croire. Je hausse les épaules, faisant crisser ma doudoune contre le banc.

– Pourtant, tu es parti… ne puis-je m'empêcher de dire.

Mes paroles s'envolent sans que j'aie eu le temps d'y réfléchir. Je me sens proche d'un précipice et me maudis instantanément d'être aussi spontanée. Je n'ose pas tourner le regard vers Victor, mais je sens le sien posé sur mon visage.

– Je t'ai dit pourquoi j'étais parti, murmure-t-il. Ça fait d'ailleurs partie des erreurs que je suis prêt à ne plus commettre.

Je fronce les sourcils. Quand mes yeux s'arriment aux siens, mon cœur danse la salsa dans ma poitrine. J'ai une envie folle de l'embrasser, mais je me retiens. La tension est à son maximum entre nous. Les flocons s'abattent sur nous comme des plumes qui tomberaient du ciel, mais rien de ce qui nous entoure ne semble pouvoir entrer dans notre bulle. L'électricité qui parcourt mes membres passe jusqu'à mon cœur qui se rallume doucement. Dans ses mots, je perçois toute la douceur qu'il a toujours eue envers moi. Je retrouve celui dont j'ai été follement amoureuse. Au fond de moi, une petite voix me dit que je n'ai certainement jamais cessé de l'être.

Alors que l'index de Victor passe doucement sur ma joue, me faisant fermer les yeux, mon téléphone se met à brailler dans la poche de ma doudoune. Je souris et Victor aussi. La vie réelle nous rattrape toujours, et je sais qu'il pense exactement la même chose à cet instant précis. Je m'éloigne un peu de lui, fébrile, et lorgne mon smartphone.

Maman : Betty est arrivée !
Nous t'attendons à la maison. Fais vite.

Je grimace. Victor s'en rend compte et, délicatement, il replace une mèche de cheveux derrière mon oreille. Ce simple geste fait s'envoler une nuée de papillons au creux de mon ventre.

– Mauvaise nouvelle ?

– Non, expliqué-je en fronçant le nez. Betty Monestier est de retour en ville. Et maintenant que la famille est au complet, je m'apprête à aller discuter du grand Noël qui nous attend.

– Toi qui adores ça !

– J’en ai déjà plein les bottes, oui ! grogné-je en secouant mes pieds bien au chaud dans mes Aigle fourrées.

Victor pince les lèvres puis, avec un sourire en coin craquant, il déclare :

– Je crois que tu as raison : ce sont les actes qui déterminent notre vie. Il va falloir agir, Amé !

J’éclate de rire alors que son ton se fait sérieux. Il me suit, puis ajoute :

– Mais je serai là.

Une fois calmée, je le regarde bien en face et termine, en pensant très fort à Gauthier :

– Oui, va falloir que je prenne les rênes de ma vie en main.

Victor acquiesce et son sourire me fait fondre. Oui, maintenant c’est certain : Amélie Monestier est toujours aussi folle de Victor Chanvrin.

CHAPITRE 34

AMÉLIE

– Oh ! Mais c'est croustillant tout ça ! s'exclame Gauthier en se dandinant devant moi.

Je lève les yeux au ciel.

– C'est surtout pathétique, oui, dis-je en geignant à moitié.

Mon ami s'immobilise et vient se planter devant moi, en prenant un air sérieux.

– Quoi ? C'est vrai ! La farouche Amélie retombant dans les bras de son premier amour de jeunesse. Ça pue le sentimentalisme à plein nez, m'exclamé-je comme si j'étais en colère contre moi-même et ce foutu cœur qui n'arrive définitivement pas à passer à autre chose. Il a quand même avoué qu'il était sorti avec moi pour remporter un pari, Gauthier ! Et mon traître de cœur continue de battre pour lui après ça !

Il a envie de rire, je le vois au léger rictus qui étire ses lèvres. Il n'est même pas 18 heures et je l'ai retrouvé dans son petit appartement avant de me rendre chez mes parents. Je n'ai pas eu à cœur d'y aller hier, trop affectée par la perte d'Étéa.

– Moi, je trouve ça romantique. Mais attends… tu lui es tombée dans les bras ?

Je souris.

– Ne te fais pas de films. Je te parle d'un simple baiser spontané, et j'en suis déjà toute retournée ! Victor est juste sympa avec moi. Point.

– Il t'a dit que son retour avait bouleversé sa vie, Amé ! C'est surtout de te revoir, oui, qui a tout bouleversé ! Il est parti pour te protéger, c'est lui-même qui te l'a avoué, bordel ! Si c'est pas romantique !

Il s'affale sur le divan à mes côtés puis murmure :

– Il est quand même vachement plus sexy que ton dernier mec, ou même que Driss.

Je lui frappe l'épaule.

– Laisse Driss en dehors de ça, tu veux. Et Antoine avait un certain genre.

– Un genre nomade et *Peace and Love*, oui. C'était craquant sur le moment, mais en y réfléchissant bien, j'aurais eu mal au cœur que tu finisses à bouffer des graines en faisant le tour du monde en calèche.

J'éclate de rire en repensant à cet intérimaire du refuge, qui a retourné mon cœur le temps d'une saison l'été dernier.

– Tu n'as pas tort, avoué-je une fois calmée.

– Laisse-lui une chance, Amé.

– À qui ? Antoine ?

– Non, imbécile ! Je parle évidemment de Victor. Vu ce que tu m'as dit, il m'a tout l'air de vouloir bien plus avec toi, mais il ne sait pas comment s'y prendre. Alors, facilite-lui le chemin. Je crois que c'est la meilleure chose qui puisse t'arriver.

Je souris en regardant mon meilleur ami. Puis je pose ma tête sur son épaule en laissant ses paroles se frayer un chemin jusqu'à mon esprit.

– J'y penserai, Gauthier. Promis.

Je le pense vraiment. Si Victor réitère son baiser, je me laisserai emporter sans réfléchir. Mais pour ça, encore faut-il que le film qui se joue dans mon esprit prenne vie.

***

– Salut tout le monde.

Je me dépêche de me faufiler dans l'entrée et de refermer la porte derrière moi pour me mettre au chaud. L'intérieur de la maison sent le désodorisant floral hors de prix que ma mère achète sur Internet.

Je laisse mes bottes en plastique traîner dans le vestibule et mes pas me mènent jusqu'au salon. Je n'ai pas eu le temps de passer au chalet me changer et c'est donc avec un accoutrement qui va certainement faire râler ma mère que je rejoins ma famille.

– Amélie, te voilà enfin ! s'exclame cette dernière en se jetant sur moi pour me faire une bise.

– Bonjour, maman.

Derrière elle, le grand sapin synthétique que j'ai toujours connu brille de mille feux. Une crèche est installée à ses pieds et des nœuds en taffetas rouge sont accrochés un peu partout dans la maison. L'esprit de Noël selon la famille Monestier !

– Papa et Betty ne sont pas là ? demandé-je à ma mère en m'asseyant autour de la table.

Je lorgne les prospectus de traiteur qui traînent partout dessus, et un nombre incalculable de notes que ma mère a dû prendre pour cette fameuse réunion visant à préparer le réveillon.

– Non, ton père a dû emmener Betty chez Nadine pour une épilation de dernière minute. Heureusement qu'elle a pu la caser dans son emploi du temps surchargé ! me dit-elle alors que j'ai une envie folle de lever les yeux au ciel. Ils ne devraient plus tarder.

Elle s'éloigne, s'active dans la cuisine qui donne sur le salon et reprend au loin :

– D'ailleurs, Laurine m'a dit qu'elle t'avait croisée. Tu n'as toujours pas pris rendez-vous, il va être trop tard maintenant ! C'est quand même dommage, je t'en ai parlé il y a des semaines, Amélie.

– Oui, je sais. Je n'ai pas eu le temps. Au refuge, c'est toujours une période chargée, tu sais.

Je feuillette les menus établis par ma mère et grimace en lisant « Farandole de légumes accompagnée de son gibier en sauce poivrade ». Ma mère se prend pour un chef quatre étoiles et se met une pression insoutenable pour nous en mettre plein la vue.

– Ah ! Tu as vu le menu choisi. Qu'en penses-tu ? me demande-t-elle en passant du coq à l'âne.

– Tu sais que je ne mange pas de viande, soupiré-je en refermant le fascicule.

Elle écarquille les yeux.

– Oh ! Cette lubie ne t'est donc pas passée ?

Son ton dédaigneux me donne envie de hurler. Elle s'évertue – encore – à penser que c'est une lubie. Comme mon travail et ma façon d'être. Comme ma vie. Elle m'insupporte. Elle me fait le coup tous les ans, ou presque, et cette fois je suis bien décidée à ne pas me laisser faire. Je me souviens encore de Noël dernier, où j'ai dû batailler pour manger autre chose qu'une dinde fourrée. C'est donc d'une voix dure que je lui précise :

– Ça fait dix ans que ça dure, maman, il va peut-être falloir que tu l'assimiles.

Elle secoue la tête comme si je proférais une ignominie.

– C'est du grand n'importe quoi. Tu sais ce que j'en pense. Tu pourrais faire un effort pour Noël, mais passons !

Un effort ?

– Non, ne passons pas ! dis-je brusquement. Je ne mangerai pas de viande parce que c'est Noël et encore moins pour faire plaisir à qui que ce soit. S'il le faut, je me débrouillerai pour cuisiner un plat végane qui sera proposé à tout le monde, mais il est hors de question que tu continues à croire que c'est une passade.

Ma mère relève les yeux vers moi et semble décontenancée par mon soudain changement d'attitude. Qu'elle souhaite me forcer la main quant à mon apparence et à ces fichus rendez-vous chez l'esthéticienne, passe encore. Mais qu'elle s'évertue à renier ce qui est le plus cher à mes yeux me met hors de moi.

– Tu ne vas pas cuisiner, ne sois pas bête, reprend-elle comme si elle n'avait retenu que ça. Je vais voir avec le traiteur ce qu'il peut faire, mais je me demande parfois ce qui te passe par la tête !

– C'est ma façon de voir les choses, maman. Je refuse qu'on fasse souffrir des animaux pour se nourrir. Je ne force personne à adhérer à ce point de vue. Je demande juste que tu respectes mes choix, c'est tout.

Elle souffle comme une enfant capricieuse. Je sais pertinemment que tenter de la convaincre est une entreprise perdue d'avance. Alors qu'elle ouvre la bouche pour répliquer, nous sommes interrompues par la porte d'entrée qui s'ouvre en grand et laisse apparaître mon père et Betty.

Quand celle-ci arrive au salon, je sens son regard détailler ma tenue, mais j'en fais fi et lui adresse un sourire en me levant.

– Salut.

Betty me claque le même genre de bise que ma mère et enchaîne :

– Salut grande sœur ! Ça fait un bail !

– Quelques mois, oui, réponds-je calmement.

– Bonjour ma chérie, me salue mon père juste derrière.

J'embrasse ce dernier sur la joue. Un seul regard lui suffit pour comprendre que l'ambiance n'était pas au beau fixe avant leur arrivée.

– Qu'est-ce qui vous arrive, à toutes les deux ?

Betty ôte son manteau tandis que ma mère fulmine.

– Ta fille ne mangera encore pas le plat principal cette année ! éructe-t-elle.

Je souffle et hausse les sourcils. Cela nécessite-t-il un scandale ? Non. S'il le faut, je viendrai avec ma salade et mon steak de soja sous le bras.

Mon père, bien plus ouvert d'esprit, me sourit puis enchaîne :

– Eh bien, on va revoir le menu auprès du traiteur, rien de grave !

Ma mère acquiesce de mauvaise grâce et Betty, qui jusque-là était restée muette, ajoute :

– En même temps, c'est pas comme si c'était nouveau…

Je lui souris, bien que je ne sache pas vraiment comment prendre son intervention.

Je mentirais si je disais que ça ne me fait pas plaisir de la voir. La dernière fois qu'elle a mis un pied dans le Jura, l'été dernier, elle arborait déjà un bronzage parfait. Comme aujourd'hui. Dans sa petite jupe bleu électrique et son top noir moulant à paillettes, Betty est le genre de fille qui aime se faire remarquer : elle parle fort, rit à gorge déployée et n'a aucun mal à s'entourer d'amis. Tout le contraire de moi, en somme. C'est peut-être pour ça qu'on a tant de mal à être en phase, toutes les deux. Même si je me suis accrochée à l'idée d'être sa confidente durant des années, j'ai abandonné le navire à l'époque où je me suis rendu compte que mes efforts étaient vains. Ma petite sœur n'a jamais eu besoin de moi.

– Je suis crevée, dit-elle en s'affalant dans l'un des fauteuils juste en face de moi, ce qui a le mérite de clore la discussion à propos de ma « lubie »

– Comment s'est passé le trajet depuis Toulouse ? lui demandé-je, plus par politesse qu'autre chose.

– Bien, mais tu sais, j'ai l'habitude, me répond-elle en balayant ma question d'un revers de main. Le train n'est pas ce qui est de plus fatigant.

Elle écrase un bâillement.

– Je suis sortie tous les soirs de la semaine dernière, et je n'ai juste pas beaucoup dormi.

– C'est ça de faire la fête, ma chérie, déclare ma mère en lui tapotant l'épaule.

– Ma vie sociale va me rendre chèvre, ricane ma sœur en levant la tête vers celle-ci, attendrie.

Je les regarde tour à tour et le regard bienveillant de ma mère me serre le cœur. C'est le genre d'attention qu'elle n'a jamais eue pour moi, trop occupée à se demander pourquoi je n'avais pas d'amis, restais muette en classe ou rougissais dès qu'on m'adressait la parole. *Amélie, la petite fille compliquée. Amélie, l'aînée introvertie. Amélie, la jeune femme aux mille problèmes.*

– Et toi, quoi de neuf, Amé ? Toujours entourée de tes chiens ?

Je sors de mes pensées au moment où ma sœur me pose cette question. J'acquiesce et m'apprête à développer un peu, mais je n'en ai pas le temps.

– Évidemment ! Quelle question ? s'esclaffe ma mère. D'ailleurs, sais-tu qui va reprendre le refuge aux côtés de Nathalie ?

Betty secoue la tête tandis que je serre les mâchoires. C'est comme si cette simple information était bien plus importante que le reste de ma vie.

– Victor Chanvrin !

Betty écarquille les yeux.

– Tu m'avais dit qu'il serait là pour Noël, mais pas qu'il posait ses valises dans le coin !

Elle tourne son joli visage maquillé vers moi, et mes joues rosissent déjà. Je sais ce qu'elle en déduit et je vois déjà les rouages de son cerveau fumer.

– Du coup, vous allez travailler ensemble, lui et toi ?

– Oui.

– Et ?

– Et pour le moment tout se passe parfaitement bien, assuré-je d'un ton égal.

Ma sœur me regarde de manière appuyée, mais je ne laisse rien paraître. Je ne veux pas qu'elle sache que j'ai parlé du passé avec Victor. Je ne veux pas non plus qu'elle me pose trop de questions. Je ne veux tout simplement pas qu'elle salisse la bulle dans laquelle je suis en train de m'enfermer de nouveau avec lui. Du moins dans mon esprit.

Betty et ma mère ont été aux premières loges de mon premier chagrin d'amour. Mais pas comme on pourrait le penser. Elles ne m'ont pas laissé m'épancher et pleurer sur leur épaule comme j'aurais pu en avoir besoin. Non, c'est Gauthier qui a tenu ce rôle. À la place, ma mère m'a flagellée de m'être laissée berner. Quant à Betty, elle a décrété qu'elle n'était au courant de rien, même si je suis certaine du contraire.

Mon cœur se serre à ces souvenirs, mais je les chasse rapidement de mon esprit.

– Victor et toi, alors ? Comme à l'ancienne ?

Je pince les lèvres, mais ne réponds pas.

– Tu vas pouvoir expliquer à nos voisins sur quoi tu travailles actuellement à Toulouse, enchaîne ma mère comme si de rien n'était.

Ma sœur lève les yeux au ciel.

– Je ne suis pas certaine que ça les intéresse, maman.

– Tu plaisantes ! Entre carriéristes acharnés, vous allez vous comprendre, Victor et toi.

Ma sœur ne sourit plus et je sens une certaine tension s'inviter dans la pièce. C'est bien la première fois qu'elle semble énervée du comportement de notre mère.

– Je suis certaine qu'ils n'apprendraient pas grand-chose de nouveau. Tout le monde sait dans quoi je travaille puisque tu t'évertues à le répéter en permanence.

Ma mère, surprise par le ton employé par ma sœur, esquisse une grimace imperceptible, mais ne contrattaque pas. Betty reprend, en se levant :

– On pourra parler de cette collaboration entre Victor et le refuge, c'est bien plus intéressant. Je suis contente que vous ayez pu renouer, tous les deux, Amélie, ajoute-t-elle à mon intention d'un ton qui semble sincère. Mais fais tout de même attention à toi.

Je fronce les sourcils et reste ébahie par les propos de ma sœur.

– Faire attention à quoi ? s'esclaffe ma mère. Victor est un gentil garçon. Le passé est passé, concentrons-nous sur le moment présent.

Betty soutient mon regard. Dois-je voir de la sympathie dans son comportement ou bien faut-il encore que je me méfie de ses coups bas ?

CHAPITRE 35

VICTOR

Le vent glacial fait se balancer les guirlandes accrochées sur la porte du refuge et la neige crisse sous nos pas au fur et à mesure des allers-retours que nous effectuons entre la remise et l'extérieur. J'ai enfilé une grosse parka sur un pull bien chaud et un bonnet de laine trône sur mon crâne. Les grandes tonnelles en toile que nous avons dressées et décorées aux couleurs de Noël nous abritent un peu, mais la journée risque d'être longue. C'est pourquoi Nathalie a décidé d'organiser des roulements pour effectuer les visites du refuge. Je suis pour l'heure préposé au service des boissons aux côtés d'Amélie, qui confectionne les crêpes et les gaufres.

Ces portes ouvertes, c'est mon idée, je ne suis donc pas peu fier quand je vois le monde que ça draine depuis ce matin. Nous ne sommes qu'à deux jours de Noël, les vacances scolaires ont commencé et bon nombre de familles se pressent dans la cour de Sauv'Anim. Les chocolats chauds que je sers à tour de bras me réchauffent partiellement les mains, et la caisse qui se remplit m'enthousiasme plus que de raison. Le refuge a besoin de cette trésorerie et je suis heureux de pouvoir participer à cet événement.

– Rah ! Mince !

Je tourne la tête sur ma droite et vois qu'Amélie se débat avec le chauffe-crêpes.

– Tu as besoin d'aide ? la questionné-je

– Le bouton ne veut plus fonctionner, je n'arrive pas à baisser la température, m'explique-t-elle en fronçant le nez.

Je regarde la machine et approche pour essayer d'actionner à mon tour le bouton. Mes doigts frôlent au passage ceux d'Amélie qui les retire comme si ma main l'avait brûlée. Intérieurement, je souris. *Moi aussi, Mélie. Moi aussi.*

– Voilà ! dis-je en réussissant à baisser la température. Il est un peu récalcitrant, mais il faut savoir le prendre.

J'adresse un sourire à la jeune femme, plus belle que jamais avec son bonnet multicolore et ses joues rouges. J'ai envie de la croquer.

– Merci, souffle-t-elle du bout des lèvres.

Nos regards se croisent et cette électricité que je ressens chaque fois qu'elle est proche de moi me donne envie de la prendre sur mon épaule et de la kidnapper. Mais brusquement, une voix suraiguë me fait revenir sur terre.

– Victor Chanvrin !

Je me retourne et aperçois Betty derrière la table de présentation qui nous sépare. Elle est emmitouflée dans une doudoune longue et élégante, et son béret en laine lui donne des airs de diva.

– Salut Betty ! lui réponds-je en me penchant pour lui faire une bise. Ça fait plaisir ! Comment vas-tu ?

La sœur d'Amélie me décoche un regard énigmatique.

– Super, comme tu peux le voir, me répond-elle. Et toi ?

– *Idem*. Le retour aux sources est vivifiant en cette période.

Derrière moi, Amélie s'affaire à servir les quelques clients qui lui commandent du ravitaillement. Quand je jette un coup d'œil de son côté, je vois que ses gestes sont tendus et que son sourire ne remonte pas jusqu'à ses oreilles. Betty m'interrompt dans ma contemplation.

– Je ne savais pas que tu revenais ici définitivement. J'ai été surprise de l'apprendre par ma mère. Investir dans un coin perdu au milieu des montagnes est devenu ton cheval de bataille ?

Elle ricane. J'ai toujours été ami avec Betty. Cependant, elle ne possède pas la même âme que sa sœur aînée. Derrière elle, j'aperçois mes parents accompagnés des Monestier et de quelques voisins du village. Ils sont venus en nombre, ce qui me fait chaud au cœur. Bien que je sois triste de constater qu'ils ont l'air de découvrir le refuge comme s'il n'avait jamais existé auparavant.

– Oui, dis-je d'un ton joyeux. Ce refuge mérite qu'on le connaisse et les personnes qui y travaillent aussi.

– Ça doit te changer de tes start-up, mais si tu le fais, c'est qu'il y a forcément un profit à en tirer.

Betty parle comme une businesswoman. Elle ne se doute pas un instant de toute la merde qui s'entasse dans mon esprit en ce moment côté professionnel.

– Pas de profit à proprement parler, mais une envie d'investir dans des causes justes. Ça me tient à cœur.

– Je comprends.

– Victor, mon chéri.

Ma mère nous coupe, me sauvant la mise en passage, et me fait la bise avant d'aller saluer Amélie avec un sourire tendre que la jeune femme lui rend. Son visage s'illumine tout d'un coup à l'approche de mes parents et elle leur fait une accolade amicale qui me touche plus que de raison.

– Je vais te laisser, on se voit au réveillon, de toute façon. On pourra discuter plus longuement.

Je relève la tête vers Betty et lui réponds avec un sourire forcé :

– Oui, ça va être une bonne soirée.

Contrairement à ce que j'affirme, quelque chose me dit que ce moment ne sera pas de tout repos.

Un sourire plus tard, Betty s'éloigne et je souffle de soulagement. J'ai l'impression d'être pris entre deux feux dès que l'un de mes anciens camarades de classe m'adresse la parole. L'impression grandissante de trahir Amélie me prend aux tripes. Il faut dire que j'ai aussi bien connu cette sensation autrefois, mais que je n'avais jamais vraiment le courage de m'en défaire. Aujourd'hui, rien n'est plus pareil.

Je médite là-dessus alors que de nouveaux clients arrivent pour se faire servir. Faire chauffer du lait m'accapare l'esprit avec bonheur tant j'ai envie de fuir les discussions qui se profilent avec tous ceux qui souhaitent connaître la raison de mon retour. Les gens sont bien trop curieux et ça me mine de savoir qu'ils sont là pour satisfaire leur curiosité plutôt que pour découvrir le refuge.

Mélie est train de tartiner une crêpe de confiture de fraise en souriant à une petite fille qui attend patiemment avec des yeux brillants. La jeune femme a l'air si à l'aise ici. Elle paraît véritablement heureuse de partager ce moment avec les gens du village. J'espère seulement que je ne suis pas le seul à m'en rendre compte.

Au loin, je salue Guillaume, Tomas et Pierre d'un signe de la tête tandis que Nathalie, qui déboule sous la tonnelle, m'arrache à mon observation.

– Ce monde, c'est fou !

– Oui, confirmé-je en lui rendant son sourire. Tu viens prendre la relève ?

– Oui. Vous allez finir morts de froid si je vous laisse ici plus longtemps.

Elle désigne Amélie, qui souffle sur ses mains recouvertes de mitaines en laine. Mon portable vibre au moment où la propriétaire prend ma place derrière la table en bois.

Max : Banque OK, statuts OK,
ne manque plus que ta signature.
Mauvaise nouvelle : scandale
OK aussi, les infos viennent de sortir.
Je t'envoie la photo du journal
en PJ dans un mail. J'espère que
tu sais ce que tu fais, vieux.

J'inspire un grand coup tandis que dans ma poitrine un petit nœud se débloque. La clause d'exclusion prévue aux statuts de notre société peut nous permettre d'exclure Julien. Encore faut-il qu'il signe les documents. Et que de mon côté, je touche un mot de ce changement à Nathalie. Parce qu'il est clair que JVM Cosmetics ne sera pas l'entreprise qui achètera des parts du refuge. J'ai une tout autre idée en tête.

– Un souci, Victor ? me demande justement la fondatrice de Sauv'Anim.

– Non, non tout va bien, dis-je en rangeant mon téléphone, un peu ragaillardi par ces bonnes nouvelles, quoique tourneboulé par la dernière. Qui dois-je aller remplacer ?

– Driss et Isabelle sont à l'intérieur. Dis-leur de venir me rejoindre et vous pourrez prendre le relais, Amélie et toi.

Que Nathalie nous ait mis en binôme m'étonne puisqu'elle sait que notre entente n'est pas forcément au beau fixe, mais je la soupçonne de vouloir nous rabibocher. Si seulement elle savait que depuis nos petits différents lors de mon arrivée, le chemin qu'Amélie et moi avons parcouru s'apparente à un pas de géant.

– C'est comme si c'était fait ! m'exclamé-je en frappant dans mes mains. Nathalie ?

– Oui ?

– On pourra se voir rapidement ?

Elle fronce le nez, inquiète, avant de répondre :

– Ce soir c'est l'ouverture des cadeaux du Secret Santa des bénévoles, mais je suis disponible juste avant.

J'acquiesce et elle se penche vers moi en chuchotant :

– Tu es tombé sur qui ?

Je ricane en voyant son air de conspiratrice.

– C'est anonyme, Nathalie. C'est le principe du Secret Santa, non ?

Elle grogne et sourit en même temps.

Voyant Amélie approcher, je change rapidement de sujet :

– On va s'occuper des visites ?

Elle acquiesce. Au moment où je lui saisis la main d'un geste spontané, pris d'un regain d'énergie et de bonne humeur, elle se raidit, mais se laisse tout de même faire. Et je fais semblant que ça ne me perturbe pas non plus. Quand je la tire à ma suite jusqu'à l'entrée du refuge, je vois certains regards s'attarder sur nos mains jointes, dont ceux, étonnés, de la famille Monestier. Mais j'en fais fi.

CHAPITRE 36

AMÉLIE

Plus de cinquante. C'est, à vue de nez, le nombre de crêpes et de gaufres que j'ai servies en moins de deux heures. J'ai le bout des doigts congelé, le nez rouge, et je sens la pâte chaude à trois kilomètres à la ronde. Cependant, ça n'entache en rien le bonheur qui s'est logé dans mon cœur de voir le refuge pris d'assaut par les visiteurs. Victor a eu une super idée.

Alors que celui-ci me tient par la main et qu'une douce chaleur se diffuse dans tout mon corps, il s'immobilise dans le hall d'accueil, désert. Le chauffage me fait du bien. J'aperçois au loin Isabelle en train de terminer une visite. Elle doit expliquer le fonctionnement du centre et l'aide apportée aux animaux abandonnés.

– Viens là.

Sans me laisser le temps de répondre, Victor se rapproche de moi et me serre dans ses bras. Je n'ose pas bouger. *Qu'est-ce qui lui prend ?*

– Je te réchauffe, tu as l'air frigorifiée, chuchote-t-il à mon oreille de son souffle chaud.

Ses mains frottent délicatement mon dos par-dessus par parka. J'essaie de détendre mes muscles et de profiter du moment en fermant les yeux. Mais Driss qui se racle la gorge me ramène violemment à la réalité. Je me détache immédiatement de Victor, comme prise en faute.

– Il y a un groupe qui souhaite faire le tour du refuge. Je vous les laisse, je vais rejoindre Nathalie, déclare le jeune homme avant de s'éloigner.

Je n'arrive pas à lire sur son visage ce qu'il pense, mais je suis tout de même un peu gênée qu'il ait pu assister à ça. Je rougis plus que de raison. Je me tourne ensuite vers Victor qui hausse les sourcils.

– Je suis désolé, je ne voulais pas qu'on croie à autre chose, dit-il, l'air penaud.

– Ce n'est pas grave, mais à l'avenir, préviens-moi avant de faire ce genre de choses.

Je passe à ses côtés et enlève mes mitaines, décontenancée par ce qu'il vient de se passer. Je mentirais si je disais ne pas avoir aimé le moment. Cependant, je ne suis pas encore tout à fait certaine que Victor et moi soyons sur la même longueur d'onde. Depuis quand ce genre de geste est-il naturel entre nous ?

Tout en me flagellant d'avoir été si sèche avec lui, je me rends jusqu'à la porte pour accueillir le groupe en question. Je grimace quand je vois qu'il s'agit de mes parents et de ma sœur. Derrière moi,

Victor ricane. Et j'ai l'envie soudaine de lui ficher mon doigt dans l'oreille pour le faire taire.

– Ici, nous avons l'aile C qui a été rénovée l'année dernière grâce aux dons annuels. Nathalie ouvre chaque année une cagnotte sur Internet pour aider à l'entretien du refuge. Selon la somme récoltée, plusieurs travaux sont effectués. Les donateurs ont été généreux et Nathalie a pu faire rénover cette partie du bâtiment, qui n'abritait plus aucun pensionnaire depuis plusieurs mois à cause du délabrement des murs.

Je continue mon laïus, passionnée par mon travail. Mon père m'écoute attentivement et pose des questions pertinentes. Ma mère ne cesse de humer l'air et de grimacer. Et Betty pousse de petits cris effrayés dès qu'un animal l'approche. La famille Monestier, en somme.

– Je comprends mieux pourquoi tu n'as jamais le temps de rien, s'exclame ma mère tandis que nous rejoignons l'accueil.

Pour une fois, cette phrase ne sonne pas comme un reproche. Je la prends même comme une constatation positive.

– En effet, je passe toutes mes journées ici. Ainsi qu'une partie de mes nuits. Je n'ai pas une minute à moi, mais j'adore ce que je fais.

Mon père hoche la tête et m'adresse un petit sourire tendre. Il n'a jamais été très bavard puisque sa femme parle pour huit, mais il n'a pas formulé le moindre reproche quant à ma vocation.

– Et pourquoi la propriétaire du centre avait-elle besoin d'un nouvel investisseur ? me demande ma sœur en jetant un coup d'œil au box des chats les plus âgés, que nous venons de dépasser.

– Nathalie a envie de consacrer un peu plus de temps à sa famille, c'est pourquoi il lui fallait un associé disponible pour gérer une partie de l'entreprise.

– Et tu ne t'es pas proposée ? me questionne Betty d'un ton dans lequel ne transparaît aucun jugement.

Je fronce les sourcils, déstabilisée.

– Je n'avais pas vraiment les moyens financiers. Je donne déjà toute ma vie à cet endroit, je ne peux pas faire mieux, dis-je d'un ton neutre en haussant les épaules.

– C'est dommage, je suis sûre que tu aurais les capacités pour donner un nouvel élan à ce lieu, argue-t-elle.

Le ton sincère qu'elle emploie me réchauffe le cœur. Ma sœur semble croire en moi et ça me touche plus que de raison.

– C'était une visite très intéressante, conclut ma mère. Je saurai maintenant pourquoi tu as tant besoin de porter ces immondes bottes en plastique.

Dos à ma famille, je lève les yeux au ciel et continue d'avancer jusqu'à l'accueil. Elle me donnerait presque envie de rire tant nous sommes différentes. Un « Je suis fière de toi, ma chérie » aurait été bienvenu, mais je peux toujours rêver pour qu'elle prononce une chose pareille.

– Je ne pourrais pas travailler dans ces conditions. Être sale et sentir le chien mouillé à longueur de temps me taperait sur les nerfs.

– C'est une vocation, maman. Le principal est de faire un métier que l'on aime, déclare Betty d'un ton sec.

Surprise, je m'immobilise, mais tente de ne rien laisser paraître. *Betty viendrait-elle de prendre ma défense ? Juste devant ma mère ?*

Ne sachant pas comment réagir, je décide de garder à l'esprit le positif de cette journée : ma famille s'est enfin intéressée à ma vie.

– Il est tellement craquant !

Arrivée dans le hall, j'oublie instantanément mes parents et ma sœur, et me dirige à grandes enjambées vers Victor, qui tient dans ses bras un petit bouledogue français de couleur noire, arrivé au refuge il y a quelques semaines. Il a passé plusieurs jours à la clinique du docteur Stein suite à des complications de santé, et celui-ci vient de nous le ramener, visiblement en bonne forme. Et *a priori*, Victor et lui sont déjà très amis. Le chiot d'un an frotte son museau aplati contre le torse de celui qui me fait devenir chèvre. Je souris.

– Je crois qu'il cherche un câlin ! Salut, toi ! ajouté-je en m'adressant au bouledogue. Contente de te voir de retour ici.

Victor lève les yeux vers moi tandis que j'aperçois le vétérinaire discuter avec des visiteurs un peu plus loin.

– Le docteur Stein m'a dit qu'il allait mieux et qu'il était apte à reprendre sa vie ici.

– Il est arrivé au refuge juste avant toi, mais il est reparti *illico*. Il avait des problèmes respiratoires, expliqué-je à Victor, qui m'écoute attentivement. Une famille sur le point de déménager à l'étranger nous l'a laissé il y a plusieurs semaines. Vu sa trogne, il ne devrait pas mettre longtemps à en trouver une nouvelle.

Je souris tristement en repensant à ce jour où le couple en question a préféré abandonner cette boule de poils plutôt que l'emmener. Chaque animal a son histoire ici, mais certaines sont plus tristes que d'autres.

– En tout cas, je crois qu'on est déjà potes, lui et moi.

J'acquiesce, un immense sourire aux lèvres. Je me tourne spontanément vers mes parents et Betty pour leur dire :

– Regardez comme il est trognon. Maman, tu ne peux pas ne pas craquer, regarde !

Ma mère lève les yeux au ciel, mais approche et caresse l'animal à son tour. Victor, pose un regard brûlant sur moi et je sens chaque parcelle de ma peau me picoter.

– Craquant ou pas, ça ronfle et ça pète beaucoup comme chien, non ? demande ma mère.

Sa question nous fait tous éclater de rire, et cette dernière paraît ravie d'avoir volé la vedette au petit bouledogue.

– C'est un animal très affectueux, et oui, il a tendance à ronfler quand il prend de l'âge, mais ce n'est pas vraiment dérangeant, assuré-je.

Alors que Betty est en pleine conversation avec mes parents concernant le comportement de cette race de chien – qu'elle connaît apparemment bien –, je reporte les yeux sur le chiot ainsi que sur Victor, que je découvre hypnotisé par l'animal.

– Je crois que je suis en train d'assister à un coup de foudre, non ? lui demandé-je tout bas pour que lui seul m'entende.

Il me sourit d'une manière qui me fait fondre. Avec ce petit chiot blotti dans ses bras musclés, comment ne pas craquer ? Et quand je vois la lueur qui passe dans le regard de Victor, j'ai comme l'impression que ma phrase avait un double sens. Je sens mes joues rougir et reporte mon attention sur l'animal qui a fini par s'endormir, le nez enfoui dans le cou de mon amour de jeunesse. Une seule idée me passe en tête à cet instant : je devrais immortaliser ce moment et l'afficher en grand dans mon salon pour avoir cette vue chaque matin au réveil.

Alors que mes idées divaguent complètement, j'ai la surprise de me faire interpeller par ma sœur :

– Amé ? Ça te dit qu'on se prenne un chocolat chaud à l'extérieur ? On n'a pas eu l'occasion de papoter, et comme ça, tu pourras souffler deux secondes ?

Surprise par cette proposition, je mets plusieurs longues secondes à réagir. À mes côtés, Victor ne bronche pas, mais je sens son regard sur moi.

Derrière Betty, un couple accompagné de deux enfants patiente. Ne sachant pas comment réagir à la soudaine sympathie de ma petite sœur, je renonce gentiment à sa proposition d'une voix crispée :

– Peut-être tout à l'heure. Là, je dois aider pour les visites.

Ma sœur acquiesce et me sourit, mais j'ai l'impression que son sourire ne remonte pas jusqu'à ses oreilles. Comme si elle était… blessée ? Décontenancée, je donne une dernière caresse derrière les oreilles au chiot endormi dans les bras de Victor et déclare :

– Allez, je retourne au travail !

Mon attitude n'est pas sereine, et je sais que tout le monde s'en rend compte. Sans m'en formaliser, je me rue vers le groupe de visiteurs et laisse Victor en compagnie de ma famille. *Mais qu'est-ce qu'il vient de se passer, au juste ?*

CHAPITRE 37

VICTOR

Le refuge est calme et le soleil s'est couché depuis un moment derrière les montagnes quand nous nous retrouvons en salle de réunion avec Nathalie. Driss, Isabelle, Amélie et Baptiste, un bénévole saisonnier, s'activent dehors pour finir de tout remballer tandis que je ferme la porte derrière moi.

– Alors, soupire la propriétaire, de quoi voulais-tu me parler ?

Ses traits sont tirés, mais elle arbore un air serein. Il faut dire que la bonne ambiance ayant régné ici jusqu'à la fermeture a redonné du baume au cœur à chacun d'entre nous.

– De plusieurs choses, débuté-je en me raclant la gorge. Mais le sujet le plus important concerne mon investissement dans Sauv'Anim.

Nathalie blêmit tout d'un coup.

– Tu ne veux plus signer ?

– Non, ce n'est pas ça. Je ne m'investirais pas autant ici si je souhaitais rétropédaler.

Elle souffle un bon coup et se positionne face à moi en croisant les bras. Je me lance, incertain.

– La société avec laquelle je comptais investir ici ne m'appartient pas totalement, tu le sais déjà.

– Oui, tu m'as expliqué que vous êtes trois actionnaires.

– Exactement. Malheureusement, JVM Cosmetics connaît quelques difficultés en ce moment.

Les sourcils de mon interlocutrice se froncent et je crains de perdre sa confiance en lui dévoilant trop de choses. Pourtant, j'ai bien l'intention d'être le plus honnête possible avec elle. Depuis le SMS de Max, je suis désormais certain de ce que je vais lui proposer. Encore faut-il qu'elle accepte.

Je passe donc plus d'une demi-heure à lui raconter la véritable raison de ma venue ici, en n'omettant aucun détail. Elle se liquéfie petit à petit. Je ne sais pas si j'ai pris la meilleure décision en étant si franc, mais depuis mon retour ici j'ai l'impression que l'honnêteté est essentielle, et j'ai envie d'être une vraie bonne personne.

Au moment où je termine mon monologue, Nathalie soupire et se frotte les yeux des deux mains. J'ai la boule au ventre qu'elle ne veuille plus travailler avec moi. Cependant, je respecterai son choix, quel qu'il soit. Tout ce que je viens de lui dire doit entacher sa confiance en moi, mais je reste propriétaire d'une belle somme, qui pourrait être investie immédiatement dans le refuge en plus de ma présence quotidienne.

– Finalement tu me demandes de signer avec toi plutôt qu'avec JVM, c'est ça ?

– Tu as compris. Si au départ je ne voyais pas forcément le mal à faire cet investissement sans te parler de tout ça, j'ai changé d'avis. Je ne suis pas ce genre de personne. Et puis, je souhaite développer une idée directement en lien avec mes activités au refuge, à l'avenir. Cela permettra une nouvelle rentrée d'argent pour Sauv'Anim.

Nathalie acquiesce, puis reste silencieuse quelques secondes, comme si elle remettait les pièces d'un puzzle à leur place dans son esprit.

– Dis-m'en plus à propos de cette idée.

J'inspire profondément pour me donner du courage.

– Je me suis rendu compte à quel point il peut être difficile de se faire livrer en aliments pour animaux, surtout durant l'hiver. Notamment en croquettes. En fonction des conditions météorologiques, j'ai constaté que vous pouviez rester des semaines sans une seule livraison. Et même si vous, vous gérez ça d'une main de maître en prévoyant vos commandes longtemps à l'avance, ça demande une grande organisation que certains particuliers n'ont pas. C'est pourquoi j'aimerais développer des distributeurs de croquettes.

Nathalie m'observe, songeuse. J'attends sa sentence comme si elle pouvait changer ma vie. Ce qui est certainement le cas en un sens. Mais pas celui que j'envisageais au départ. Investir dans le refuge n'est clairement plus une priorité pour moi si l'on prend en compte la situation actuelle. Je pourrais d'ailleurs développer mon nouveau projet seul, sans inclure le refuge ou Nathalie. Mais tout bien réfléchi, j'en ai profondément envie. Depuis mon retour ici, j'ai réussi à faire ce que j'aime réellement : prendre le temps, être avec ma famille et me rapprocher de la nature, penser des projets qui permettent aux gens de vivre mieux. Et je mentirais si je disais qu'Amélie n'entre pas également dans l'équation. Si je n'ose pas encore m'avouer la nature des sentiments que je nourris pour elle, j'ai envie de réparer ce que j'ai laissé trop longtemps à l'abandon ici. Faire une croix sur JVM Cosmetics et laisser le bébé à Max est la meilleure idée qui soit. Sans compter que me lancer dans un nouveau projet au profit du refuge me file une motivation que je n'ai plus ressentie depuis longtemps.

Nathalie soupire et me sort de mes pensées. Elle se passe un doigt sur le menton puis déclare :

– Je comprends maintenant pourquoi tu repoussais sans cesse cette fichue signature.

– Oui…

Elle hoche la tête, l'air pincé.

– Ta nouvelle idée est excellente. Tu mettrais les distributeurs au village ?

J'acquiesce et un sourire en demi-teinte s'étire sur mes lèvres.

– Oui. Et dans d'autres aux alentours, histoire que tout le monde y ait accès.

– Ça me plaît bien. J'attends que tu me présentes un projet béton, alors.

– Compte sur moi.

Elle soupire, puis déclare :

– Et JVM Cosmetics, dans tout ça ?

Je secoue la tête.

– Les statuts sont en cours de changement. Je me retire officiellement de cette société, justement pour pouvoir repartir du bon pied.

Mon interlocutrice reste pensive quelques secondes. Mon cœur bat à un rythme effréné. L'idée des distributeurs m'est venue il y a plusieurs jours et elle est la première à qui j'en parle officiellement. J'espère que l'on pourra travailler ensemble sur ce projet.

– Tu es quelqu'un de bien, Victor, et c'est avec toi que je veux faire affaire. Même si, pour être honnête, la méfiance initiale d'Amélie m'a fait douter de toi à plusieurs reprises. Cette histoire de société me mine un peu, mais j'ai l'impression de pouvoir te faire confiance.

Elle se remet debout et s'approche de moi, les mains jointes sous son menton, comme si elle priait.

– Mais à l'avenir, je veux que tout soit clair entre nous. Ce genre de magouille, c'est tout ce que je déteste. La transparence est importante pour moi. Ta démarche aujourd'hui est la seule raison pour laquelle j'accepte que l'on s'associe.

Je cligne des yeux et baisse le menton pour lui faire savoir que j'ai compris.

– Tu m'as dit tout à l'heure que tu voulais aborder plusieurs sujets. J'espère que tu ne me réserves pas d'autres mauvaises surprises, déclare-t-elle, visiblement angoissée.

– Ah non ! Cela concerne le Secret Santa… réponds-je en me frottant les cheveux.

– Laisse-moi deviner, chuchote-t-elle, un sourire rassuré étirant ses lèvres. Tu as tiré Amélie au sort et tu as besoin de mon aide pour quelque chose…

Elle est plus perspicace que je ne le pensais.

– D'ailleurs, en parlant d'Amélie, je suis d'avis que tu lui touches un mot de ce qu'on vient de se dire. Elle doit savoir ce qui se passe avant que le scandale de ta société parisienne arrive jusqu'ici. Et puis, je suis certaine que ton nouveau projet lui plaira.

J'ai évidemment pensé à en parler à Amélie. Je ne fais d'ailleurs que ça depuis des jours. Mais je n'ai pas encore trouvé le moment opportun pour le faire. Notre relation étant encore fragile, j'ai peur de tout faire s'écrouler.

– Bien sûr. Je comptais m'en occuper.

– Alors, à propos de ce Secret Santa, raconte-moi tout ! lance-t-elle, revenant au sujet initial.

Je grimace.

– Tu crois qu'adopter Livi au nom d'Amélie serait une bonne idée et pourrait se faire rapidement ? Je sais qu'elle tient à cette chienne comme à aucune autre, et je voudrais lui réserver ce cadeau. Mais je ne voudrais pas commettre d'impair.

Nathalie sourit de toutes ses dents et s'exclame :

– C'est une merveilleuse idée ! Je suis certaine qu'elle sera ravie. Viens, reprend-elle, on va tenter de tout mettre en place pour que ton cadeau soit prêt à temps !

Je souris de nouveau et la suis jusqu'au comptoir d'accueil. Tout à l'air de rouler, mais au fond de moi le stress ne retombe pas. *Il va falloir que j'en parle rapidement à Amélie*...

CHAPITRE 38

AMÉLIE

Après s'être isolée avec Victor pendant un moment, Nathalie nous rejoint à l'accueil et frappe dans ses mains comme le ferait une maîtresse d'école.

– Avant de faire place aux festivités, je voulais vous remercier pour cette journée. C'étaient les premières portes ouvertes du refuge et elles étaient réussies. Merci à tous pour votre investissement, vos sourires et votre implication. Il y a eu sept adoptions aujourd'hui et c'est un véritable cadeau en cette veille de réveillon. Alors, merci à vous tous et surtout, merci à Victor pour cette merveilleuse initiative.

Mon amie lève un verre imaginaire vers le nouvel investisseur et, aussi improbable que cela puisse paraître, il semble gêné. Son sourire timide le rend vraiment craquant. *Amélie, il va falloir que tu arrêtes de te transformer en guimauve dès qu'il est dans les parages !*

Driss débouche une bouteille de soda et nous sert des verres. Puis, chacun notre tour, nous déposons nos petits paquets au pied du sapin que nous avons décoré avec Victor.

Des flashs de cette journée me reviennent en mémoire. Les sensations que j'ai éprouvées aussi. Je me rends compte du chemin que nous avons parcouru en à peine quelques semaines. Mes yeux se posent sur l'étoile scintillante accrochée au sommet, et je prends conscience que j'aime ce Noël, passé avec les gens qui m'entourent à cet instant.

Émue, je ne laisse rien paraître et regarde les petits paquets multicolores bien alignés devant moi. Je suis la dernière à déposer le mien. Un peu déçue, je me rends compte qu'aucun n'a été confectionné à mon prénom. Je ne dis cependant rien et me relève en déclarant :

– C'est OK.

Baptiste ayant dû rentrer chez lui, Nathalie, Isabelle, Driss et Victor se pressent à mes côtés pour découvrir leur cadeau. Leurs rires et leur impatience me mettent du baume au cœur. Je pourrai enfin dire cette année que j'ai passé un Noël joyeux. Pas forcé, ni superficiel. Un vrai moment sincère, aussi bref soit-il.

Chacun déchire son papier et s'exclame devant son cadeau. Je suis la seule à ne rien avoir à déballer, mais je n'ose rien dire.

Tout à coup, un raffut impossible se fait entendre du côté de l'aile des chiens. Nous tournons tous de concert la tête vers le couloir qui y mène. Au loin, une silhouette apparaît. Je reconnais tout de suite Livi, qui file comme une dératée vers moi et vient nicher sa truffe entre mes jambes.

– Mais comment tu t'es échappée ? demandé-je en la caressant.

Elle porte un bonnet de Noël, et à son collier est accrochée une petite carte en papier doré. Je fronce les sourcils et tourne le regard vers mes amis.

– Je crois que c'est pour toi, murmure Driss.

Je le vois discrètement filer un coup de coude à Victor. Ils se mettent à rire tandis que je reporte mon attention sur la chienne. Je détache la petite carte et l'ouvre, tout en gratifiant ma protégée d'une caresse sur le dessus du crâne.

Alors que je découvre les mots écrits à la main, les larmes me montent aux yeux et une boule de la taille d'un pamplemousse vient se loger dans ma gorge.

Amé,

Parce que tu lui portes un amour indéfectible et qu'elle en a tant à te donner en retour !

Livi est déjà à toi depuis longtemps. Si tu l'acceptes, elle pourra se faire une place de choix dans ton quotidien, entourée de Ramsès et de Brahms.

Vous saurez prendre soin les uns des autres.

Des papiers d'adoption accompagnent ce message. Je renifle comme une enfant devant le plus beau cadeau qu'on aurait pu lui faire.

– Oh ! Génial ! s'exclame Isa en voyant de quoi il s'agit.

– Vous êtes fous, dis-je en baissant le papier.

Driss et Isabelle me regardent avec de grands yeux et lèvent leurs mains de concert, comme pour dire qu'ils n'y sont pour rien. Livi jappe et remue la queue en réclamant encore des caresses tandis que mon regard se porte sur Nathalie. Mais quand elle m'offre un immense sourire et que ses yeux se posent sur Victor, je comprends que c'est lui qui était en charge de mon cadeau. Et mon cœur fait trois tours sur lui-même. Comment faire pour résister à cet homme alors qu'il déploie tout ce dont je rêve pour que je retombe amoureuse de lui ?

– Merci infiniment, dis-je d'une petite voix.

– Vous le méritez toutes les deux.

Nos regards brûlants s'accrochent un instant puis, gênée que les autres puissent assister à cette connexion, je baisse les yeux sur Livi et lui souris. Elle me répond par une léchouille sur le dos de la main. *Et dire qu'elle repartira avec moi ce soir...*

Les conversations reprennent de plus belle. Nous buvons plusieurs verres en refaisant la journée. Une boule toujours logée dans ma gorge, je ne cesse de penser au cadeau que vient de me faire Victor, mais celui-ci paraît occupé à discuter avec Isabelle et Nathalie. J'ai envie de le remercier plus personnellement, mais ma timidité m'en empêche en raison du monde autour de nous. Je décide donc de ne pas m'attarder là-dessus ce soir et me mêle avec joie à mes amis. Driss et Isabelle me montrent leur cadeau, et je m'extasie sur le petit porte-clés aux initiales du refuge qu'a reçu Nathalie. Livi ne retourne pas dans son box, elle reste avec nous autour du comptoir d'accueil à se faire papouiller par chacun d'entre nous.

Après des embrassades exceptionnelles, alors que la nuit est tombée, nous nous quittons avec un joyeux sourire aux lèvres. J'enfile ma doudoune, mon bonnet, et accroche la laisse de Livi. Je n'en reviens encore pas que cette journée soit sa dernière au refuge, même si je sais que je l'emmènerai souvent. Pourquoi ne l'ai-je pas adoptée de moi-même ? J'en mourais en fait d'envie sans me le permettre.

Je m'éclipse en cuisine pour y prendre ses pâtées spéciales pour ses allergies, dans l'attente d'en commander pour chez moi, et me presse de rejoindre l'extérieur après avoir salué Driss et lui avoir souhaité bon courage pour sa garde de nuit.

Une fois dehors, je fais un signe a Isa et Nathalie, qui repartent en klaxonnant comme des joyeux lurons, puis je me presse jusqu'à mon véhicule.

– Plus de mobylette ?

Surprise, je me retourne et aperçois Victor, adossé au mur du refuge, une cigarette à la main.

– Gauthier m'a prêté sa voiture puisqu'il est parti en train rejoindre ses parents à Saint-Claude.

– Tant mieux, ça évitera à Livi de courir à côté de ta 103.

Je ricane.

– C'est vrai. D'ailleurs…

Je me racle la gorge et me rapproche de lui tandis que la chienne tire sur sa laisse pour aller se dégourdir les pattes. Voyant que le portail automatique est refermé, je la libère et me lance :

– Merci infiniment.

Victor me sonde du regard et tire sur sa cigarette. Le bout rougeoyant m'hypnotise un instant.

– C'est votre relation qui est exceptionnelle. Voir Livi enfermée dans ce box dans l'attente d'une famille me déchirait le cœur. Vous vous êtes bien trouvées, toutes les deux. Ce n'est pas grand-chose.

– Si, ça représente beaucoup pour moi.

Ma voix tremble et j'ai l'envie irrépressible de me jeter à son cou et qu'il m'étreigne comme plus tôt dans la journée, même si l'excuse du froid ne suffira pas, cette fois. Il acquiesce et nos regards s'arriment pour ne plus se lâcher. J'ai comme la sensation que nous nous faisons passer un message. C'est subtil, mais je le sens au plus profond de moi.

– Je vais y aller, chuchoté-je enfin. Je vais faire découvrir sa nouvelle maison à Livi.

– OK, souffle-t-il sur le même ton. Attention à vous sur la route. On se voit demain ?

– Oui. On se voit demain.

CHAPITRE 39

AMÉLIE

Je gare la voiture de Gauthier juste à côté de celle de mon père et en sors avec ma besace pleine à craquer de mes affaires pour ce soir. J'ouvre la porte arrière pour en faire sortir Livi, qui jappe à la cantonade avant de partir à la découverte du jardin familial. Je n'ai pas pu me résoudre à la laisser au chalet. La rencontre avec Brahms et Ramsès s'est plutôt bien passée hier soir, mais elle n'a pas encore suffisamment ses habitudes à la maison pour que je l'y laisse seule avec mes deux autres lutins. C'est donc sans prévenir ma très chère mère que je lui amène ma chienne adorée pour son premier réveillon en famille.

– Quelle chance, tu vas voir, ma Livi ! ironisé-je à l'attention de la chienne qui renifle les quatre coins de la cour.

Ma mère, qui a certainement entendu les portières claquer, sort sur le perron et m'apostrophe :

– Tu es déjà là, Amélie ? Mais qu'est-ce que…

Livi court vers elle, manquant de la faire tomber, et je secoue la tête en voyant la tête de dinde effarée de ma génitrice.

– Livi, au pied ! la rappelé-je brusquement.

– C'est à toi ?

Elle pointe du doigt le border collie et j'acquiesce en montant les marches jusqu'à elle.

– C'est un cadeau du refuge pour mon Noël, dis-je en tendant une joue pour saluer ma mère.

Celle-ci m'embrasse et déclare, plus sérieuse que jamais :

– Tu n'en as pas assez ? C'est incroyable, ça. Je te préviens, si elle fait ses besoins dans le jardin, je t'appellerai pour ramasser.

Elle se retourne et entre dans le vestibule sans attendre. Je jette un coup d'œil à Livi avant de refermer la porte en la laissant dehors. Impossible que ma mère laisse rentrer la chienne dans son intérieur parfait.

De mon côté, j'ôte les bottes en plastique que je porte depuis ce matin et mon passage éclair au refuge. Baptiste, le bénévole saisonnier, est de garde cette nuit, exceptionnellement, pour nous permettre à tous de passer le réveillon en famille. Celui-ci est loin de la sienne et ne célèbre pas particulièrement cette fête. Il s'est donc proposé pour ce 24 décembre et Nathalie a paru soulagée de ne pas priver l'un des bénévoles de ce repas familial. J'ai cependant dû le former à quelques règles élémentaires tout à l'heure, ce pour quoi je suis encore habillée comme si je sortais du travail.

– Maman, je peux monter prendre une douche ?

J'ai décidé de me préparer directement ici plutôt que de remonter au chalet. Il est annoncé de grosses tombées de neige ce soir et je ne me voyais pas redescendre jusqu'au village en début de soirée avec la voiture de mon ami. Il ne manquerait plus que je me plante dans un fossé le soir du réveillon !

– Oui, Betty y est déjà passée.

– OK.

Je montre quatre à quatre les marches de la maison familiale et passe devant mon ancienne chambre, reconvertie en bureau. La salle de bains étant libre, je m'y faufile quand ma sœur m'interpelle dans le couloir.

– Tu es déjà là ?

– Hello ! Oui, je me prépare ici, c'est plus simple.

– OK, super, me dit-elle, hésitante.

Je m'apprête à refermer la porte derrière moi, mais ma sœur me retient :

– Amé ?

– Oui ?

Je fronce les sourcils. Depuis son retour, je ne sais pas sur quel pied danser avec elle. Elle paraît vouloir se rapprocher de moi, mais cette idée me semble si saugrenue que je ne peux m'empêcher de me méfier.

– Après ta douche, viens dans ma chambre. On pourra se préparer ensemble, qu'est-ce que tu en dis ?

Décontenancée, j'hésite un instant. Comment de fois ai-je prié pour qu'elle me propose de passer un moment entre sœurs ? Des centaines, peut-être. Mais maintenant que cela arrive, je ne parviens pas à m'en réjouir. Ou plus. Pourtant, ne souhaitant pas être mesquine, je hoche la tête et annonce :

– Ouais. OK.

– Génial ! me répond-elle, guillerette. Je prépare ce qu'il faut pour le maquillage !

Elle se faufile dans sa chambre et je mets plusieurs secondes à m'enfermer dans la salle de bains, en me demandant sérieusement ce qu'il est advenu de ma sœur. La vraie. Celle qui m'a toujours rejetée. *C'est Noël, Amé ! Détends-toi !* me souffle la petite voix dans ma tête.

Je décide d'accorder le bénéfice du doute à Betty et me déshabille avant de pénétrer sous la douche, avec l'intention de m'y prélasser un certain moment. Le repas n'est que dans quelques heures et ce ne sont pas les préparatifs qui m'attendent qui risquent de me mettre en retard.

Je frappe quelques coups à la porte de la chambre de Betty, et celle-ci ouvre si vite qu'elle m'en fait sursauter.

– Viens !

Ma cadette, qui est déjà prête, m'attrape la main et m'attire à sa suite. J'ai seulement passé ma robe et séché mes cheveux. Je comptais les attacher en queue-de-cheval, mais ça m'étonnerait que ma sœur adhère à cette idée.

Je jette un coup d'œil à Betty pendant qu'elle s'agite dans la pièce en rassemblant je ne sais quoi sur sa coiffeuse. Elle est ravissante dans sa robe fluide près du corps. En comparaison, je me trouve ridicule. Mais cette dernière doit sentir mon malaise puisqu'elle déclare :

– Tu es très jolie comme ça ! Je suis prête, tu veux que je te maquille ?

Je grimace. Une partie de mon cerveau a encore du mal à assimiler ce qui est en train de se passer. Ma sœur a d'ailleurs aussi l'air un peu gênée puisqu'elle gesticule plus que d'habitude.

– Je ne me maquille pas souvent, tu sais, dis-je d'une petite voix en haussant une épaule.

– Justement, c'est l'occasion, rétorque-t-elle du tac au tac.

J'acquiesce et dépose mes affaires sur le lit avant de la laisser prendre le contrôle de la situation. J'ai bien en tête que Victor sera des nôtres ce soir et je souhaite me rendre belle à ses yeux. Betty, qui souhaite *a priori* rattraper le temps perdu, est peut-être mieux placée que moi pour m'y aider. Mais impossible que je lui en parle.

Tandis que je m'assieds face à elle, elle s'empare de quelques pinceaux et de poudres dont je ne connais même pas l'utilité. Me retrouver ainsi dans sa chambre, à me pomponner, est si nouveau pour moi que ça me serre le cœur. Que n'aurais-je pas donné pour que ça arrive plus tôt ? L'adolescente introvertie que j'étais aurait apprécié à leur juste valeur ce genre de moments.

Je tente de chasser ses pensées de mon esprit pendant que Betty passe le pinceau sur mes joues. Les non-dits planent entre nous dans la pièce silencieuse. Il se passe de longues minutes avant que je lui demande franchement :

– Je peux te poser une question ?

Elle se recule un peu, fronce les sourcils, puis répond :

– Oui.

Sa voix n'est qu'un murmure, et elle doit sentir mon malaise puisque son visage se crispe.

– Pourquoi tu m'as dit de faire attention à moi lorsqu'on a évoqué Victor, l'autre jour ?

Elle grimace, repose le pinceau à sa place et s'empare d'un mascara.

– Parce que Victor et toi, ça a toujours été compliqué, non ? déclare-t-elle en m'en déposant sur les cils.

Je sens son souffle sur mon visage. Je hausse les épaules, ne sachant pas vraiment quoi rétorquer. Devrais-je lui confier que j'ai eu du mal à passer à autre chose après sa trahison ? Lui dire que son retour me bouleverse plus que de raison ? Non. Je ne suis pas encore apte à parler de ce genre de chose à Betty. Ma méfiance envers elle est toujours bien présente malgré les efforts qu'elle a l'air de fournir depuis son retour.

– C'est du passé, dis-je en me concentrant sur elle alors qu'elle termine sa tâche.

Le silence revient entre nous. Alors que nous nous regardons dans les yeux, les siens s'emplissent de larmes. Je ne sais pas comment réagir. Le fossé qui s'est creusé entre nous au fil des années est si grand que je ne sais pas comment communiquer avec elle.

– Parfois, le passé te revient en pleine tête et ça peut faire très mal.

Je ne sais pas comment interpréter ses mots, mais je sens que Betty souhaite me transmettre un message bien plus profond qu'il n'y paraît. Je pose la main sur son épaule dénudée et, alors que je m'apprête à lui dire quelque chose de réconfortant, ma mère nous appelle depuis le rez-de-chaussée :

– Amélie, Betty, vous êtes prêtes ? Les invités ne vont pas tarder à arriver !

Ma sœur lève les yeux au ciel, me poussant à sourire. Ce soir quelque chose s'est produit : un rapprochement, un semblant de quelque chose vient de se nouer entre nous. Peut-être parviendra-t-on un jour à se comprendre. Cependant, pour ça, il va falloir que j'accepte de poursuivre le chemin que Betty a commencé à entreprendre.

Lorsque ma sœur se lève, les larmes que j'ai aperçues dans ses yeux tout à l'heure ont disparu et elle a retrouvé son sourire. Je me regarde dans le miroir et me trouve jolie. Du bout des lèvres, je lui murmure :

– Merci.

– Je suis contente que ça te plaise. On y va ?

J'acquiesce et la suis dans le couloir, le cœur un peu plus léger à l'idée qu'elle puisse être une de mes alliées ce soir. Une sensation que je n'ai jamais éprouvée auparavant.

Affublée de ma petite robe noire toute simple, de mes bottines en daim que je ne sors que pour les grandes occasions et de mon joli maquillage, je me rends jusqu'au salon où ma mère gesticule dans tous les sens.

– Éric ! Les sauciers ? As-tu vu les sauciers ?

Ma sœur me précède et commence à dresser les derniers éléments qui manquent à la décoration de table, même si à mes yeux, quelque chose de plus simple aurait tout aussi bien fait l'affaire. Mon père me remarque en premier et me lance en passant :

– Tu es très belle, Amélie.

– Merci, papa. Toi aussi, lui retourné-je en prenant le compliment très à cœur.

Je ne peux pas nier que le baume à lèvres irisé et le mascara noir que m'a appliqués ma sœur mettent mes traits en valeur.

– C'est vrai que ça te va très bien, Amélie, confirme ma mère.

Les compliments sont si rares venant d'elle que je rougis un peu. Je vois ma sœur sourire un peu plus loin. Seulement, la grande Chantal Monestier ne pouvait pas s'arrêter en si bon chemin et enchaîne :

– Si seulement tu te pomponnais un peu plus régulièrement…

Ne relève pas, Amé. Ne relève pas. C'est Noël !

Alors que je prends sur moi, je vois Betty fusiller ma mère du regard. Pourtant, elle ne dit rien qui puisse froisser la maîtresse de maison et chacun reprend son rôle en silence, en essayant tant bien que mal de ne commettre aucune bourde, sous peine de se faire remonter les bretelles.

Nous passons ainsi plusieurs minutes à tout agencer et à obéir aux ordres du sergent-chef Monestier. À peine la mise en place terminée, la sonnette de la porte d'entrée retentit. Ma mère se recoiffe un peu pour accueillir ses invités. Les premiers arrivés sont mon oncle et ma tante, ainsi que mon cousin Jérôme. Nous les saluons et mon père les emmène jusqu'au salon pour leur servir un verre. Je fais un peu la conversation avec Jérôme, qui ne parle que boulot et statistiques, puis je le laisse entre les mains expertes de ma sœur en entendant la sonnette retentir de nouveau. Cette fois, ce sont Victor et ses parents qui apparaissent sur le seuil. Je suis soufflée par la beauté de Victor dans sa chemise noire près du corps et son jean brut. Sa mère me fait une accolade amicale et son père enroule ses grands bras autour de mon cou pour me saluer. Alors que je leur fais signe de se rendre au salon, Victor me retient par la main et me souffle :

– Tu es ravissante, Mélie.

Bien que ma famille m'ait fait ce même compliment il y a peu, l'entendre de la bouche de Victor fait battre mon cœur un peu plus vite.

– Merci. Tu n'es pas mal non plus, lui retourné-je avec un sourire complice.

Suis-je réellement en train de flirter avec lui ?

Soudain, un mouvement dans le sac qu'il tient à bout de bras attire mon attention. Alors que je pensais qu'il contenait des paquets cadeaux, je me rends compte qu'une petite boule de poils essaie de s'en extraire. Je fronce les sourcils puis porte les mains à ma bouche :

– Mais ! Tu l'as adopté ?

Victor prend délicatement le petit bouledogue dans ses grandes mains et me le présente.

– Je ne pouvais pas passer à côté de sa mignonnerie.

– Oh !

Je caresse la petite tête du chiot et ses grandes oreilles se redressent. Victor paraît gaga de son nouveau compagnon et ce simple fait me rend encore plus folle de lui.

– Par contre, je n'ai pas prévenu ta mère, tu crois que ça dérange si je le garde vers moi durant le repas ? Il n'est pas encore habitué à rester seul…

– Elle comprendra, affirmé-je, un sourire aux lèvres, même si je suis loin d'en être certaine.

Au salon, Victor salue l'assemblée. Il paraît toujours aussi à l'aise entouré de monde. De mon côté, je préfère aider ma mère à apporter l'apéritif pour que personne ne remarque mon manque de conversation, même s'ils me connaissent tous déjà très bien.

Alors que j'écoute poliment ce qui se raconte depuis plus d'une heure, ma mère – qui n'a rien trouvé à redire qu'un chiot se trouve au pied de sa table à dîner – nous demande de passer à table.

Discrètement, Victor, se penche vers moi et me chuchote :

– Ton cousin n'est pas un peu obnubilé par son boulot ?

Je souris.

– Oh si ! Et si tu le lances, il ne s'arrêtera plus du dîner.

– Je vais donc éviter.

Je sens le regard de Betty se poser sur moi depuis l'autre bout de la table lorsque je me mets à rire. Je tente d'en faire fi tandis que mes parents s'intéressent de près à l'évolution de carrière de mon cousin. Et vantent la promotion de ma soeur en tant que directrice adjointe à la communication dans une grande entreprise.

Alors que mon regard doit paraître aussi vide que l'est mon intérêt pour les discussions qui se jouent autour de la table, je vois ma mère se lever et commencer à débarrasser les premières assiettes. Je m'active donc pour l'aider alors qu'elle annonce l'arrivée du plat principal à ses invités.

Tout bascule au milieu du plat de résistance quand Jérôme me demande :

– Et toi, Amélie, toujours bénévole au refuge animalier ?

– Oui, toujours, réponds-je en touillant mes pommes de terre.

– Amélie est salariée, rectifie Victor instantanément.

Tout le monde tourne la tête vers nous, et je rougis de cette attention.

– Ta mère m'a dit que tu venais justement d'investir dans le refuge, Victor ? rebondit Jérôme.

– En effet, reprend celui-ci alors que je souffle, soulagée que ma petite vie insignifiante n'intéresse plus personne. J'investis par conviction. Et puis, le retour aux sources est plutôt sympa. Ça faisait longtemps que j'en avais envie.

Mon cousin acquiesce et ma mère sourit de toutes ses dents en reproposant des pommes de terre autour de la table.

– Tu penses réellement pouvoir faire des bénéfices intéressants avec un refuge animalier ?

Victor met du temps à répondre. Il mâche doucement ce qu'il a dans la bouche avant de déglutir.

– C'est vrai, j'imagine que cette question est d'autant plus importante que l'entreprise avec laquelle tu investis est dans la tourmente, ajoute Betty.

Mon cœur rate un battement quand je vois Victor blêmir.

– Nous rencontrons certaines difficultés d'entente avec mes associés, et quelques soucis administratifs, mais tout est sur le point de rentrer dans l'ordre.

– Mais oui, voyons, Betty, que vas-tu chercher ? réplique ma mère, légèrement gênée que sa fille cadette insiste à ce point.

Les parents de Victor semblent sur le point de faire une syncope et, à mes côtés, le garçon sûr de lui que je côtoie d'habitude a perdu toute superbe. Quelque chose se trame, même si j'ai du mal à comprendre quoi.

– Détrompe-moi si j'ai tort, mais j'ai lu dernièrement que JVM Cosmetics testait ses produits sur les animaux et utilisait de la matière première animale. N'est-ce pas un peu risqué d'associer le refuge à cette image ?

Tout d'un coup, mon cœur dégringole dans ma poitrine. *Mais qu'est-ce qu'elle raconte ?* Je porte le regard sur ses lèvres qui se pincent, en ayant la désagréable impression de retourner six ans en arrière quand, à cette fameuse soirée de fin d'année, ma sœur a prononcé ces mots fatidiques. « Alors, tu as gagné ton pari, Victor ? » Ma poitrine se comprime. Je ne comprends plus rien. Mes cordes vocales ne fonctionnent que pour une chose : demander des comptes.

– Comment ça, des produits testés sur les animaux ?

– C'est une longue histoire, Mélie, déclare Victor en baissant le nez sur son assiette.

Il ne dément pas.

– Tes motivations me semblent plutôt claires, assène ma sœur. Investir dans Sauv'Anim te permet de redorer le blason de ta société. Rien de plus.

Tes beaux discours sur le retour aux sources sonnent faux.

Ainsi, sa venue ici n'était pas spontanée. Il ne cherche qu'à sauver son business, quelles que soient les conséquences pour les autres. Sidérée, j'en lâche ma fourchette dans mon assiette.

– Amélie… chuchote Victor, désarçonné.

Autour de la table le silence se fait. Je vois ma mère sermonner silencieusement Betty. Elle vient de détruire les apparences de ce dîner. Je ne peux certainement que la remercier de m'ouvrir les yeux avant que je fasse une énorme bêtise.

– Je ne te laisserai pas te servir de ma sœur une nouvelle fois, le menace-t-elle.

Je sens les larmes me monter aux yeux et une boule énorme obstruer ma trachée. Si mon cœur se brise, je me rends compte que ma sœur est réellement sincère avec moi depuis son retour. Elle assume ouvertement le fait de me défendre.

Sans un mot, je me lève et quitte la table pour rejoindre l'extérieur. L'hypocrisie est à son comble ce soir et c'est bien plus que je ne peux supporter. J'ôte mes bottines, enfile mes bottes, ma doudoune, et pars. Je siffle Livi et la fais monter dans la voiture de Gauthier avec une seule pensée à l'esprit : Victor s'est encore une fois moqué de moi. Je ne suis qu'une sombre idiote.

CHAPITRE 40

VICTOR

Dire que j'ai envie d'étriper Betty est encore trop faible. Pourtant, au fond, je devrais saluer le fait qu'elle se positionne enfin du côté de sa sœur.

– Ces tests et l'utilisation de ces produits relèvent de mon associé, qui m'a clairement planté un couteau dans le dos en essayant de réduire les coûts pour gagner toujours plus d'argent. Nous tentons actuellement d'exclure cet associé de notre entreprise, et il devra justifier de ses actes devant la justice, dis-je d'une voix égale.

Le silence est plombant autour de la table. Betty rougit, comprenant certainement que je ne suis pas l'homme d'affaires véreux qu'elle imaginait. Ma mère lance un regard peiné dans la direction où a disparu Amélie, tandis que mon père me regarde avec fierté. Seul leur jugement m'importe, mais ils étaient au courant de la situation avant que Betty ne lâche cette bombe. Il n'y avait qu'une personne à qui je voulais en parler calmement, mais il faut croire qu'entre nous les obstacles n'ont pas fini de se dresser. Cette fois, j'ai bien l'intention de ne pas fuir. S'il faut me battre pour nous, je le ferai.

– Sur ce, pardonnez-moi, mais je vais tenter d'expliquer cette situation à Amélie.

Je dépose mes couverts à côté de mon assiette et me lève pour rattraper celle que je ne veux plus jamais fuir.

Dans mon rétroviseur, je vois disparaître au loin les points lumineux des guirlandes de Noël installées sur les devantures des maisons du village. J'ai une petite idée de l'endroit où elle a pu se réfugier.

Sur le siège passager, Tango dort, emmitouflé dans ma veste, que je n'ai même pas pris le temps d'enfiler.

Je passe les virages en épingle à une vitesse bien trop élevée si l'on prend en compte la neige qui tombe sans discontinuer.

Après plus de vingt minutes de route, je me gare sur le parking du refuge. Je prends délicatement Tango dans mes bras et me dirige vers l'accueil où une lumière tamisée m'indique la présence de quelqu'un.

Dans la cour, la voiture dont se sert Amélie est garée à l'emplacement qu'occupe habituellement sa Peugeot 103, et je ne vois aucune trace du véhicule de Baptiste. Il a dû prendre la poudre d'escampette en voyant la mine défaite de la jeune femme un soir de Noël.

La chaleur du hall m'accueille. Je dépose Tango sur l'un des petits coussins disponibles ici et me mets en quête de Mélie.

Après un détour par les cuisines, je la trouve en salle de réunion, en train de déplier le canapé-lit. Pour ne pas lui faire peur, je frappe trois coups légers à la porte. Je n'en mène pas large, mais je suis bien déterminé à lui expliquer la situation.

Quand elle se retourne vers moi, je vois dans ses yeux qu'elle n'est pas en colère mais plutôt infiniment triste, ce qui renforce ma honte. Je m'approche doucement tandis qu'elle reprend sa tâche.

– Qu'est-ce que tu fais ici, Victor ? me demande-t-elle d'un ton las alors que je m'immobilise près d'elle.

– Je veux tout t'expliquer, dis-je dans un souffle.

Elle ancre ses yeux aux miens.

– C'est Noël, tu devrais être avec ta famille. Ne t'en fais pas pour moi, c'est ici que je suis le mieux.

– Je sais. Je ne m'inquiète pas pour ça.

– Pour quoi alors ? Tu t'inquiètes de ce que je pense de ta venue ici ? Des raisons de ton investissement ici ?

J'acquiesce sans lâcher son regard. Elle secoue la tête et soupire un grand coup avant de s'asseoir.

– Tu ne m'as rien promis et ce n'est pas à moi que tu dois rendre des comptes. Nathalie est-elle au courant de cette histoire ?

Je respire et prends place à ses côtés.

– Je l'ai mise au courant hier soir, juste avant le Secret Santa. Ma société ne signera pas les papiers d'investissement. C'est moi en personne qui m'engagerai. Elle est d'accord avec ça.

Elle se passe une main sur le visage avant de déclarer :

– Je me suis sentie blessée que tu ne m'en aies pas parlé. Tu sais l'amour que je porte aux animaux, alors se servir d'eux pour redorer son image me débecte. Pourtant, je ne t'en veux pas, et c'est ce qui me rend encore plus en colère contre moi-même. Ce sentiment d'être si naïve dès que tu es dans les parages, le fait que mon cœur caracole comme sur des montagnes russes lorsque tu te tiens près de moi. C'est tellement plus facile de te détester.

Cet aveu me serre le cœur. Mais je retiens qu'elle ne me déteste pas encore tout à fait et que j'ai toutes mes chances de la convaincre que la retrouver a été la meilleure chose qui me soit arrivée dernièrement.

– Je ne veux pas que tu me détestes.

Elle émet un rire étouffé par un sanglot.

– Tu ne me facilites pas vraiment la tâche.

– Mélie, regarde-moi, s'il te plaît, dis-je en me positionnant face à elle.

Elle hésite un instant puis arrime ses iris noisette aux miens.

– À l'époque, j'ai été lâche, mais voir comme tu en as souffert m'a ouvert les yeux. Je ne me suis jamais moqué de toi, même si je n'ai pas toujours pris les bonnes décisions nous concernant. Mais depuis notre dernier baiser, je sais une chose : je n'ai jamais vraiment oublié ce que nous avons partagé et, aujourd'hui, je ne peux plus nier les sentiments que j'éprouve pour toi.

Elle écarquille un peu les yeux, et le poids que j'ai sur la poitrine depuis mon retour dans le Jura s'allège enfin.

– J'ai envie de prendre soin de toi, Amélie Monestier. De t'apporter tout ce que les autres ne te donnent pas. De te faire sourire, de te rendre heureuse…

Sans lui demander la permission, je dépose un léger baiser sur sa tempe. Elle ferme les paupières et respire un grand coup.

– Je ne te demande pas de me pardonner pour l'humiliation de ce pari ridicule, ni même pour n'avoir jamais donné de nouvelles. Je te demande seulement de bien vouloir de moi de nouveau. Je te promets que, cette fois-ci, je serai à la hauteur, soufflé-je près de son oreille.

Je dépose un second baiser aussi léger qu'une plume près de son cou et la sens frissonner. Rassuré par la réaction naturelle de son corps, je pose délicatement les mains sur ses bras nus. Elle porte encore cette jolie petite robe noire qui me rend fou, et j'ai la furieuse envie de la lui retirer. Entre mes bras, je la sens s'alanguir, alors je continue :

– Je ne veux plus que tu dînes avec un autre homme ni qu'il t'apporte des viennoiseries pour te faire tomber dans ses bras. Je veux que tu continues d'asperger ma voiture de terre quand tu es en colère et que tu mettes du sel dans mon café lorsque je t'agace.

Un léger sourire étire ses lèvres à l'évocation de ma jalousie envers ce pauvre Driss et des crasses récentes dont j'ai été victime.

– Je veux te faire aimer Noël, je veux apprendre à élever Tango avec toi, et décorer de nouveau ce refuge chaque année à tes côtés.

Je sens les muscles de son cou se relâcher et son front vient délicatement se poser tout contre le mien.

– Tu sais pourquoi j'ai craqué sur Tango ?

Elle secoue la tête.

– Parce que sa petite tête grognon me fait penser à toi quand tu déclares que Noël, tu en as plein les bottes !

Amélie étouffe un rire et j'en profite pour enrouler les bras autour de son cou. Elle se blottit contre moi et fourre le nez contre mon torse.

– Comment puis-je te faire confiance à nouveau ? me chuchote-t-elle.

– En me laissant la chance de te prouver que je suis sincère…

– Avec ce qui vient d'exploser, je suis un peu perdue, dit-elle tout bas.

Je ne peux que la comprendre.

– Ce qu'a dit Betty à propos de JVM Cosmetics est vrai, mais je…

Je bafouille un peu et tente de faire le tri dans mes pensées pour les lui exposer le plus simplement possible.

– Je suis venu ici avec des intentions peu louables et j'en suis le premier navré. J'ai fait ce qui était en mon pouvoir pour limiter la casse et j'en suis venu à la conclusion qu'il fallait que je lâche cette entreprise. Peu importe qu'elle me tienne à cœur, ses valeurs actuelles ne sont plus les miennes. Et puis, j'ai plein de projets en tête pour le refuge. Grâce à toi. Pour toi, aussi. Je veux m'investir ici, à tes côtés. Sincèrement.

Elle relève le nez vers moi tandis que j'embrasse ses cheveux. Puis elle murmure :

– Je ne sais pas si c'est une bêtise ou non, mais j'ai envie de te croire.

Un sourire se forme sur mes lèvres et mon cœur explose de soulagement. Nos bouches ne sont plus qu'à quelques centimètres l'une de l'autre. J'attends qu'elle esquisse le premier pas. Ce qu'elle ne tarde pas à faire. Quand ses lèvres se posent sur les miennes, ma peau est parcourue par un délicieux frisson. Ses lèvres sont douces et chaudes comme dans mes souvenirs, et j'ai l'impression de retrouver ma maison, des années après en être parti. Embrasser Amélie, c'est comme revenir chez soi après un long voyage.

Notre baiser, doux au départ, s'approfondit rapidement. Nos langues se mêlent et entament une lente valse sensuelle. Mes mains descendent sur ses bras tandis que ses mains viennent fourrager mes cheveux.

En cet instant, je ne pense plus à rien. Ni à nos familles qui doivent nous attendre, ni à mes soucis de société. Je n'ai à l'esprit que la douceur de sa peau, et tout ce que j'ai envie de lui faire ressentir.

CHAPITRE 41

AMÉLIE

Je retombe dans ses bras. Aussi facilement que je suis tombée amoureuse de lui la première fois. Ses lèvres malmènent les miennes et ses mains explorent mon corps. Je me laisse aller contre lui et, délicatement, il empoigne mes épaules pour m'allonger sur le canapé-lit. Je tremble quand sa bouche quitte la mienne pour aller picorer mon cou. Je ressens tout deux fois plus fort : sa chaleur, sa douceur, les papillons dans mon ventre, les frissons qui remontent le long de mes bras.

Je comprends à cet instant que je n'ai jamais cessé d'aimer Victor. Je l'ai détesté pour ne pas m'avouer que je n'arrivais pas à l'oublier. Me dire qu'il avait refait sa vie ailleurs m'était insupportable, alors je l'ai maudit.

Au moment où ses yeux trouvent les miens, je passe mon index le long de sa mâchoire. Il effleure mon doigt de ses lèvres et le mord un peu, ce qui m'électrise. Puis il vient frotter son nez contre le mien en appuyant son corps contre moi.

– Tu m'as tellement manqué, Mélie.

Je reçois comme un uppercut en pleine poitrine. Ces simples mots me rendent dingue, et je reprends immédiatement possession de sa bouche. Notre baiser se fait plus brûlant et nos affaires valsent rapidement dans la pièce.

Quand nos peaux nues se rencontrent, j'ai comme l'impression de retrouver le foyer que j'ai quitté des années plus tôt. Contre lui, je suis chez moi. Victor a été mon premier amour. Le premier à me faire l'amour. Le premier à me dire qu'il m'aimait et le premier à me faire me sentir à ma place. Comme aujourd'hui.

Ses mains deviennent plus aventureuses. Je laisse échapper un râle de désir. Je le laisse découvrir mon corps de ses lèvres et je me fonds à lui. Pour ne former plus qu'un. Je me laisse aller comme jamais je ne l'ai fait auparavant. L'Amélie introvertie n'a plus voix au chapitre, je laisse s'exprimer la jeune femme spontanée tapie au fond de mon cœur.

***

Le froid me fait frissonner et une légère caresse, aussi douce qu'une plume sur le bout du nez, me fait ouvrir les yeux. Je découvre ceux de Victor qui détaillent mon visage. Nous sommes en tenue d'Adam et Ève, sur le canapé à peine déplié de la salle de réunion du refuge. Il ne doit pas être loin du petit matin vu la lumière blanche qui passe au travers des fenêtres partiellement recouvertes de buée.

Je reste immobile et pose le regard sur ses lèvres pleines en me rappelant la nuit que nous venons de passer.

– Bonjour.

– Bonjour, réponds-je dans un souffle.

– Bien dormi ?

– Trop peu, déclaré-je en bougeant un peu mes jambes endolories par nos ébats.

Victor émet un rire rauque puis m'enveloppe de ses bras. Je me blottis contre lui pour me réchauffer.

– Je suis content de te retrouver, chuchote-t-il dans mes cheveux.

Je souris contre sa peau.

– Moi aussi.

Nous restons de longues secondes enlacés, puis Victor se décale un peu pour arrimer ses yeux aux miens.

– Tu m'en veux encore ?

Je souris.

– Comment t'en vouloir après la nuit que tu viens de m'offrir ? plaisanté-je. En revanche, si tu m'abandonnes à nouveau, je ne donne pas cher de ta peau.

Je le sens se raidir contre moi.

– Je ne partirai pas, Mélie, d'accord ?

– D'accord.

Je laisse sa réponse faire son chemin jusqu'à mon cerveau avant de déclarer :

– Je crois que c'est le Noël le plus curieux que j'aie jamais passé.

– Curieux ?

– Oui. J'ai détesté la première partie et adoré la seconde. Je ne sais définitivement pas si j'aime Noël ou non, du coup.

Victor émet un rire clair qui secoue sa poitrine.

– Je te laisse y réfléchir, alors. Je vais tenter de nous dénicher du café.

J'acquiesce et me relève sur un coude en le regardant s'arracher à moi et sortir de notre lit de fortune. Mais tout d'un coup, le carillon du hall d'entrée retentit et je panique.

– Mince, ça doit être Nathalie qui vient pour la relève.

Je me rue sur mes affaires et saute à pieds joints dans ma culotte sous le regard amusé de Victor, nu comme un ver.

– Rhabille-toi, idiot ! le houspillé-je tout bas.

– Cette scène me rappelle nos aventures dans la paille chez le père Grégory, dit-il sur un ton calme alors que je m'empresse de remonter les bretelles de ma petite robe noire.

Je rougis à ces souvenirs, puis reviens sur terre au moment où des pas se font entendre de l'autre côté de la porte.

– Victor, gémis-je pour qu'il se dépêche de couvrir son corps d'Apollon.

Il ricane et enfile rapidement son boxer au moment où Nathalie ouvre la porte de la salle de réunion. Lorsque ses yeux se posent sur nous, elle s'exclame :

– Oh ! Pardon !

Le battant se referme immédiatement. Je crois ne jamais avoir été aussi gênée de toute ma vie. Victor se met à rire et je lui balance un coussin en pleine figure.

– Ce n'est pas drôle !

Il se rue sur moi comme un prédateur et m'embrasse à pleine bouche. Surprise, je le laisse me dévorer quelques secondes puis me recule en pressant les mains sur son torse.

– Ça te fait rire ? dis-je en fronçant les sourcils.

– Que quelqu'un nous voie ensemble ? Non. J'en suis plutôt fier.

Son sous-entendu me fait frissonner. Et je comprends qu'il a choisi ses mots pour réparer un peu sa lâcheté d'autrefois. Cette preuve d'affection me fait fondre et j'abaisse les épaules en soupirant :

– Rho ! Quelle honte !

– Tu disais quoi ? Un Noël curieux ?

Il se détourne de moi et revêt son jean et sa chemise. De mon côté, j'enfile mes bottes en plastique. Ainsi affublée de ma robe de soirée et mes Aigle jaune canari, j'ai un sacré style. Victor me lorgne d'un air moqueur et s'approche de moi.

– Je dois remonter à Paris quelques jours régler certaines affaires pour JVM. Je pense partir au plus vite afin d'être de retour rapidement.

Je plisse les yeux tandis qu'il me détaille avec sérieux.

– Mais… c'est Noël aujourd'hui !

– Je sais. Je vais passer voir mes parents qui ont dû s'inquiéter de mon absence et prendre la route directement après.

Une vague de froid s'abat sur moi à l'idée qu'il prenne de nouveau la poudre d'escampette malgré ses déclarations précédentes.

– Je serai rentré d'ici trois jours grand maximum, OK ? Je te le jure.

J'essaie de me rassurer en me disant qu'il ne m'avait fait aucune promesse à l'époque.

Alors qu'il m'embrasse sur la bouche, je me détache de lui pour ne pas succomber une nouvelle fois à son charme et fouille dans ma besace pour en sortir le double des clés du chalet.

– Tiens, prends ça. Tu sauras où me retrouver comme ça.

Victor affiche alors ce sourire qui me rend complètement dingue de lui et s'empare de la clé.

– Je te retrouve toujours, Mélie. C'est écrit ainsi.

CHAPITRE 42

AMÉLIE

Les journées me paraissent interminables. Au refuge, la période entre Noël et la nouvelle année est toujours très calme. Nathalie n'a pas forcément besoin que l'équipe bénévole soit au complet, nous sommes bien assez de deux pour gérer les pensionnaires.

Victor me donne régulièrement des nouvelles depuis Paris, où il est retourné quelques jours pour s'occuper de ses sociétés et de son associé véreux, qu'il est bien déterminé à traîner devant la justice. Cependant, j'ai toujours cette peur accrochée au ventre qu'il ne revienne pas. Qu'il me laisse une nouvelle fois.

– Amélie ? Tu sais où est rangé mon dossier pour l'avocat ? me questionne Nathalie.

Je lève les yeux au ciel et réplique sur le même ton :

– Sous le tiroir du comptoir d'accueil. À côté du cahier bleu.

– J'ai trouvé ! Merci.

Debout devant la grande table en aluminium qui sert de plan de travail dans la cuisine, je confectionne les gamelles de nos petits protégés. Le carillon de la porte d'entrée retentit, mais je laisse la propriétaire des lieux gérer les éventuels visiteurs. Cependant, je suis surprise de la voir débouler près de moi.

– Quoi ? lui demandé-je en fronçant les sourcils.

– Ta mère et ta sœur sont là. C'est normal ?

Un nœud se forme immédiatement dans mon estomac. Je n'ai pas revu ma famille depuis l'incident du réveillon. Si Victor a retrouvé la sienne quelques heures après notre nuit d'amour, je n'ai pas eu le courage de redescendre au village pour faire face aux Monestier au complet. Surprise de les savoir ici, je rassure Nathalie en posant une main sur son avant-bras :

– Ça doit être normal, oui. Tu veux bien continuer les gamelles ? Je reviens tout de suite.

Mon amie acquiesce. Elle ne connaît pas les détails de ma soirée de Noël, mais elle sait que j'ai mis Baptiste dehors le soir du réveillon et que j'ai dormi ici en compagnie de Victor. Elle est perspicace et a donc compris beaucoup de choses par elle-même. Pour le reste elle n'a pas cherché à creuser. Nous avons beaucoup parlé toutes les deux, de Victor surtout et de ses affaires. Elle m'a assuré lui faire confiance et croire en sa bonne foi. Leur projet de distributeurs de croquettes me plaît beaucoup. J'ai hâte de le voir déployé autour du refuge.

Je rejoins le hall, la boule au ventre. Quand mes yeux rencontrent ceux de ma sœur puis ceux de ma mère, je comprends que la conversation qui s'annonce ne sera pas plaisante. Pourtant, il est grand temps de crever l'abcès.

– Bonjour, ma chérie, déclare ma mère en me faisant une bise appuyée.

– Bonjour, maman. Salut, Betty.

Ma sœur esquisse un mouvement de la tête, comme penaude.

– Qu'est-ce qui vous amène ici ?

– Nous voulions savoir comment tu allais. Tu n'as pas répondu à nos appels le jour de Noël et, même si ton père nous a demandé de te laisser respirer, nous ne pouvions pas rester sans nouvelles.

– C'est vrai. J'ai vu vos appels, mais j'ai laissé sonner.

Mon ton est plat, pourtant, à l'intérieur de moi, ça hurle fort.

– On va un moment dehors toutes les deux ? me demande ma sœur.

Ma mère se crispe, mais elle ne s'offusque pas d'être ainsi écartée par sa cadette chérie.

– OK, murmuré-je.

Nous laissons Chantal Monestier dans le hall et je vois que Nathalie prend la relève auprès d'elle, ce dont je lui en suis reconnaissante.

Une fois à l'extérieur, le froid glacial nous fait frissonner. Je me tourne vers Betty, bien décidée à savoir ce qui s'est tramé dans sa tête le soir du réveillon.

– Je suis désolée d'avoir mis les pieds dans le plat, déclare ma sœur. Je ne voulais pas te causer de tort. Dernièrement, j'ai vécu à Toulouse des choses pas très sympas qui m'ont fait ouvrir les yeux. J'ai ressenti une vive solitude et j'ai compris que c'est ce que tu avais pu endurer, toi aussi, pendant des années. Je me suis trouvée bête de ne pas avoir été là pour toi dans ces moments-là. Parce que moi, aujourd'hui, j'ai besoin de ma grande sœur et je me rends compte que j'ai gâché notre relation.

Je l'écoute et mon cœur se serre. Betty et moi, nous ne nous sommes jamais entendues, mais j'arrive encore à l'aimer. Elle reste ma sœur, quoi qu'il arrive.

– Je comprendrais si tu m'envoyais bouler, mais le soir du réveillon, j'ai eu peur pour toi. J'ai cru que Victor se servait encore de toi et de ta candeur. J'ai voulu te protéger et prendre ta défense. Mais je ne sais pas encore vraiment m'y prendre, pardonne-moi.

Je fronce les sourcils tandis qu'elle termine :

– Tu veux bien qu'on se donne une chance, toutes les deux ?

Des larmes me montent aux yeux.

– Évidemment.

Betty sourit entre deux larmes et enroule ses bras autour de mon cou. Je ricane un peu et la serre aussi fort, puis je murmure :

– Tu veux bien qu'on rentre ? Tu m'étouffes et j'ai froid.

Elle explose de rire et m'entraîne à sa suite. Je ne sais pas de quoi sera fait demain, mais une chose est sûre, on est sur la bonne voie.

Nous sommes sur le point d'entrer dans le hall, quand Betty retient la porte et me dit :

– Au fait, compte aussi sur moi pour faire enrager maman ! Je n'attends que ça depuis des années. À deux, on sera plus fortes.

À mon tour de ne pouvoir me retenir de rire.

J'ai encore un immense sourire accroché aux lèvres quand nous retrouvons Nathalie et notre mère en pleine discussion.

– Je suis contente de voir que tu vas bien, Amélie. Tu vas pouvoir t'excuser pour ton départ précipité auprès des Chanvrin.

– Maman ! la reprend immédiatement Betty.

– Quoi ? Vous avez toutes les deux été particulièrement malpolies. Je ne vous ai pas élevées comme ça.

Aussi bizarre que cela puisse paraître, l'entendre reprendre ma sœur au passage m'apaise. D'autant que celle-ci m'adresse un clin d'œil complice. Pour une fois, Chantal traite ses filles équitablement.

– Quelles que soient vos histoires avec Victor, cela ne méritait pas de gâcher le réveillon. Il ne voudra certainement plus jamais mettre un pied à la maison à présent.

– Maman, crois-moi, Victor n'est pas fâché… soufflé-je pour la calmer.

Elle s'arrête et me regarde sans comprendre.

– Comment tu sais ça ? Vous vous êtes expliqués ?

– On peut dire ça comme ça…

Je vois ma sœur soulever un sourcil, intriguée, avant que le coin de ses lèvres ne se relève quand elle comprend où je veux en venir.

CHAPITRE 43

VICTOR

Pressé de retrouver ma belle, je gare ma voiture dans la cour et cours jusqu'à son chalet. La route depuis Paris m'a semblée interminable.

Ces derniers jours, j'ai pu régler quelques affaires urgentes avec Max à propos de JVM Cosmetics. Malgré la tourmente, la société a des chances de s'en sortir. J'ai bon espoir que Max puisse la faire perdurer. Cependant, c'est officiel : dans quelques semaines, je n'aurai plus aucune part dans celle-ci.

Je sais aujourd'hui où je veux construire ma vie, et c'est loin du tumulte parisien. Je vais poser mes valises définitivement à l'endroit que j'ai tant voulu quitter autrefois.

Avec la clé qu'Amélie m'a donnée, je déverrouille la porte et entre sur la pointe des pieds. Livi vient me faire la fête, accompagnée de ses nouveaux compagnons. Je caresse les lutins d'Amélie à tour de rôle et me rue dans la chambre pour la réveiller comme il se doit.

La pénombre ne me permet pas de la voir tout de suite, mais je devine son corps enroulé dans sa couverture. Je retire mes chaussures, me glisse entre les draps, encore tout habillé, et viens me blottir contre elle.

– Tu es là, me dit-elle d'une voix endormie sans même se retourner.

– Où veux-tu que je sois ?

Son corps bouge au ralenti, je la laisse se retourner entre mes bras. Son nez se fourre dans mon cou et elle hume mon odeur.

– J'ai eu peur que tu ne reviennes jamais, chuchote-t-elle contre ma peau.

Je la serre un peu plus fort et ferme les yeux.

– Je ne partirai plus jamais, Mélie. Je t'aime trop pour ça.

– Moi aussi, je t'aime. Depuis si longtemps que c'en est indécent.

Je souris contre sa peau et elle soupire. De longues secondes passent. Je me rends vite compte qu'elle s'est rendormie et je me laisse glisser dans le sommeil à mon tour, apaisé.

***

– Guillaume m'a proposé de passer le Nouvel An en sa compagnie, ça te dit ?

Je dépose ma tartine sur l'îlot de la cuisine et prends une gorgée de café. Amélie prépare le sien, seulement vêtue de mon tee-shirt, ce qui me demande de fournir un effort surhumain pour ne pas l'entraîner au lit immédiatement.

– Je ne sais pas, répond-elle en haussant les épaules.

– Mélie ?

– Quoi ? demande-t-elle en se retournant sur moi.

– À quoi tu penses ?

Elle fronce les sourcils.

– Tu leur as parlé de moi ?

Je sais qu'elle fait référence au groupe de notre jeunesse. À cette troupe avec laquelle j'étais sans cesse fourré et avec qui j'ai joué ce pari ridicule.

– Non, pas encore, mais je compte bien le lui dire. À Guillaume, précisé-je.

Elle pince les lèvres et reporte son regard sur ce qu'elle est en train de faire. Je me lève et m'approche d'elle pour enrouler mes bras autour de sa taille. Je pose ma bouche près de son oreille et murmure :

– Je ne compte pas me cacher, tu sais.

Elle expire un grand coup et se retourne dans mes bras.

– C'est nouveau pour moi et…

– Tss, tss, nous deux, ce n'est pas nouveau. Et je ne veux pas commettre les mêmes erreurs qu'à l'époque. Donc, on avance doucement mais main dans la main, OK ?

– D’accord, souffle-t-elle du bout des lèvres.

Je dépose un baiser sur celles-ci et reprends ma place près de l’îlot.

– Alors, qu’est-ce que je réponds à Guillaume ? dis-je en enfournant la tartine dans ma bouche. Une soirée en tête à tête avec toi m’ira tout aussi bien, mais ça pourrait être l’occasion de mettre les choses au clair.

Amélie se raidit alors que Tango vient se frotter à ses jambes. Elle le prend dans ses bras et fourre son nez dans son pelage pour éviter de me répondre. Mais je compte bien ne pas lui rendre la tâche facile. Maintenant que nous nous sommes retrouvés, je ne veux plus perdre de temps.

CHAPITRE 44

AMÉLIE

Me montrer en public avec Victor est une nouvelle étape pour moi. Même à l'époque de notre folle liaison amoureuse, nous n'avons jamais tenté le diable de la sorte. Mais maintenant que nous sommes adultes, il est temps d'assumer. Victor me l'a assez répété. J'ai donc pris la décision d'accepter de me rendre au bar du village, spécialement réservé par Guillaume pour le Nouvel An. Dans une certaine mesure, ça me rassure de savoir que nous ne serons pas en trop petit comité. *Le comble ! Moi, Amélie Monestier, qui préfère avoir du monde autour d'elle, c'est du jamais vu !* Mais, je préfère encore ça pour notre première grande apparition en public que me retrouver attablée, entourée de ceux qui m'ont humiliée quand j'étais plus jeune.

– Prête ? me demande Victor alors que sa main serre la mienne et que le néon de la devanture fait briller ses yeux.

J'acquiesce en affichant un grand sourire, alors qu'au fond mon estomac danse déjà la *Macarena*.

– Prête, lui assuré-je en en doutant fortement.

Pas dupe, il pose un délicat baiser sur mon front, comme pour me rassurer. Puis, il pousse la porte du bar, et une douce chaleur nous enveloppe quand nous mettons un pied un l'intérieur. Je prends le temps d'admirer les décorations qui donnent à l'endroit que nous connaissons si bien un charme plus moderne et coquet. Tout est agencé avec goût.

Nous ôtons nos manteaux tandis que Guillaume s'approche de nous à grands pas, un sourire radieux illuminant son visage.

– Hello !

Victor salue son ami par une accolade virile.

Dans la salle, plusieurs personnes sont déjà accoudées au zinc, et de petits attroupements sont formés ici et là. Comme je l'espérais, je reconnais certains visages, mais pas tous.

– Salut Amélie ! me lance-t-il gaiement. Merci d'être venue.

– Merci de m'avoir invitée, lui retourné-je en appuyant mes mots.

Puis je remarque le petit groupe que forment au loin, les détracteurs de ma jeunesse. Un pic de stress comprime ma poitrine, mais je garde la face pour ne pas inquiéter Victor qui a l'air heureux d'être ici.

Laurine et Pierre Dussault détaillent ma silhouette sans chercher à être discrets. Ils sourient à Victor, puis écarquillent les yeux lorsque celui-ci entremêle ses doigts aux miens. Quand mon regard croise furtivement celui de l'homme que j'aime, je comprends que son geste n'est pas anodin, et une douce chaleur se propage en moi. La jeune fille que j'ai été se repaît de cet instant dont elle a toujours rêvé en secret.

Nous saluons des habitants du village, et je discute même quelques secondes avec des personnes du lycée que je n'ai pas revues depuis des lustres. Je me surprends à apprécier d'en retrouver certains. Ils ont visiblement évolué et n'émettent aucun jugement sur moi. Au contraire, ils s'intéressent à ma vie.

Me terrer dans mes montagnes durant de nombreuses années n'a certainement pas été la meilleure des solutions, mais je comprends aujourd'hui que c'était ma façon de me protéger. Je sais aujourd'hui qu'il est toujours préférable d'affronter les difficultés plutôt que de les fuir.

Victor et moi nous asseyons à la première table libre, où nous sommes vite rejoints par Guillaume, qui nous apporte un verre de punch. Un DJ est installé sur l'estrade un peu plus loin et diffuse une musique entraînante. Étrangement, je me sens bien. Alors que Victor blague avec son ami, je prends conscience que nous avons changé l'un et l'autre. Nous ne sommes plus des enfants. Cette soirée et les sentiments qui se bousculent dans mon cœur me le prouvent chaque seconde un peu plus.

Les deux garçons bavardent des dernières nouvelles de la société de Victor. Guillaume n'a pas eu l'air surpris de nous voir ensemble, je suppose qu'il était déjà au courant de notre relation. Quoi qu'il en soit, c'est un gentil garçon et boire un verre avec lui me fait plaisir. Surtout dans cette situation.

Ma tension monte cependant rapidement quand je vois Laurine et Pierre approcher, accompagnés de Tomas, que je n'avais pas encore aperçu dans la salle. Les battements de mon cœur accélèrent.

– On peut se joindre à vous ? demande Laurine d'une voix mielleuse.

Elle jette un rapide un coup d'œil dans ma direction, mais celui-ci ne m'échappe pas. Si elle parle une seule fois d'un rendez-vous d'esthétique raté, je me jure de la remettre enfin à sa place. Cette soirée ne sera pas gâchée par les démons de mon passé, je m'en fais la promesse.

– Avec plaisir, leur répond Victor, tout sourire.

Discrètement, sa main vient serrer la mienne sous la table.

– Alors, ton investissement au refuge avance, Vic ? le questionne-t-elle.

Vic ? Je rêve !

– Oui, ça commence bien.

– Donc c'est décidé, tu restes ici définitivement ? demande Tomas en s'asseyant sur une chaise tout – trop – près de moi.

Après quelques minutes de discussion, je suis surprise de constater que ni Pierre ni lui n'ont encore balancé une de leurs vacheries habituelles. Il faut croire que la présence de Victor les en dissuade.

– Je pense que c'est acté oui, répond d'ailleurs celui-ci.

Guillaume boit une gorgée de son café et balance, l'air de rien :

– D'ailleurs, je ne t'ai pas dit, mais si tu as besoin d'un appart le temps de trouver autre chose, pour éviter de squatter chez tes parents, n'hésite pas, je peux te trouver ça rapidement.

Je suis la conversation comme je suivrais une partie de ping-pong. Dire que je ne me sens pas du tout à ma place est un euphémisme, et mon malaise atteint son paroxysme lorsque Victor réplique avec un grand sourire, sous les regards incrédules des personnes que j'exècre le plus dans ce village :

– Non, c'est gentil, mais je pense emménager très vite ailleurs.

Pierre, qui a pris place aux côtés de Laurine, juste en face de nous, esquisse un sourire en coin et lance :

– Qu'est-ce que tu mijotes encore, Victor Chanvrin ?

Cette réplique me retourne l'estomac parce que je la prends pour moi, mais je reste stoïque et ne perds pas la face. Tandis que je trempe mes lèvres dans mon verre de punch et que la moitié des regards se tournent vers moi, je crois défaillir. Mais Victor réplique d'une voix posée et assurément pleine de confiance en lui. En nous.

– Je ne mijote rien. J'apprends juste des erreurs du passé. Je crois d'ailleurs que tu devrais en faire autant.

Un silence de mort vient plomber l'ambiance autour de la table, tandis qu'autour de nous quelques personnes commencent à se déhancher sur la piste de danse improvisée entre les tables.

Victor ricane et boit une gorgée à son tour avant de s'exclamer :

– Bref, tout ça pour dire que je compte bien ne pas déranger mes parents trop longtemps et emménager rapidement chez Amélie.

Ses doigts se serrent encore un peu plus autour des miens, sous la table. Mon cœur tombe dans mes chaussettes et mes orteils se recroquevillent dans mes bottines, que j'ai ressorties pour l'occasion. *Ai-je bien étendu ce qu'il vient de dire ? Pincez-moi, ma vie devient géniale !*

Pierre, Tomas et Laurine tirent tous les trois des têtes de déterrés ; et je suis certaine que pour une fois, ce sont eux qui ont honte de ce qu'ils sont. La gêne a changé de camp, et j'en suis la première ravie. Seul Guillaume paraît réellement heureux pour nous. Il lève immédiatement son verre dans notre direction et le claque contre le mien et celui de Victor en s'exclamant, tout guilleret :

– Alors, que la fête commence, les amis. Je vous souhaite une merveilleuse nouvelle année par avance. Un joyeux nouveau départ !

Victor rit tandis que je sens mes joues rougir. De plaisir, cette fois. Laurine esquisse un rictus, Pierre et Tomas trinquent à leur tour avec nous, même si je peux lire leur incompréhension dans leurs yeux. Peu importe. Ils resteront les amis de Victor, mais pas les miens. J'aurais apprécié de faire partie de leur bande autrefois, mais aujourd'hui, ce que je forme avec Victor est au-dessus de tout. Cela me suffit amplement.

Derrière nous, la porte du bar qui s'ouvre en grand et qui laisse entrer l'air frais de cette dernière soirée de décembre me fait frissonner. Je tourne la tête et aperçois Gauthier et ma sœur cadette débarquer dans la salle. Je savais qu'ils devaient nous rejoindre mais je suis surprise de les voir arriver en même temps.

Comment ne pas croire au karma ? Deux personnes de plus dans le camp d'Amélie Monestier, ça ne peut pas faire de mal. Sans crier gare, je racle les pieds de ma chaise sur le sol et les rejoins. Dans leurs sourires qui m'accueillent et dans le regard de Victor qui m'observe amoureusement, je comprends enfin une chose : ce soir marque la fin d'une époque et le début de quelque chose de nouveau. Et j'ai hâte de vivre cette belle aventure.

ÉPILOGUE

AMÉLIE

Un an plus tard

Je siffle Tango et Livi pour qu'ils rejoignent le hall d'accueil. Nous avons eu la mauvaise habitude de les emmener chaque jour au refuge et ils prennent aujourd'hui leurs aises. Après un énième appel, nos deux chiens déboulent comme des tornades et se faufilent entre mes jambes pour rejoindre l'intérieur. Je referme la porte et les retrouve en cuisine, à réclamer leur gamelle. Ils portent tous les deux un bonnet de lutin du Père Noël, ce qui les rend beaucoup trop mignons. *Quand Victor va voir ça...*

Je prépare de quoi les nourrir et, une fois leur appétit satisfait, je m'attaque à préparer les gamelles des autres pensionnaires. Alors que je verse les croquettes de Storm, le berger allemand, dans une gamelle un peu plus imposante que les autres, Victor déboule en fourrageant ses cheveux.

– Noël va me rendre dingue.

Je ricane.

– Je t'avais prévenu de ne pas t'en mêler. Tu ne connais pas encore assez ma mère pour tenir la distance sur les préparatifs des fêtes.

– J'ai voulu jouer la carte du gendre idéal, grimace-t-il.

Je finis ma tâche et m'approche de lui en souriant.

– Tu as toujours été le gendre idéal à ses yeux !

Victor arbore un sourire canaille et enroule ses bras autour de moi tels des tentacules dans lesquels j'aimerais rester piégée toute ma vie.

Cela fait déjà un an que notre bonheur rayonne autour de nous. Je ne suis pas plus sociable et je déteste toujours autant préparer Noël, surtout avec ma mère. C'est pourquoi Victor a tenu à s'y coller pour tenter de mieux connaître sa belle-mère. J'ai tellement ri quand il m'a sorti cette bêtise, que j'en ai eu mal aux côtes. Je ne suis pas certaine qu'il parvienne un jour à s'habituer à sa personnalité complexe. *Je n'y arrive déjà pas moi-même...*

– Tu ne veux pas qu'on fasse autre chose cette année ?

Surprise, je le regarde dans les yeux et esquisse un sourire à mon tour.

– Autre chose comme quoi ?

– Je ne sais pas, dit-il en haussant les épaules. On invite Guillaume et Gauthier et on se fait un truc entre amis. Ça peut être sympa aussi, non ?

Ou on demande à Nathalie et Charles de se joindre à nous. Ou encore mieux, on reste tous les deux… rien que tous les deux.

Il joue avec ses sourcils et j'émets un rire étouffé. Je repense à Noël dernier, ici, tous ensemble, et une certaine émotion m'étreint. Driss et Isa ont pris le large, ensemble, qui plus est, pour découvrir de nouvelles régions à bord d'un van aménagé. De nouveaux bénévoles ont pris le relais et l'équipe tourne bien ainsi. Victor et Nathalie ont trouvé un bon équilibre dans la gestion de Sauv'Anim. L'homme de ma vie s'occupe essentiellement du développement de son projet de distributeurs de croquettes. Les deux premiers prototypes ont été installés dans des villages alentour et fonctionnent bien. Victor est en train d'étudier l'implantation de cinq nouveaux distributeurs.

Je crois que la vie dont j'ai tant rêvé est celle que j'ai aujourd'hui.

– Ça y est. Ma mère et ses lubies de déco ont réussi à te dégoûter de Noël ! J'en étais sûre !

– Ouais, clairement, Noël, cette année, j'en ai plein les bottes !

J'explose de rire en entendant cette phrase.

– Tu sais quoi ? reprends-je en caressant la mâchoire de mon homme du bout de l'index. Même si j'aimerais vraiment passer Noël rien qu'avec toi, il va falloir que l'on fasse des efforts.

– Toi, Amélie Monestier, tu choisis de passer du temps avec des gens ?

Les relations avec ma famille ne sont toujours pas évidentes. Si j'ai retrouvé une certaine entente avec ma sœur, ça reste toujours aussi compliqué avec ma mère. Cependant, j'ai appris aujourd'hui à ne plus prendre les choses trop à cœur.

– Si je t'enferme une soirée complète avec Gauthier, tu risques de faire une syncope. Crois-moi, il peut être pire que ma mère sur certains sujets.

Victor rit un peu et frotte le bout de son nez contre le mien :

– Je me déguiserais en hot-dog géant pour toi. Je serais même capable de m'inscrire à la chorale de ta mère pour te faire plaisir, Mélie. Alors passer la soirée du réveillon avec Gauthier, c'est trop facile.

Je souris, attendrie par ces mots. Notre histoire n'est pas commune – il a fallu passer par une séparation, des sacrifices, des pleurs et un tas d'obstacles pour se retrouver –, mais elle est belle. Entourés de nos animaux, perchés là-haut dans nos montagnes, Victor et moi sommes heureux. Enfin. Au grand jour. Parce que le regard des autres ne définit pas ce que l'on est, je crois aujourd'hui que le plus important est de vivre intensément son existence. Et Victor et moi nous appliquons à respecter cette règle chaque jour.